U1018047

跨度小说文库

Kuadu Fiction Series

跨度小说文库
Kuadu Fiction Series

尹群 著

素面朝天

中国文史出版社

目　录

化雪的日子

朱克里是在一个化雪的日子出的狱。出狱时的朱克里身上还穿着冬天穿的棉袄棉裤，背着又脏又破的行李卷，坐上了回家的公共汽车。阳光把他的眼睛晃得睁不开，朱克里就眯缝着眼睛一路望着车窗外一闪而过的田野和树木。田野上的积雪正在慢慢融化，不过化得并不均匀，朝阳坡已经露出了黑土，背阴坡则依旧被雪覆盖着。垄台露出来了，垄沟里则还盛着半下子雪，所以放眼望去，光秃秃的田野上黑一块白一块，黑一条白一条。远处的地气白汪汪的，像白色的火苗子，越近中午火苗子越旺，微风一吹，水波似的荡漾，人赶着牛羊在田野里走，像是走在没膝的水里，身形飘飘忽忽的。但是，等人走近了，却又不见了地气，地气依然在离你很远的前方，白纱一样飘动。公路两边成排的树木，看上去也似乎是绿微微的了。

朱克里背着行李卷，有些胆怯地走进屯子的时候，人们根本没认出他是朱克里，以为又是个逃荒的关里人呢。朱克里在监狱里蹲了六七年，监狱里六七年的时光，大概比外面二十年、三十年的时光还要漫长，把一个朝气蓬勃的朱克里转眼变成了一个满面沧桑的朱克里了。人们记忆中的朱克里，穿的裤子是带着裤线的，连个泥点子都没有，衬衫是雪白的，走路腰板是笔直的，嘴里还打着口哨。现在这个窝里窝囊的人，怎么会是朱克里呢？

朱克里本来是个乐观向上的小学老师，教音乐的，我上小学的时候曾经教过我们唱《山丹丹开花红艳艳》，三十多年后的今天我依然会唱那首歌：“千家万户哎嗨哎嗨哟，把门开呀哎嗨哎嗨哟，快把那亲人迎进来呀，咿儿呀儿咿儿哟……”朱克里把那歌子唱得喜气洋洋的，至今我还记得他唱这句歌词的时候那种美滋滋的样子，把脑袋摇摆出歌曲的节奏来，就等于他是在用脑袋给我们打着拍子。朱克里给我们上课的时候，先把歌词一段一段写在黑板上，他坐在我们的前面，面对着我们，一面按着脚踏风琴，一面教我们唱歌，他唱一句我们跟着唱一句。唱歌的时候，朱克里要求我们把手背在背后，头扬着看黑板，我们却目不转睛地看着前面的朱克里，盯着朱克里唱歌时张得很大很大的嘴。朱克里个子瘦高，两条长腿，坐在椅子上踩着风琴的两块踏板，有点存腿。所以每次上课，他都让我们上外面去找四块砖头把椅子腿垫起来。在黑板上写字的时候，胳膊一扬便超过了黑板的上边，在黑板下方写字的时候要蜷缩着身子。朱克里长得精神，大眼珠子一瞪，我们都害怕。鼻梁子又高又直，说话鼻音很重，像是感冒始终不好似的。头一堂课我们见了他那个长相，大眼珠子，大鼻子，都忍不住低头笑。朱克里则很严肃地说，笑什么笑？不许笑！说完他自己咧嘴先笑了，我们就更憋不住了。可没想到朱克里一唱起歌来我们慢慢就不笑了，朱克里唱歌很好听。后来我们都盼着上音乐课，一到音乐课的时候，男同学抢着上办公室去抬那台破旧的脚踏风琴，朱克里则拿着歌本意气风发地跟在后面。那时上课之前都要先唱革命歌曲。别的老师一般都是在门外等我们唱完才进屋上课，好像是嫌闹得慌。但朱克里则不同，朱克里每次上课都是站在前面跟我们一起大声唱。

那时候朱克里好像是刚结婚，爱人徐彩飞在红旗公社街里的百货商店当售货员。有一次徐彩飞骑着一辆漂亮的自行车来学校找他，朱克里赶紧停下风琴出去。朱克里一出门，学生们就呼啦站起来，趴在窗户上往外看。有的学生说长得真好看，也有人说长得像王芳，于是原先没怎么看仔细的同学二次站起身，重又好好看上一眼。同学们说的王芳，就是指当时正在火热上演的电影《英雄儿女》里的王芳。包括我们这些不知道什么的小孩子，都觉得他们俩应该是挺般配挺幸福的一对。

后来听说朱克里跟他爱人三天两头就吵架，夫妻关系并不像人们想象的那么好。但朱克里是很疼爱徐彩飞的，即使是两个人吵架吵得很凶的时候，徐彩飞连饭碗都摔了，朱克里也从不忍下手打徐彩飞，顶多是把娇小的徐彩飞扛在肩上转圈子，转了一圈又一圈，吓得徐彩飞大叫，两手死死抓着朱克里的衣裳。放下来的时候，徐彩飞摇晃着站不稳。至于为什么夫妻关系不好，不太清楚。于是慢慢就有人开始议论朱克里的爱人，说朱克里的爱人徐彩飞长得太好看了，那么好看，肯定得有不少人眼馋呢。后来果然传出公社革委会主任跟朱克里的爱人徐彩飞的种种闲话，说公社革委会主任三天两头就让徐彩飞上他办公室汇报思想，鼓励她进步。徐彩飞是全县商业战线学习主席著作积极分子，上县里开过“活学活用”经验交流会，发过言、讲过用，连续几年当商业战线的模范标兵，于是又有人说徐彩飞跟百货商店的主任关系也不一般。反正闲话越来越多，好像朱克里的爱人徐彩飞跟所有的男人都有关系似的。可是朱克里自己却一直蒙在鼓里。

朱克里经常在学校值宿，几乎两个礼拜就要值一回宿。朱克里在学校值宿的时候，徐彩飞一个人不敢在家，就找邻居家的初中生苏姑娘跟她做伴儿。那天，朱克里本来是在学校值宿的，可是因为当天公社开运动会，有几个老师兴奋之余在学校喝了酒，喝得太晚了就没有回家。朱克里的家离学校挺近，朱克里不愿意跟别人挤一个被窝，就骑上自行车回家了。半路还摔了跤，把自行车摔进了水沟里，造了一身泥。朱克里家只有一铺炕，于是朱克里就在炕头挨着爱人徐彩飞睡下了。徐彩飞那面，也就是炕梢，是已经睡下的苏姑娘。朱克里回来的时候苏姑娘已经睡着了。就是说，在朱克里和苏姑娘中间隔着朱克里的爱人徐彩飞。朱克里喝了不少我们当地劲头相当大的小烧。俗话说“喝酒要掺浆”，就是说喝多了小烧的人感觉胃里灼热，用老百姓的话说叫“烧膛”，“烧膛”当然就得一碗一碗地喝水。喝开水呢又好像是不那么解渴，多数时候干脆直接上水缸里舀凉水喝。水喝多了免不了起夜，朱克里半夜起了几回夜，也许坏事就坏在这起夜上。不知什么时候，朱克里钻进了苏姑娘的被窝。早晨起来，苏姑娘抹着眼泪回了家，爱人徐彩飞也又哭又闹，朱克里蒙了。

如今苏姑娘出了这样的事，苏姑娘的父母当然不容了，上公社把朱克里给告了，并且是朱克里的爱人徐彩飞和苏姑娘两个人做的证。徐彩飞恨恨地证明是她亲眼所见，说朱克里根本不是钻错了被窝，是故意的，他这个人思想就是这么肮脏。苏姑娘哭着点头，等于承认是这么回事。苏姑娘说睡到天要亮没亮的时候，她感觉身体被压得喘不上气，连翻身也翻不动，一只大手从后面伸过来，搂着她的胸脯，她一看那大手就吓得不敢动了，徐姨的手可是又白又小的。还有一条毛烘烘的大腿跨在她腰上，喷着酒气的嘴对着她的后脖颈打呼噜。再往下问啥，苏姑娘都是摇头，是根本不知道发生了什么，还是知道了不肯说呢？派出所的人认为没必要再说了。

朱克里很快就被抓进了监狱，后来被以强奸罪判了十年徒刑。因为表现好，认真接受改造，还教犯人们唱革命歌曲，两次被减刑。朱克里还在监狱的时候，接到爱人徐彩飞提出跟他离婚的信，早有心理准备的朱克里还是一连几夜未眠。

因为出了那样的事，苏姑娘的书当然没法再念下去，父母连家门都不让她出。到了该找婆家的时候呢也找不到婆家，谁家愿意娶一个已经被男人玷污过的女人呢？后来找了另一个屯子始终没有说上媳妇的地主的儿子，年纪比苏姑娘大了十来岁。

朱克里到底打听着了苏姑娘家住的地方。那屯子离着有几十里地，隔一片草甸子，积雪慢慢融化，黄草叶子已经半露不露的，有牛马和羊群散放在甸子上。朱克里一连去了几趟，开始只是在苏姑娘家的院外张望，不敢进屋。看见的人不知道这是个什么人，十分警惕。后来就有人上前盘问了，朱克里只好说是苏姑娘的亲戚，人家就指给他，说那两间土房就是，走时还回头打量朱克里。苏姑娘家是个很破旧的院落，门前用葵花秆子和高粱秸秆夹的障子，被猪狗牲畜钻了一冬天，也有的被拔掉烧火了，剩下这么个东倒西歪七零八落的残局。朱克里奓着胆子进了苏姑娘家的院子，最先迎接他的，是苏姑娘家的一条四眼子黑狗，接着才是闻声出来的苏姑娘。苏姑娘一面吆喝着自家的狗，一面打量着走进院子的陌生人。苏姑娘当然已经不是苏姑娘了，是老张家的媳妇了。老张家媳妇的样子，跟先前那个有着一张红扑扑脸蛋的苏姑娘一点也对不上号，脸色发青，头发也毛烘烘的杂乱无章，两片衣襟的下摆蹭得污黑油亮，两手湿漉漉的沾着猪食，裤腿上被猪拱上的猪食已经干巴。苏姑娘的样子令朱克里心中疑惑，他不知道这个人是不是苏姑娘，也许是苏姑娘的婆婆吧。苏姑娘看着这个陌生人，歪着头问你找谁呀。外面的阳光晃得苏姑娘拿手遮挡在额前。朱克里没有回答说找谁，反问道，你……是苏姑娘？苏姑娘半天没有反应过来，好像根本不知道朱克里说的苏姑娘是谁。已经好些年没人管她叫苏姑娘了，当初也只有朱克里这么称呼她。朱克里不知道苏姑娘叫什么名字，所以就随便叫她苏姑娘的。苏姑娘在记忆的仓库里翻来翻去，翻了好半天，才总算翻出了尘封已久的有关自己的档案。翻出档案的同时苏姑娘就一下子红了脸，心也咚咚地猛跳了几下，原来自己被人叫过苏姑娘的，而管自己叫苏姑娘的只有朱老师。朱克里摘下头上油脂麻花的狗皮帽子，慢吞吞地说，我是朱克里。苏姑娘好像被“朱克里”三个字当头砸了一下，往后躲着，连说话都结结巴巴的了，你……你咋来了？苏姑娘记忆的仓库里忽地又现出朱老师那条压在她身上的毛烘烘的大腿。这么些年，那条毛烘烘的大腿时常在她的眼前清晰地浮现。她的心跳止不住加快，贫血的脸上浮上一片红云，竟比原先好看了。但朱克里看出了苏姑娘表现在脸上的不是愤恨，而是惊恐。苏姑娘看着一脸阴郁的朱克里，心里翻个个儿，嘴唇青紫，她想自己现在跑是跑不掉了，朱克里高大的身躯把门口堵得严严实实的。苏姑娘一步一步往屋里退着，她想退到屋里再猛地把门关上，把朱克里关在门外。朱克里似乎是看出了苏姑娘的心思，就一步一步把苏姑娘逼进了屋里。苏姑娘家的屋子黑乎乎的，窄窄巴巴。低矮的门框把朱克里的额头磕出一个红包，朱克里的个子站在地上就快顶到屋顶了。炕上有个两三岁的小孩子在哭叫，见了生人立刻止住了，动也不敢动，半晌才张着小手扑向苏姑娘。苏姑娘一把把孩子抱在怀里，对朱克里说你坐吧，我给你烧点开水。苏姑娘还想借机从外屋逃走。朱克里对苏姑娘说，你别害怕，我来是有话跟你说。朱克里看出苏姑娘不是要去给他烧开水的。苏姑娘就不敢动了，战战兢兢地等着朱克里说话。那孩子则使劲抓她的头发，意思是让妈妈抱他快点走，快点离开这个让他害怕的陌生人。坐在炕沿上的朱克里想说什么，却又一时不知如何开口。眼睛不敢往苏姑娘的身上看，就看小孩子那胖嘟嘟的屁股蛋儿，看苏姑娘家黑黢黢的地面，看自己一双沾满污泥的鞋子。这让苏姑娘想到了犯错误的小学生，被老师弹脑瓜崩，越弹那小学生的脑瓜就垂得越低。地面黑黢黢地潮湿，包括墙根都湿了半截，屋子里泛着一股发霉的味道。朱克里半天才声音很低地说，我那晚真的是喝多了，不是故意钻进你被窝的。在监狱里这些年，我天天都在回忆那天夜里发生的事，却始终啥都记不起来。我到底把没把你……怎么样啊？提起往事，柔弱病态的苏姑娘掩面而泣。朱克里以为这就是自己多年来一直想知道的答案了，心猛地一疼，同时双膝发软，身体从炕沿上滑落，跪在了地上。跪在地上的朱克里都快赶上苏姑娘高了。

苏姑娘越发慌乱，说瞅你这是干啥呀你，腾出一只手来扯朱克里。苏姑娘的手上一点力量也没有。那孩子见状大哭。朱克里说，你打叔吧，是叔坑了你。可是苏姑娘只管给哇哇大哭的孩子擦那张像麻土豆似的脸蛋。苏姑娘说，你不用这样，吓着孩子。其实……你是不该蹲那么些年大狱的。工作没了，家也没了……说着苏姑娘眼里又涌出了泪水。

朱克里默默地坐着抽烟，苏姑娘默默地站着流泪，谁都不说话。朱克里的眼睛慢慢适应了屋里昏暗的光线，把屋子环顾了一遍，苏姑娘的家里可谓家徒四壁，墙上只有一张领袖像看着新鲜一点。苏姑娘在沉默的这段时间里其实是在心里给自己鼓气呢，鼓足了勇气之后苏姑娘说话了，苏姑娘吞吞吐吐地说出了这么些年来从没对别人说过的话。苏姑娘说，其实那晚，朱克里只是睡到了她的被窝里，并没有把她咋样。把没把她咋样，她当时一个小姑娘也不明白是怎么回事。明白是怎么回事是在她结婚之后，可是已经晚了。再说，一个大老爷们儿睡在自己的被窝里，说没咋样又有谁会相信呢？连她的父母都不信。

朱克里从苏姑娘家里出来的时候，已经有一些人闻讯赶来看热闹了，他们围在苏姑娘家的院子外面交头接耳的。朱克里低着头走，几年来他已经习惯了在人面前低下头。阳光白白的，晃眼睛，房檐子滴答滴答地往下滴着水。出屋的时候有一滴雪水正好滴进他的脖颈里，朱克里浑身哆嗦了一下，缩了缩脖子。门前园子的障子根下，雪堆都融化了，融化出无数发黑的蜂窝。雪堆跟前被雪水洇湿的土地越发黑油油的。去年秋天的大葱，上冻之前，地面以上的部分被割掉腌成葱叶咸菜，土里只剩下一截带着根须的葱白。就是那埋在地下的一截葱白，在经历了一个漫长的寒冬之后，在不经意间已经悄悄冒出土来，成为这个小院里冰消雪融后的第一点春色。街道上本来被踩实的积雪也化得稀软稀软，脚踩上去，两个脚窝里即刻有两窝白汪汪的水洼照出人影来。

朱克里开始还是低着头走的，走着走着就昂起了头，最后朱克里是昂着头走出苏姑娘那个屯子的。不但头昂起来，腰板也像从前一样挺了起来，后来干脆把那个用来遮挡面目的狗皮帽子摘下来，露出已经长出很长的花白的头发楂。到了旷野上，朱克里突然用百米冲刺的速度猛跑起来，嘴里还像百米冲刺的运动员那样啊啊啊啊地狂吼着，直到跑得上气不接下气，嗓子眼儿发干，心要蹦出来，方才停住脚，大口大口地喘。春日融融，白汪汪氤氲的地气，把朱克里渐行渐远的身影，连同远处的牛羊和树木，统统变得高大而又缥缈。

除　夕

还真是，自打老宋当了锅炉工之后，这已经是连续几年大年三十晚上没有在自己家里过了。连续几年老宋都是在小区的锅炉房里度过的。当然，对于老宋来说，在家过跟在锅炉房里过，其实也没有太大的区别。因为，在家里过，比如说今年，也不过是老宋自己一个人。只不过在家可以看看电视，看看联欢晚会，或者看看热闹，看别人打麻将，半夜呢还可以吃上一顿热乎乎的饺子。

可是连续几年，老宋都是大年三十晚上值班。本来是别人的班，是老常的班，可老常不愿大年三十晚上离开热乎乎的家来烧锅炉，家里老老少少一大帮，哪能缺了他，于是就跟老宋一说，说咱俩串一串，老宋就很高兴地答应了。一个呢是老宋这个人好说话，一个呢是大年三十晚上值班给双倍的钱。给双倍的钱别人也不愿意，但老宋愿意。平时烧一宿的锅炉，第二天可以待一天。但老宋第二天往往是早晨囫囵着睡上一会儿就不睡了，就起来，然后骑上个脚蹬三轮，找活儿去了。骑脚蹬三轮的人，当然是靠出体力挣钱了。尤其是秋天和入冬，活儿好。秋天老宋骑上脚蹬三轮，主要是给储秋菜的人家往楼上扛土豆、扛白菜。入冬呢正是新楼交钥匙的时候，家家忙着装修，这时候，蹬脚蹬三轮的人力车夫活儿就多得不得了。先是往楼上扛沙子、扛水泥，然后呢是扛白灰、扛涂料，然后是扛各种各样的瓷砖，然后是扛各种各样的装潢材料，然后是扛各种各样的家具。再然后呢，就是搬家了，杂七杂八的，往新楼上搬。活儿能接上溜儿，一天下来，汗不少流，钱也不少挣，比烧锅炉挣得多。当然，人造得不像样，怎么说呢，烧锅炉是一身一脸的煤灰，黑乎乎的，而蹬三轮，浑身上下不是白灰就是水泥，灰突突的，脸上不是黑就是白，一层一层的。回家要把一张老脸洗了一遍又一遍，人也像散了架子一样，躺那儿就睡着了。

那么，老宋如此地卖命，是为了什么呢？谁都知道，当然是为了他那个宝贝儿子春来了。天下的人，有一个算一个，恐怕只有为了儿子才肯下这样大的苦力。老宋其实是个不怎么知道愁的人，就是人常说的没心没肺，整天都是乐呵呵的。肯吃苦不说，也干啥像啥，锅炉烧得也好，准时准点，啥时候送气，几乎分秒不差。自打用老宋烧锅炉之后，小区的住户就再没因为屋子冷而找过物业。老宋因此得了个雅号叫“送温暖”。人们见了老宋，熟不熟的，都不叫老宋，叫“送温暖”。老宋也乐呵呵地答应。老宋认为这是人们对他的褒奖，锅炉烧得更暖和了。老宋本来是个下岗工人，下岗之前在粮库上班，是粮库工人，扛麻袋的。日子嘛，那时候还可以。后来下岗了，没几年老婆又得了大病，花光家里的积蓄不算，老宋还把两间平房也卖掉了。老婆临终前，拉着老宋的手嘱咐老宋一件事，一定要把儿子春来拉扯成人才能再找人儿。老宋的老婆怕老宋给儿子春来找个后妈，孩子受气。老宋含着眼泪点头答应，说你放心吧，不会的。

老宋就带着儿子春来过日子，又当爹又当妈。别人家孩子吃什么，老宋也让儿子吃什么；别人家孩子穿什么，老宋也让儿子穿什么；别人家孩子有的，老宋也让儿子有。老宋常跟别人讲，这叫比上不足比下有余。整天看着他们爷俩生活的房东，对老宋也是点头称道，认为老宋这个人，怎么说呢，那真是，这份儿的！房东竖起大拇指。光看不娶老伴儿这一样，当爹，绝对这份儿的！有多少男人，不管是岁数大的，还是岁数小的，老婆死没几天就把后老伴儿娶回来了。老宋的儿子春来，学习嘛并不太好，老想下来，可老宋不让。后来考了个职业学校。别看学校不怎么好，但花钱一点也不照别的学校少。三年下来，五六万块钱也扔进去了。儿子春来今年毕业，还好，找了个工作，据儿子说是搞销售。儿子是学市场营销的，说是对口。老宋很知足。老宋也不知道儿子具体怎么搞销售，但老宋逢人就说，他儿子春来毕业了，有工作了，搞销售呢。又说，这下子，他可以好好喘口气啦！但老宋说是这么说，其实比原来干得更欢了。儿子春来毕竟已经二十三四了，一想到儿子的婚姻大事，你说老宋能待得住吗？似乎是老宋刚要轻松一点的肩上，这么一想啊，立刻变得沉重起来。就好比，刚刚卸下的是一袋子白灰，而现在又压上了一袋子水泥。所以老宋就越发没日没夜地玩起命来。老宋说，趁着他还能干得动，还不那么老，要给儿子把结婚的钱、买房子的钱统统挣出来。跟他一块儿烧锅炉的老常就笑笑，说老宋，还不累折你这老家伙的腰筋杆子！那意思是，别看你老宋能干，仅凭出力，累折你腰筋杆子也挣不来城里的一个楼角。但人家不能把话说得这么直接，这么一说，不是打消老宋的积极性嘛。老宋常说，别人家的孩子有什么，咱家的孩子也得有什么，比上不足，比下有余。也有人撇嘴，觉得老宋说话，多少有点大。

锅炉房里黑乎乎的，有点暗，白天从外面进来，一时什么也看不清，眼睛要适应一会儿。一个是因为窗户小，外面又蒙了一层塑料布，采光不好；一个是墙壁上挂满了厚厚一层煤灰，地上又堆了一大堆煤，屋里到处都是黑的，所以屋里能亮堂才怪呢。锅炉房里，除了靠东墙安着一台黑不溜秋一人多高的大锅炉，空中还架着个也是黑不溜秋的大水箱，有粗粗细细的铁管子七上八下的。地上除了一大堆煤，还有个手推车歪在煤堆旁，还有几个大小不一的装柴油的塑料桶，还有个木头梯子，还有老宋骑的破自行车，横躺竖卧，乱七八糟。靠西边另外间壁出一间小屋，放得下一张单人床，上边卷着铺盖，也是黑乎乎的，分辨不清颜色，是老宋跟另一个锅炉工老常休息的地方。那铺盖呢，是两个人共用的。今天你班你躺那上歇着，明天他班他躺那上歇着。轮到老常的班，还好邀几个老头来打麻将，凳子不够，就坐床上。老年人痰多，也没预备痰桶，也不愿动地方，动地方耽误打麻将，就往地上吐，地上又是痰，又是烟头子。旁边有张桌子，桌子上挺厚一层灰，上边放个暖壶，暖壶一拿起来，露出圆圆的一块干净的桌面。一个掉了漆的白茶缸子，大伙使它喝水。电机轰轰地轰鸣着。老宋在床上歪着，眯着眼睛，样子像是睡着了，甚至打起了鼾声。可是呢，睡着的老宋也记着钟点，隔一会儿就要起来，去给锅炉添添煤。老宋打开锅炉门，用大板锹往里扬一气煤。锅炉门一打开，通红的炉火就把老宋一张黑脸映得红彤彤的，老宋一下变得神采奕奕的，焕发了青春似的。一个个漫长的冬夜，老宋基本都是这样度过的。躺一会儿，起来添一气锅炉。再躺一会儿，再起来添一气锅炉。

年三十的夜晚注定是不会寂寞的。从早晨到晚上，鞭炮声就没有断过，震耳的余音在楼群里回荡。麻雀们不停地在楼顶上飞飞落落，惊慌失措的样子。老宋嘟哝着，这些个小孩子，真他妈的！其实这个时候，也只有这些小孩子才会不顾寒冷，在铺满红纸屑的地上捡那些没有炸响的鞭炮放着玩。大人们则在麻将桌上把自己搞得头昏脑涨，把屋子也搞得乌烟瘴气。老宋没那个兴趣，也没那个工夫。有那个闲工夫，老宋觉得还不如躺那睡一会儿觉自在呢。老宋闭着眼睛，想儿子春来小时候。儿子春来小时候，跟外面这些个孩子一个样，过年就喜欢放鞭炮。腊月二十八九的时候，老宋无论多忙，也得抽空领着儿子春来上街里，在卖鞭炮卖对联卖挂钱儿的摊前流连忘返。一到年根儿，卖鞭炮卖对联的摊子一家挨一家，把个县城的南北大街堵得严严实实，一直排出去一里多地。春来冻得淌清鼻涕，也不愿回家，这家看看，那家挑挑，挑来选去，结果就装了满满一方便袋的鞭炮。老宋由着儿子的性子买。前两年春来放寒假，过年还能在家跟他过个团圆年，今年一毕业，有了工作，连过年也不能回家了。老宋这么一想，心里不知道是高兴呢还是难受。

屋外震耳的鞭炮，将锅炉房棚顶的陈年老灰震落下来，迷了老宋的眼睛。老宋揉着眼睛，手本来也不干净，结果越揉越难受。不仅是眼睛难受，心也难受。老宋就气得骂，骂如今的鞭炮弄得越来越响，跟放大炮似的，震得楼都直颤。老宋只得翻身起来，去清洗眼睛，哗哗地洗了半天。老宋出了屋，站在锅炉房的门口向天上张望。漆黑的夜空里，不断地闪耀着鞭炮爆炸的火光。如今的烟花爆竹，各种各样，不仅是听个响拉倒，还能变出各种花样。礼花就不用说了，梆的一声，五彩缤纷。像孩子们玩的“钻天猴”，响倒并不怎么响，点燃了，吱吱叫着，带着曲里拐弯的尾巴，像个泥鳅似的钻到天上去了。还有“满天星”，也不怎么响，一点燃，像炒爆米花，哗哗哗地闪烁着无数的星光。还有“飞毛腿导弹”，长长的一根花花溜溜的纸棒，一头插在雪堆里，一头指向漆黑的夜空，一点燃，会一个接一个喷射出五颜六色的彩球，一气能喷出十几个。有的孩子站在自家的阳台上，能把那彩球射到另一栋楼上去。孩子们把“飞毛腿导弹”当枪使，开心得不得了。空气里弥漫着呛鼻子的火药味。孩子们自己出来放鞭炮大人不放心，所以孩子们的身边都有爷爷奶奶陪着。老宋就想到了“他朱姨”，这是老宋对邻居朱二他妈的称呼。老宋想，他朱姨这工夫，说不定也领着孙子在外面放鞭炮呢。他朱姨那个小孙子，可真累人。自从他朱姨有了这个宝贝疙瘩，连站门外唠几句嗑儿的工夫都没有了。能抱出屋的时候，他朱姨就整天抱在怀里。稍大一点就是整天放在车里推着。再稍大一点，会走了，整天用手牵着。上幼儿园，上学前班，上小学，都是他朱姨每天接送。唉，如今这小孩，哪是孩子，分明就是养个小祖宗！人说“有了儿子当儿子，有了孙子当孙子”，这话咋这么对。老宋这样想着的时候，腿就不由自主地往家里走了。老宋想回家一趟。老宋心里想，过年了，怎么也得让自己那个破家亮堂亮堂。老宋到家，却见院子里的灯笼已经亮了，院子里红彤彤的。灯笼一亮，把门上的对联、挂钱儿也照得红彤彤的。老宋想了半天也没想起是不是自己临走时打着的。要不就是他朱姨给打着的。夏天要下雨，老宋惦记园子里的酱缸没盖，跑回来一看，他朱姨早给盖上了。屋子里冷冷清清，老宋把所有的灯都打着了，亮堂是亮堂了，但是冷飕飕的，炉子没有生。人不在家，不敢生。屋里本来没有人就显得冷清，再一冷，就更冷清。老宋在院子里转悠了一会儿，也没想起还有什么可干的。老宋便习惯地拿过扫帚从门口到院外扫了一遍。其实地上只有薄薄一层清雪，扫不扫都行。但老宋还是习惯地把本来就很干净的院子又打扫了一遍。邻居他朱姨家的院子也是红彤彤、亮堂堂的，门上的春联和福字都能看得清清楚楚。他朱姨并没有领着小孙子在院子里放鞭炮。老宋往他朱姨家的屋里望了望，只有温暖的灯光映在窗户上。

前天在院子里见了他朱姨，人家还问呢，人家还关心春来，问过年春来回不回来。老宋当时用了一种怪里怪气的口吻，说不回来——调子拉得很长——人家上班啦……他妈的，这上班也不好，过年都不能回家过。老宋虽然用的是怪里怪气的口吻，然而他朱姨听得出来，老宋其实是夸儿子呢，夸儿子如今也在城市有了工作，有点扬眉吐气的意思。怎么说呢，好像也有那么一点炫耀的意思。他朱姨就啧啧两声，说春来这孩子，从小就看着有出息，早有对象了吧？老宋就咧着嘴，笑呵呵的，早有啦！现在这小孩子，啥都得大人操心，就这事儿不用大人操心。他朱姨望一眼老宋，说可不是，眼神里竟还带上了一点羞涩的意思。老宋见他朱姨那么看他，以为是自己脸没洗净，就赶紧拿手套擦了一把，把浑身上下拍打拍打，结果就拍打出无数的尘埃在阳光里飞舞。

快十点了。老宋看了看手机，手机还是静静的，儿子还没有动静。这小子！老宋知道儿子春来肯定会给他打电话的，就是再忙，今天晚上这个电话也要打的。老宋不停地给锅炉添煤，添一遍过来拿起手机看看，添一遍过来拿起手机看看。老宋想过了，今天晚上要比平时多烧些煤，多送两遍气。过年了嘛，让家家户户都能感觉到比平时更暖和，也不枉人们叫他一回“送温暖”。

外面的鞭炮声越来越稠密了。老宋知道，是“发纸”（旧俗，是一种迎财神的仪式。据说，财神爷在每年除夕的子时到人间体察民情，为一些善良的百姓赐福，这个时候，家家户户都抢着把财神迎进自己的家门）的时候了。过去，一到“发纸”的时候，自己家里也跟别的人家一样，就开始包饺子、煮饺子、吃饺子。当然，吃饺子之前，得先在当院以及通往院外的过道上笼上几堆火，把院子照得亮堂堂的，好让财神爷看得清楚，再放上一顿鞭炮迎接财神。笼火放鞭炮，均由老宋跟儿子春来来完成，老伴儿则在屋里忙活放桌子、煮饺子。一般是屋里老伴儿把饺子煮好了，外面老宋跟儿子春来的鞭炮也放完了。老宋领着儿子春来，把成挂的鞭炮挂在门前的板障子上，长长的，足有三千响，噼里啪啦地能响上好半天，那真叫过瘾。回回得由儿子春来亲手点燃。老宋就把自己手里的烟递给儿子，儿子把烟头在嘴上吹吹，烟头的白灰吹掉了，现出红火，手抖抖地往炮仗捻儿上一杵，再一杵，再一杵，刺刺地冒烟了，赶紧捂着耳朵跑。鞭炮噼里啪啦一顿响，有缤纷的红纸屑下雪一样落下来，眨眼就覆盖了地面。“双响子”则须一个一个立在地上放，先是嘭的闷闷的一声射向天空，接着就听脆脆的响亮的一声霹雳，声音在夜晚的高空里传出很远很远。

不到十二点，外面的鞭炮声达到了高潮，听起来跟爆豆似的，整个小城就像开了锅。就在老宋准备给儿子把电话打过去的时候，手机突然响了，把老宋吓了一跳，像是被手机烫了一下，一抖。其实准确地说，老宋并没有听见手机响，震耳的鞭炮声把手机的铃声给遮住了。老宋是看见手机一闪一闪地亮了。老宋赶紧接起来。老宋接起来就喊“儿子”。儿子春来在那头给老宋拜年，问候老宋过年好。老宋将另一只耳朵捂上，连说过年好过年好。儿子问老宋包饺子了吗，自己一个人也得包点饺子吃。老宋眼里就含了泪花，说包着呢包着呢，过年哪能不吃饺子呢！老宋放下板锹，轻轻地离开锅炉远一点，怕儿子听见电机的轰鸣。你呢？儿子，你们吃饺子了吗？儿子半天才说也吃了。儿子的鼻子像是有点齉。老宋忙问儿子是不是感冒了，感冒了赶紧吃药。儿子说没有。没有鼻子咋会这样？老宋从儿子的语调里听出了儿子情绪好像不怎么高，懒洋洋的，像是还没睡醒的样子。老宋猜可能是儿子头一回在外面过年，不适应，有点想家了。老宋就嘱咐了一番，叫儿子不要想家，都是大小伙子了，再说，以后不在家过年的时候多着呢。儿子春来又是半天才说没想家。但说没想家的时候，听着就不仅是齉鼻子，而且带着颤音，是哭腔。带着哭腔的儿子一面说自己没想家，一面嘱咐老宋要好好保重身体。老宋答应着，说老爸这身体，你不用惦记，再帮你干个十年二十年的也没问题，帮你把房子买上，帮你把媳妇娶上，我现在就想抱孙子呢……老宋这么一说，没想到儿子春来那头竟哽咽起来。老宋怎么听都觉得儿子不对劲。老宋就刨根问底，问儿子工作不顺心，还是跟对象闹别扭了。老宋这么一问，儿子那头，怎么说呢，就像是早已超过警戒水位的河流，脆弱的堤坝一下子被冲开个豁口，汹涌的洪水一泻而出。最终儿子哭着把什么都告诉了老宋。

其实儿子春来一直没有找到工作。也不是一直没找到工作，开始的时候，学校根据学生上学时签的包分配的合同，把春来分到了一家私营小企业，每天工作十几个小时，工资也低，结果没几个人能坚持住。春来就自己找了家建筑工地干了一阵子活儿。冬天工地的活儿停了，春来就到商场里给人扛货，一大包一大包的。前不久对象也跟他分手了。分手的原因嘛，儿子不说，不说老宋也猜个八九不离十。春来之所以没跟老宋说实话，主要是怕老宋跟他上火。对象与他分手之后，春来几近绝望，连家也不想回，也有点没脸回家的意思，就成天成宿地泡在网吧里，已经差不多有半个多月了。

老宋一屁股坐在了煤堆上，双手抱头，就像是脑袋冷不防被人打了那么一棍子。老宋呆呆地坐着，浑身冰冷僵硬，外面炒豆般的鞭炮声什么时候变得稀稀拉拉的也不知道，连给锅炉添煤都忘了。老宋的心绪一下变得糟透了。老宋把儿子春来骂了一顿，骂儿子过年不回家却泡在网吧里，长没长心。可是，隔了一会儿，老宋又后悔了，想想儿子也是心里不好受才上的网吧。于是回头又把电话给儿子打了过去，安慰儿子，天老爷饿不死瞎家雀儿，你学学你老爸。你老爸下岗那天，脑袋多老大，眼睛一模糊，一家人可怎么活呀？可你老爸愣是连个眼泪疙瘩都没掉。自个儿的梦自个儿圆，人这一辈子，最终还得靠自个儿，儿子你说是不是？老宋给儿子春来打完了气，自己却像个泄了气的皮球，歪倒在煤堆上。

外面的鞭炮声渐渐沉寂了，好比一场激烈的战斗已近尾声。接下来，该是年三十晚上的高潮——家家户户吃团圆饭了。可是呢，别说是没有饺子吃，就是有，此时的老宋也不见得能吃下去了。

迷迷糊糊中的老宋，恍惚看见有个人站到他的眼前。这个人，头戴乌纱，黑面长髯，着一身红袍，掌心托一锭金元宝。老宋一见财神爷，纳头便拜。正在老宋伏地磕头的时候，被人扒拉醒了。老宋愣怔了一下，慌忙翻身起来。

是他朱姨来给老宋送饺子了。他朱姨见老宋倒在煤堆上睡着了，看着老宋嗔怪道，咋还躺煤堆上了呢？你瞅瞅。又说，想早点给你送过来，出不来呀。快点趁热乎吃吧，两样馅呢，猪肉酸菜馅和牛肉萝卜馅。边说边把热乎乎的饺子摆在桌子上。不光是饺子，还有几样菜，有半盘子小鸡炖蘑菇、半盘子红烧鲤鱼、半盘子猪蹄儿（年三十晚上的猪蹄子已经不再是普通的猪蹄子了，变成了“搂钱耙子”，餐桌上必不可少的）。当然都不是用盘子装来的，是用白色的方便袋，一样一样的，在桌上摆开。最后，他朱姨变戏法似的从怀里掏出来半瓶子烧酒、一个玻璃酒杯，说热乎的，我怕它凉喽。老宋看着他朱姨一样一样往出拿东西，挓挲着两手。咋的了，这么蔫巴，想儿子了吧？老宋还沉浸在刚才的梦境里。这个梦让老宋的精神为之大振。我想他？我才不想他呢！他朱姨撇撇嘴，你就嘴硬！老宋看着桌上的酒菜，搓着手，半天不好意思动筷。老宋先不吃饭，先说梦。他朱姨惊讶，真的？咂咂嘴，夸老宋，瞅你，这梦做的，多好！来年你可要发财啦！他朱姨这么一说，老宋的嘴就咧到了耳朵丫子，像是幸福生活即将到来的样子。也好像肚子一下子就有了饥饿的感觉，食欲猛增，饺子一口一个，跟往锅炉里添煤一样，真是大快朵颐。

何老师的心血

我和何老师的儿子何守志是同学，从小学到中学一直是同学。念中学的时候，何老师是我们的班主任，教我们语文。何老师不但课教得好，班主任也当得好。社会上都知道，家长争着抢着把自己的孩子往他那个班级塞。在所有的任课老师当中，我们最怕的也是何老师。学生一般怕班主任是正常的，但何老师担任科任的班级，学生也怕他，课堂上一个乱说乱闹的都没有。学生为什么怕何老师呢？何老师不打不骂的呀。说白了，就是何老师对学生要求严格。换句话说，也就是何老师对学生认真负责。在他的课堂上，你必须集中精力听讲，搞小动作不行，睡觉不行，思想溜号也不行。比如你正打着瞌睡，眼皮直打架，冷不丁的，粉笔头子就会毫无声息地击中你的脑门，在你的脑门上留下个白点。掷粉笔头一点也不耽误何老师讲课，因为他连停顿也没停顿，甚至他好像连正眼都没看你，就瞥见你在搞小动作，瞥见你在打瞌睡，瞥见你思想开了小差。思想开小差怎么能看得见呢？何老师就能看见，因为你空洞的眼神已经把你的思想报告给了何老师。通常何老师只用眼角的余光就把全班每一个同学的状况尽收眼底，扔个粉笔头也就是眨巴一下眼睛的工夫。同学们私下议论过何老师掷粉笔头的功夫，肯定是所有老师当中排在第一位的，弹无虚发，猜想何老师年轻的时候弹弓一定打得特别准。

课堂上注意听课是一方面，要想把学生教会，关键还有课后知识的落实，就是留作业，也叫家庭作业。这一点，几乎所有当老师的，从小学到初中再到高中，都是这个套路，教学的方法手段可以说完全相同。说到底，这就是那时候我们传统的教学模式。别的老师，作业是不少留，杂七杂八一大堆，学生做不做，做得好不好，并不当回事。往往是作业本上写个又红又大的“阅”字，签个日子了事，似乎就是在完成一个程序。何老师不同。何老师每次不但认真批改，而且要求我们背诵的古文、诗词，第二天是一定要提问的。背不下来的，啥理由也别讲，放学留下，到办公室，老老实实站在何老师的办公桌旁，端着书背。开始没声，背着背着，就嘟嘟囔囔地出了声。何老师横一眼，声音立刻憋回去，只有嘴唇在嚅动。背着背着，声音又不自觉地出来了，何老师就再横一眼，冲门外歪一下头，学生就端着书本悄悄站到门外去背。那时候的学校，学生放晚学，老师不是跟着一道放，学生放晚学之后老师还要坐下来备一会儿课。所以办公室里老师们都在备明天的课，一个说话的也没有，很肃静，能听见笔写在纸上的声音，再就是翻书的声音。等别的老师都下班了，何老师才把东西收拾好，锁上抽屉，背靠在椅子上，伸一伸腰，冲门外喊一声，学生鱼贯而入，一个一个开始背诵。一遍不行两遍，两遍不行三遍，学生都烦了，何老师不烦。

还有一样，就是测验。何老师平时的测验也比别的老师多，几乎每周都要搞测验。其实测验也不是什么高深的教学方法，哪个老师不会呀，问题是测验完了呢，你要一张一张地判卷，这就自己给自己加重了工作负担，增加了劳动量。所以大多数老师平时不怎么搞，一学期下来也就是评那么两回卷，期中一次，期末一次。测验不但要评卷，看学生知识掌握得咋样，成绩不好的，或者原来成绩比较好，现在不升反降，怎么回事，怎么往下滑了。何老师当然还要找你谈一谈了。很多学生就怕这个环节，就怕何老师找谈话。何老师虽然不是声色俱厉，甚至语气很温和，但一谈最少是一个钟头。何老师软磨硬泡的功夫，令许多学生打怵。所以许多学生怕何老师，不是怕何老师打，也不是怕何老师骂，而是怕何老师这套软功夫。涉及家庭问题的，何老师还要家访。何老师家访不是向家长告学生的状，不像别的老师那样，把学生在学校的不良表现和盘托出，然后老师一走，家长就会把自己的孩子胖揍一顿。何老师家访是做家长的思想工作，很客气地希望家长能配合老师的工作，真心希望把孩子的学习搞上去。

何老师对学生要求严格，不仅仅表现在学习上，还表现在学生的日常行为规范上。教书育人嘛，光教书，不育人，肯定算不上一个好老师。在这方面，何老师甚至比对学生的学习要求还要严。从新学期开学第一天开始，何老师给我们上的头一堂课，就是专门讲学生应该有怎样的行为举止，《中学生守则》不但醒目地贴在班级前面，让我们天天看、时时看，时刻提醒着自己，还要求我们必须背下来。学生犯了错误的时候，何老师先让你背一遍《中学生守则》，然后叫你自己说，自己犯了其中的哪一条。不打仗、不骂人就不用说了，连小学生都知道。除此之外，上课时要坐姿端正，站队走路要落落大方，说话做事要文明礼貌，穿衣戴帽要端庄得体……何老师的要求比《中学生守则》上的要求还要多。何老师经常给我们读雷锋的故事，教育我们像雷锋那样，尊老爱幼，团结友爱，爱国家，爱集体……何老师说，学生念书，首要的是做人。人都没做好，学习再好有个屁用？有一个时期，社会上的小青年时兴留长头发，穿花格衣裳喇叭裤子，戴蛤蟆镜，经常上学校闹校。若见教室里是个年轻的女老师在上课，他们就敢扒窗户往屋里看，甚至站在开着的教室门口，女老师讲一句，他们跟着学一句，女老师讲上句，他们接下句。堵住好看的女学生，拽着要跟人家搞对象。这种情况，别的老师碰上也不敢管，何老师敢。何老师一见他们那副模样就恶心，嗤之以鼻，见一回撵一回。何老师呵斥道，学校是你们来的地方吗？瞅瞅你们这个样子，男不男女不女的！他们就偷着给何老师的自行车放气。有一次何老师晚上在学校值宿，刚躺下，砖头子突然从窗户飞进来。等何老师穿衣出门，外面静悄悄的，什么也没有。何老师回屋躺下，砖头子二次飞进来。何老师知道是那些小子干的。但是何老师在校园里再碰见他们，依然往出撵。有的学生偷着跑到厕所抽烟，夜晚从窗户钻进食堂偷馒头吃，不管是哪个班级的，只要被何老师发现，何老师绝不会睁一眼闭一眼。何老师认为这些都是不良行为，对一个人的成长影响很大，必须纠正。个别学生背后骂何老师是狗拿耗子，给他起了个外号，叫“何大拿”。

何老师对何守志的要求，怎么说呢，比对任何一个学生都更严格。从何守志上小学的第一天开始，每天临睡前，何老师都要检查儿子的作业，考儿子白天学习的内容，天天如此。久而久之，养成了习惯，何守志天天临睡前，不等何老师叫他，自己端着作业本就过来了。何老师在何守志面前跟在班级学生面前一样，脸上很少有笑容。遇到何守志作业本上写错了字，做错了题，何老师脸色就更难看，声音也更严厉。何老师先还耐着性子给何守志讲，讲了一遍还不明白，何老师就烦了，就会对着何守志吼，甚至在何守志的头上拍一巴掌，屁股上踢一脚。何守志吓得浑身哆嗦，脑子就更不好使了。所以一开始，何守志面对父亲检查作业的时候，每一次都是提心吊胆的。何守志若是在外面跟人家的孩子打了仗，何老师知道后，不管怨不怨何守志，都要把自己的儿子先揍一顿。如果是怨何守志，何老师还要拽上儿子，上门去给人家赔礼道歉。在何老师的思想意识里，依旧把“棍棒出孝子”奉为至理名言。上中学之后，何老师给何守志规定，天天晚上必须学到十一点。何守志学到十一点，何老师也陪到十一点。何老师要么备课，要么看书，要么做点活计：坐在炕上帮老婆哗啦哗啦地搓玉米啦，一粒一粒地挑黄豆啦，坐在灯光下编柳条筐啦什么的。中间给儿子烧个土豆吃。早晨何守志起得早，何老师也起得早。何守志在门前的树下小声背外语，何老师在门前的园子里劳动，薅草，锄地，浇水。听不见儿子背诵的声音了，何老师就会停下手里的活计，往那面望一望。这样说吧，在家里，何守志的任务就是学习，再忙何老师也不让他干活。放农忙假，别的学生都被家长打发下地干活去了，何老师却不，何老师让何守志在家学习，何老师自己扛着农具下地去。

可是在学校就不同了，虽然何老师是我们的班主任，但何守志什么都跟我们一样，一点特殊化也不搞。捡粮捡柴，包括积肥，哪样也不比我们少。相反，越是脏活累活，比如抹平房、淘厕所，何老师越是让自己的儿子抢先去干。各项文体活动何守志也积极参加，德智体美劳，全面发展。

高考的时候何守志比我们考得都好，在我们那个镇高中，何守志考了第一名，考上了省内一所重点大学。当初报志愿的时候，何老师颇费了一番踌躇。依何守志的志向是报个文科大学的中文专业，何守志喜欢文学，从小有个当作家的梦想。要不就报师范，将来当个“人类灵魂的工程师”也挺光荣。但何老师想来想去，觉得搞文学当作家有点异想天开，当老师又没啥大的前途。当时比较热门的专业是工商、税务，毕业分配好，工作实惠。按何守志的成绩，考这类热门学校是没有问题的，但何老师最后给何守志选择了政法专业。毕业的时候何守志果然分配到了政府机关。开始几年我们还有联系，经常通信，谈抱负，谈理想，后来慢慢就断了。

何老师退休的时候，据说何守志已经走上了领导岗位。本来他想让老爸老妈上他那儿去，上省城，可何老师老两口不干。何守志最后只好在县城帮老爸老妈买了房子。隔三岔五打个电话问候问候，嘱咐老爸老妈不要舍不得吃舍不得穿，节俭一辈子了，晚年该享点清福了。又嘱咐老爸老妈多锻炼，多走走，得有个好身体。何老师哼哈地答应，说你别光嘱咐我们，你自己得好好干。每次何老师都嘱咐儿子，为官要清廉什么的，不厌其烦。儿子嫌老子啰唆，说你跟我妈俩把自己的身体照顾好比啥都强。何老师就撂了电话，嘴上埋怨说儿大不由娘啊，心里却是满意的。

乍一进城，何老师跟谁都不熟，对县城这个新的生活环境感觉也是陌生而又新鲜，于是何老师每天就不停地在街里转悠。何老师在街里转悠，不是逛商店。何老师不喜欢逛商店。何老师是在县城里的大街小巷转悠，迈着四方步，慢条斯理的，把什么都看得格外仔细，反正有的是时间。别人看着，以为何老师是个考察风物民情的老学者呢。估计连在县城里住了一辈子的人都未必走过的胡同，何老师都慢慢溜达到了。回去给老伴讲，别看街面上灯红酒绿，貌似繁华，背街（哪道街哪条巷何老师都能说得出来）依然是贫民区，房子矮趴趴的，很破烂，街道也坑坑洼洼不好走。老伴懂得何老师的心思，就顺着何老师的意思，忧国忧民地叹息一声，说，到啥时候，没有穷人了该有多好啊！何老师不打麻将，喜欢下象棋。何老师发现街头巷尾阴凉的地方，常有一堆一堆的人们在下象棋。何老师先是在旁边看，一看就是半天。混熟了，就也参加进来。何老师喜欢跟几个退休的老干部下象棋，都是有点文化的人，话能说到一块儿。日子长了，老干部们知道何老师退休前是当老师的，笑着说，不用问，一张嘴就能听出来，不像我们这些大老粗。何老师谦虚地摆摆手，说哪里，都一样，都一样。不下棋的时候，就拉上老伴去公园的林荫道上散散步，每天早晨在自家的小区里打打太极拳，之后跟老伴上早市买点菜。从何老师悠然自得的神态上看得出，何老师晚年的生活是快乐又惬意的。

何老师下棋气定神闲，荣辱不惊，赢也罢，输也罢，都不当回事，有大将风度。何老师不但下棋气定神闲，何老师走路、说话，言谈举止都是一副气定神闲精神饱满的样子，而且一向穿着整齐，从不马马虎虎。因为是教语文的出身，喜欢咬文嚼字，有板有眼，“春节”从不像别人那样说成“村节”，“猪肉”也从不说成“猪又”。那些老干部们听了反而发笑，常常说他可能以为面对的依然是学生，说话总是有种给人上课的感觉。老干部们有时就打趣道，何老师又免费给咱们上课了，不听白不听啊。老干部们坐一块儿好谈论时政，从县里到省里，再到国家，都是他们谈论的话题。说到有些令人生气的事情，老干部们甚至像吵架那样，一个个面红耳赤，乱骂的时候也有，惹得过路的人都停下来，伸着脖子往这面观看。但何老师从来只是一个听众，很少插嘴，因为何老师不大认同他们的看法。只要何老师插嘴说话了，何老师说出的话，往往跟大伙的看法拧着劲——何老师多数时候是站在官方的立场说话，换句话说，何老师好讲官话，讲大道理。比如说到腐败，多数人摇着脑袋，说瞎子闹眼睛——没治啦！大官大腐，小官小腐，无官不腐，把当官的排成队，隔一个拉出去枪毙一个，还得有漏网之鱼。何老师却不同意这种说法。何老师说这样说未免太绝对了。何老师认为我们的干部多数还是好的。时间长了，人们觉得何老师这个人，怎么说呢，叫人有点琢磨不透。

老干部们知道何老师的另一个身份，是有一年过年的时候。那年过年，县里的领导突然上何老师家去拜年，几辆小轿车黑亮黑亮地停在何老师家的门口。看见的人都纳闷，以为是县领导过年慰问退休老教师呢。等知道何老师的儿子叫何守志，心里叫一声，天哪，怪不得！人们在电视里经常见到何守志，何守志刚刚当上市政府的主要领导。老干部们棋也不下了，把何老师围在当中，一面恭维何老师教子有方，一面向何老师讨教，问何老师是怎么培养儿子的，居然把儿子培养得如此优秀。何老师依然谦虚地笑笑，说优什么秀，只不过是个小领导而已。再说，那也不是他培养的，是党和国家培养的。大伙就说何老师你可太低调啦，儿子当了那么大的官，居然从你身上一点儿也没看出来，怕我们求你？把何老师从上到下重新打量一番。何老师就越发地谦虚起来，说这算啥，干什么工作不都是为人民服务吗。其实何老师心里真是这么想的，可别人听着，这话就有点不那么实在了。老干部们就笑了，说那是那是。觉得何老师这个人，怎么说呢，说不出来。当然，再见着何老师，不自觉地还是先打招呼，纷纷让座。也更加留心何老师的儿子何守志。何守志在电视里出来的时候，会激动地指着电视告诉家人，说这就是跟我们一块儿下棋的何老师的儿子，仿佛能跟何守志的老父亲在一起下棋，也成了一种荣耀。第二天见了何老师，头一句就是，昨晚又见着你儿子啦！伸出大拇指，你别说，长得可真像你。何老师神采奕奕的，眼睛发亮。

一晃又是多年过去了。年届七十的何老师，本来精神非常好，每天到公园散步，打太极拳，在阴凉处下象棋。可是后来，挺突然的，老干部们看何老师的眼神变得有点怪怪的，躲躲闪闪。见何老师过来，正说的话不说了，眼神中也没了原先的那种敬意，就好像一下子这些人跟何老师的关系又回到了从前，回到了十多年前刚认识的那会儿，见了面不冷不热的，招呼也懒得打，座也不让了。何老师心里犯嘀咕，就努力回想自己是不是什么地方得罪了人，是说话没注意，碰了众人的耳朵？怎么也想不起来。这些老东西！何老师就干脆不跟他们下象棋了，自己独自到公园散步，打太极拳。何老师始终没有往何守志那方面想，没有把老干部们态度的变化跟何守志联系起来。其实何守志在电视上好像有一段时间没有露面了，只是何老师没有注意而已。何老师对自己儿子的关注程度，远没有那些老干部对何守志的关注多。何老师只是觉得儿子已经有一段时间没有往家打电话了。儿子不打，何老师当然也不会主动打。跟老伴叨咕，老伴说，能有啥事？你别净瞎惦记。儿媳妇说，守志上党校学习去了。何老师想，上党校学习？上哪儿学习也不至于连打个电话的工夫都没有吧？

何老师本来天天都要看电视，主要是看新闻，看时政要闻，多年养成的习惯。现在何老师突然改了习惯，不看了。一到播新闻的时段，何老师就啪的一声把电视关了，要不就出门去。何老师似乎一下子变得讨厌新闻，怕看新闻。

何老师在人前露面的时候越来越少。偶尔上街，上医院，也不走人多的大街，专挑僻静的小巷走，怕碰上熟人。若是撞见了，他看见了人家，人家没看见他，何老师就把脸低着匆匆走过去，装作没看见。真的走个对面，躲也躲不开了，装作没看见不行了，何老师只好硬着头皮敷衍。老干部们可下撞见了何老师，截住不放，问东问西，说最近怎么老不见你出来，老在家窝着可不行。何老师摇着头，脸色难看，惶惶惑惑，支支吾吾，声音虚弱得几乎听不见，说最近身体不大得劲。脚步停也不停，胡子拉碴的，白发凌乱。步伐也不如去年那么坚实有力，一阵风就能刮倒的样子。好像是，一下子，何老师就老得不行了。

往后，老干部们再也没见过何老师。

女孩巧云

树生两口子结婚好几年了也没有个孩子，看了不少大夫，吃了不少汤药，也没当事。后来就要了一个，就是巧云。要了巧云之后，树生两口子就不敢在当地住下去了，赶紧搬家，搬到一个陌生的地方。这样一来呢，没人知道巧云是要的，等巧云长大了也就没人告诉巧云，说她不是树生两口子亲生的；二来呢，也让巧云的亲生父母打听不到孩子的下落，免得日后来找。

最初的几年里，树生两口子整天提心吊胆的，就怕巧云的亲生父母后悔把孩子送了人，找上门来要孩子。所以一看见个眼生的人心里就发慌，赶紧往起躲，又关门又上锁的。日常呢也生怕别人看出什么破绽，对巧云比亲生的还亲。有一回邻居家的妇女闲唠嗑的时候，跟树生媳妇说，你们家巧云长得一点也不像你们两口子，瞅瞅那个水灵。树生媳妇心就咯噔一下，嘴上却故意挑那妇女的理儿，说，哟，瞅你说的，好像我们两口子长得多砢碜似的。其实呀巧云长得像她姨，那个模样，那个身段，可像可像啦！树生媳妇的嘴还是挺巧的，一遮掩就给遮掩过去了。可是等巧云长到十几岁的时候，巧云还是从别人的嘴里听说了自己不是父母亲生的，是要的。巧云回家就问妈，正在做饭的树生媳妇脸一下变得很难看，熬菜都忘了放盐，说，你这孩子，听谁说的？别听人家瞎说。树生媳妇把巧云数落了一顿不算，问巧云谁说的，看我不去找她。巧云拽着妈不让去找，没挡住。树生媳妇就真的上门把那说瞎话的妇女给骂了一顿，说你们可真缺德，什么话都跟小孩子说，小孩子知道个啥，听了还不当真事？谁说我们家巧云是要的？回家给巧云又煮鸡蛋又烙饼的，把巧云哄好了，巧云就真以为是那些妇女没事扯瞎话，自己怎么可能不是爹妈亲生的呢。可是后来听的遍数多了，巧云心里还是不免有了些疑惑。不过疑惑归疑惑，巧云再不敢去直接问父母，知道问了父母也不会告诉她真话。巧云有巧云的心眼儿。巧云虽然嘴上不再追问父母，自己是不是他们亲生的，但巧云时时都在心里品着父母对自己好不好，像不像亲生的。看见别人家的女孩子穿了好看的花衣裳，巧云就回家跟母亲说，谁谁穿了花衣裳，可好看可好看啦！树生媳妇就挎了筐鸡蛋上供销社，给巧云买了花布回来，比量着巧云的身材剪裁了，在缝纫机上突突突地做起来。巧云穿上花衣裳就跑出去跟人家显摆，意思是让大伙看看，我妈也给我做了新衣裳了。巧云打外面回来，故意把一张冻得通红通红的脸蛋晾在妈的眼前，看妈注不注意，意思是看妈对她关不关心。树生媳妇当然心疼了，赶紧把一双粗糙的手往大腿上蹭蹭，给巧云焐脸。埋怨道，围脖咋不围上呢？看把鼻子冻掉了可咋整，找婆家都没人要。巧云嫌妈的手粗拉，有股泔水味，拧着脸说戴了，咋没戴呢，这破围脖一点儿也不暖和。巧云说着，把脖子上的围脖扔到炕上。树生媳妇就说你是不是又看谁戴新的了？巧云就乐了，说谁谁家的女孩子戴了新鲜的红围脖。树生媳妇说我就知道你那小心眼儿里想啥呢，嫌围脖旧了不好看，宁可挨冻也不愿戴，是不是？树生媳妇又上供销社买团红毛线，给巧云一针一针地织围脖。巧云天天都把妈织的围脖拿过来围在脖子上比量着，问妈啥时候才能织完。树生媳妇看巧云着急的样子，故意逗巧云说早着呢，过年能戴上就行呗，手上却一刻不停地织。巧云戴上鲜艳的红围脖，长长的围脖在巧云的脖子上围了一圈，然后再一前一后那么随便一搭，彩霞般灿烂的围脖把巧云一张脸蛋映衬得像个红苹果一样漂亮，把个树生媳妇美得眉开眼笑的，夸巧云，啧啧，瞅瞅我老闺女，像不像个天仙儿？忍不住在巧云的脸蛋上亲一口。巧云不好意思了，说了声妈，拿手擦脸蛋。树生媳妇说，瞅瞅，这孩子，你这是长大了，嫌妈埋汰啦。巧云说，才不是呢。连巧云的爹树生上街里卖席子啥的，也从不忘给巧云买点零嘴，几根麻花，几个苹果，几斤冻梨，至少也要买一包淡黄色的包装纸包了一层一层的五颜六色的糖球。巧云常常拿上这些好吃的东西上伙伴的面前去吃。

再说干活。人家的女孩子在家里啥活不干呢？样样家务活儿都得干，扫地，叠被，抹抹家具，拾掇拾掇屋子，妈做饭的时候帮妈烧火，吃完饭再帮妈捡桌子刷碗，冬天的晚上抱柴火烧炕，不用支使，什么都能伸上手，都能帮妈一把。其实，这些对于农村孩子来说根本就不算啥活儿，真正的活计是下地。我们这里农村人所说的下地，就是指跟大人们去大田里干农活儿，铲地，割地，那才叫活儿。星期天的时候，你看吧，家家的孩子没一个闲着的。农村的活计应有尽有，没有这样还有那样呢。年龄太小的孩子，八九岁，十多岁，即使不跟着大人下地，在家里也要给猪割猪菜，甸子上，壕沟里，一筐一筐的，一麻袋一麻袋的，割回来还要一刀一刀地剁，还要一锅一锅地烧火馇猪食。这种活儿有点磨叽，属女孩子活儿，所以小男孩宁可上自己家的园田地里去间间苗、薅薅草，顺便还可以抓蝈蝈、逮蚂蚱什么的。若是放长假了，像暑假，正好是农村麦收季节，就得跟着大人们一起下地割麦子。小孩子不会割，大人不敢让他们使镰刀，那就跟在大人的后面捡，捡掉在地上的麦穗。捡过的麦茬地上若是被大人发现还有零星的麦穗，那个正在一心一意逮蚂蚱的小孩子，屁股上就免不了挨上一脚。麦子拉到场院高高地垛起来，场院就不是场院了，样子像是寺院里的塔林。小孩子们在麦垛空里打鬼子、捉迷藏。割麦子的季节正是伏天，灼热的阳光会把人的脸晒掉皮，锋利的麦芒会把裸露的胳膊扎出一片片的红点子，痒痒的。而打麦子用打麦机，打麦机一叫起来喷云吐雾尘土飞扬，每个人的脸上、脖子上落满尘土，造得跟个小鬼儿差不多。所以无论是割麦子还是打麦子，哪样都是人们最讨厌不过的劳动。

只有树生两口子从来舍不得叫巧云干这干那的。家里外头，什么活儿也不让巧云干。不但不让巧云干活，巧云喜欢穿什么，喜欢吃什么，一切都可着巧云。别的女孩子的脸都是又黑又糙，而巧云的脸则是又白又嫩，一走一过，留下一股浓浓的胭脂的香味。惹得别人家的女孩子都羡慕死了，说巧云可真是掉到福堆儿里啦！

令树生两口子没有想到的是，他们的溺爱，却使得巧云越大越轻浮，好逸恶劳，整天只知道把自己打扮得溜光水滑的，什么都讲究时兴。时兴喇叭裤就穿喇叭裤，时兴烫头发就把头烫得像个鸡窝，时兴戴墨镜就戴个黑亮黑亮的墨镜，时兴抹眼影就把自己的眼睛抹成黑眼圈，像个熊猫似的。无论是上学还是放学，屁股后总有小男生死皮赖脸地跟着。巧云常熊那些小男生给她买零嘴，只要巧云的指令一下，那些小子就屁颠屁颠的，今天你买根冰棍，明天他买块雪奶，也有把自己很酷的照片塞在巧云的书包里的。巧云把那些小男生折腾得神魂颠倒，发展到后来，小男生们因为巧云争风吃醋，打得头破血流。这事传到树生两口子的耳朵里，开始还不信，自己的孩子哪能像别人说的那样，骂那些人造谣诬陷，往我们家巧云头上扣屎盆子，明摆着是欺负外来户嘛。树生媳妇站到大街上不指名不道姓地胡乱骂一气。后来还是巧云的班主任老师把巧云的家长找去，把情况跟家长一说，树生两口子又羞又气，心说这可如何是好，这不完了吗？这孩子咋会这样呢？这样下去，丢人的日子在后边呢。当初要孩子的时候打听得妥妥的嘛，说孩子的爹妈啥说道没有，不这不那的。树生就转而埋怨媳妇，说都是你惯坏的，从小娇生惯养，惯子如杀子，这回好了，看你咋整。树生媳妇说，都是我惯坏的？都是我惯坏的？长这么大，你连一句都没说过她，连一手指头都没碰过她，啥样你都不说，你这不是惯吗？树生就没话说了。

晚上吃饭，树生始终拉拉着脸子，对巧云看也不看，也不说话。吃完一碗，巧云接碗，要给他盛饭，树生不用，自己盛。巧云就看着妈，说，我爹这是咋的了？以为是爹跟妈吵架了。树生媳妇就给巧云使眼色，说吃你的，别管他。巧云撂下饭碗，连桌子也不拾掇，巧云没这个习惯。树生把巧云喊住了，说你都多大了，连个桌子也不能帮你妈捡捡吗？巧云愣怔了半晌，不知道爹今天这是抽的哪门子风，平时爹可从来没支使过她，也没这么大声呵斥过她。树生媳妇赶紧过来拾掇，说不用你不用你。树生就没好眼神瞪他媳妇，喝道，你搁那儿，让她收拾！巧云就赌气往下捡筷子捡碗，结果就把一个菜盘子掉到地上摔碎了。树生呵斥着，啥也不能干，干点活儿就要工钱，你还能干啥？树生终于忍不住发了一回脾气，借着这个引子把巧云大骂了一顿。树生一骂，巧云干脆连桌子也不捡了，一边待着去了，拿出一本花花溜溜的刊物看。树生就更生气了，抢过刊物三把两把撕了。巧云哭了，嘴里说你赔你赔。树生抄起炕上的笤帚疙瘩，说我赔你，我赔你两笤帚疙瘩！打了巧云两下，外屋刷碗的树生媳妇听见，慌忙进屋把树生手里的笤帚疙瘩抢下来，说得了得了，骂两句拉倒吧，咋还动手打孩子呢！把巧云搂在怀里，给巧云擦眼泪。巧云长这么大，这是头一回挨打。树生说，不好好念书，不好好念书将来能出息吗？不好好念书，明儿个下地吧！树生媳妇说下啥地下地，她才多大呀！转头对巧云说，今后咱不跟那些半大小子瞎胡混。巧云说那怨我吗，是他们整天缠着人家。树生气哼哼的，他们怎么不缠着别人呢？怎么非缠着你？巧云故意气他爹，说别人没我长得好看呗。树生差点气抽过去，你越来越没羞没臊了！树生真想扇巧云一个耳光，手抬起来却没有落在巧云的脸上，而是落在了自己的腿上。树生骂了一顿巧云，巧云干脆摔门走了。巧云一走，树生转而大骂那些不要脸的小男生，发誓要打折人家的狗腿。树生媳妇在后面追着巧云，说巧云你上哪去，巧云你回来。巧云哭着说，不用你们管我。巧云在同学家住了两天，巧云跟她同学说，早晚她要离开这个家。同学的母亲就关切地问巧云你离家上哪去，找你亲爹亲妈去呀？巧云没吱声。

巧云赌气不念书了，要上外面去找活儿干。树生两口子听了互相看了看，一脸的惊慌。树生说你才多大呀，就出去找活儿干，再说你会干啥呀？树生媳妇吓坏了，说巧云你可别瞎扯，谁出去找活儿咱也不出去，妈可舍不得你走。巧云说她有个小学同学，在城里找了工作呢，挺好的，她也想去试试。树生用鼻子哼着说，说得好听，在城里工作，不就是在饭店里给人家端端盘子刷刷碗啥的吗？巧云说那才不是呢，人家在美发店，学美容，学化妆。树生说都一样，那些个老板，一个个心肠都是黑的，你没看有多少干完活儿捞不着钱的，白干。树生两口子不同意巧云出去找工作，一是怕巧云在外面遇上坏人，二是怕巧云在外面学坏了。不过这话树生两口子没有当巧云的面说。无论树生两口子说什么，巧云都听不进去。巧云还是偷着跑了，跑到邻近的油城，投奔原先的一个女伴，女伴在一家饭店刷盘子，巧云去了也刷盘子。然而巧云连盘子也不怎么会刷，长这么大巧云也没刷过几回盘子碗的。饭店的客人不少，每顿饭之后都是一大摞一大摞的盘子碗，油腻腻黄糊糊的，女伴挽起袖子，一会儿工夫就刷完了。换了巧云，又怕弄脏了手，又怕弄脏了衣裳的，半天半天也刷不完。好不容易刷完了，一看，还是里外发烧。老板娘说，你在家连个碗都没刷过呀？老板娘看着巧云挽起的袖子，细皮嫩肉的，笨手笨脚的，皱皱描过的秃眉毛。巧云的手上也没个轻重，没干上几天已经打了好几个盘子好几个碗了。老板娘就不再仅仅是皱光秃秃的眉毛了，而是没鼻子没脸地骂，几乎每天都要把巧云骂上一顿，说巧云是个吃菜货、窝囊废。看巧云讲究穿戴，长得也不赖，说我看你呀，饭店这个活儿你干不了，明儿个我给你找个合适的活儿吧。说完嘴上一撇。老板娘说的“活儿”巧云没听出来是啥意思，但巧云的女伴听出来了，赶紧过去帮巧云刷碗，给巧云使眼色，说巧云刚来，慢慢就会了。拿眼睛偷着一眼一眼瞪老板娘，小声骂老板娘没好心眼儿。巧云她们几个服务员顿顿吃客人剩下的饭菜，吃得巧云直恶心。老板娘见了，显出一脸的惊讶，说这是咋的了，用不用上医院检查检查？意思是巧云是不是怀孕了。巧云气得脸通红。本来讲的是只刷盘子，其实除了刷盘子，还要择菜、抠鱼，还要倒泔水，还要拖地擦窗户，还要拾掇老板和老板娘住的房间，给老板和老板娘铺床叠被子，还要给老板家上初中的少爷洗衣服、刷鞋子。反正不能待着，老板娘看见你待着就不用好眼神瞅你，没好声地喊你干这干那，骂你像个死人似的，你爹妈从小咋教育你的？就这样还出来干活？巧云对那个老板娘又恨又怕，一听见老板娘的喊叫心里直打战。巧云觉得那个不怎么说话的老板人还不错，说话也温和，对她还有个笑模样。有一天那老板让巧云把他的房间收拾收拾，巧云刚一进屋，老板就把她抱住了，巧云哇哇大叫，老板赶紧松开手，在巧云的屁股上狠狠掐了一把。晚上巧云跟同伴一说，同伴眼里突然涌出泪水，说外面的活儿不好干哪，我看你趁早回家去吧。巧云一宿也没睡着，越想越害怕，把被子紧紧地裹在身上。那会儿的巧云，恨不得一下子扑到爹妈的怀里。第二天巧云连工资也没敢跟老板娘要，趁着上厕所的工夫跑了。

巧云离家的这半个月，树生两口子到处找，找翻了天，听说巧云去了油城，就上那个油城去找，那么大个城市，不知道个具体地方，上哪儿去找？两口子的嘴上全起了水泡，互相埋怨。树生媳妇哭着骂树生，叫你打，叫你打，说说就行了呗，你还动上手了，这回看你还打不打了？你赶紧去把巧云给我找回来，巧云要是找不回来，我也不活啦！树生媳妇简直要疯了。

没想到的是，巧云回来上了高中之后，完全变了个人一样，不讲究穿戴了，不再朝爹妈要这要那，别人穿啥她穿啥，别人咋样她咋样，举止言行上一点也看不出与众不同了。对于那些整天跟她黏黏糊糊的男生，只要往她的跟前一凑合，巧云立刻就把脸子拉下来，不给他们好脸色。不但不给好脸色，实在烦人的，巧云干脆往人家的脸上吐唾沫，拿脚往人家的腿上踢，踢得人家龇牙咧嘴的，擦着脸，揉着腿，说你咋这么狠。巧云说这是轻的，再嘚瑟，整死你！巧云咬牙切齿的，那男生竟美滋滋地凑上脸来，说你整死我吧，你整死我吧。巧云真就抬手给人家一个响亮的嘴巴。看样子巧云是打心里仇恨这些人，这也许跟那次差一点被饭店的老板侮辱有很大关系，那件事在巧云的心里留下了无法抹掉的阴影。巧云最明显的变化要数学习，比原先刻苦用功多了，学习成绩一天比一天好起来，后来补习了一年，真的考上了大学。这回把树生两口子又差点乐疯了。

就在巧云上大学的那年秋天，巧云的父亲树生在打麦子的时候，不小心被打麦机将一只胳膊给打掉了，树生两口子当时没敢告诉巧云。巧云是放寒假的时候才知道的，巧云抱着爹的空袖筒子愣了好一阵子，愣了好一阵子之后才哭出声来。

树生本来编得一手好席子。每年一到冬天，别人都闲着了，树生却闲不住，树生要起早贪黑地编炕席、编席篓子，然后拿到集上去卖。编席子是个很费事的手艺活儿。先是选材料，就是从秫秸垛上一根一根地挑出直溜的秫秸，再一根一根去皮，皮要扒得干干净净的，再一根一根破开，一根秫秸破成三瓣，喷上水，闷一宿，秫秸就变得湿润柔韧了，然后还要一根一根刮去瓤子，就成了可以用来编席子编篓子的秫秸篾子了。接下来就是编席子，树生就坐在屋地上编，青绿的秫秸篾子在树生手里像是春天的柳枝，舞姿婆娑，眨眼就变成了树生屁股下满是“人”字的席子，横着看是“人”字，竖着看还是“人”字。早晨的时候还只屁股下一小片，可到了晚上再看，树生屁股下面的席子已经有小半铺炕那么大了，碧绿碧绿的，树生像是坐在一片绿茵茵的草地上。身后的席子越编越大，就被卷成个席筒。小时候的巧云一见到卷起的席筒就往里头钻，跟爹藏猫猫。开始树生假装找不到，就说老闺女打个鸣听听，巧云就在席筒里面学公鸡打鸣，一打鸣爹就寻着声音把巧云给找到了。藏了一回还不行，再藏再找，再藏再找，左一回右一回，树生就说去去去，玩去吧，耽误爹干活，巧云就噘着嘴走了。树生常常一编就编到半夜，一面编，一面听着收音机里讲评书。树生的手艺好，人也实在，不糊弄，编出的席子，席子花又小又瓷密，结实耐用，背到集上一哄就被抢了。每次树生上集上卖席子，回来都忘不了给巧云买点好吃的。

如今剩下一只胳膊的树生，什么活儿也干不了，几乎成了个废人，家里家外全由树生媳妇承担起来。这就等于两个人互换了角色，树生媳妇成了男劳力，树生则成了家庭妇女，整日在家看家望门，做饭喂猪什么的。邻居妇女对树生媳妇说，瞅瞅你们两口子，干得有劲巴拉的，意思是连个亲生的孩子也没有，树生又残废了，还那么拼命干，图个啥呀。树生媳妇说，这不是为了孩子嘛。等我们家巧云大学毕业了，自己挣钱了，我跟树生就用不着这么干啦。那妇女就咂咂嘴，没说什么。

上了大学的巧云，生活十分节俭，平日里只穿一身学校发的校服，吃饭有时候连菜也不打，只买几个花卷回寝室吃，被同学看见了，巧云就说减肥呢。巧云背着父母当家教。巧云毕业留在了城市。巧云每个礼拜都往家里打一次电话，问问爹啥样，妈啥样，要他们多注意身体。巧云说等几年她挣着钱了，在城里给他俩买个房子，把他俩接到城里来，也享几天福。树生两口子就高兴得什么似的，说等着吧，等你有了孩子，我跟你爹就去给你们哄孩子。一再嘱咐巧云，找对象可得长住眼神，别让人家给骗喽。巧云就乐，说谁能骗得了我呀，我不骗别人就不错啦。连一旁听着的树生也嘿嘿乐了。

有一天树生两口子突然给城里的巧云打来电话，让巧云抽空回来一趟。巧云问有事吗，树生两口子吞吞吐吐的，说有点事，却又不说啥事。巧云就觉得古怪，平时妈说话可是干干脆脆的，以为是不是爹妈两个谁有啥病了，一问，又说谁也没啥病，好好的有啥病。树生媳妇说你就别瞎猜了，抽空赶紧回来一趟，妈想你啦。巧云说我不是“五一”刚回去的吗？等“十一”吧，等“十一”我再回去看你跟我爹。树生媳妇说“十一”，眨着眼睛一时不知道现在离“十一”还有多远。树生在一旁掐着指头一算，说“十一”还得等两三个月呢。树生媳妇就赶紧说那太晚了。巧云说到底有啥事呀，树生两口子只好告诉巧云，说他们找到了巧云的亲生爹妈。巧云说，什么？树生媳妇就又重复了一遍，说巧云的亲生爹妈现在日子过得还可以，她爹身体还硬实，她妈身体不好，成天想孩子，二十多年了，眼睛都要哭瞎了。巧云一阵错愕，有点糊涂了，一向害怕自己的亲生父母找上门来的爹妈，怎么会主动去给自己找亲生父母呢？巧云想不明白，以为自己是在做梦。树生媳妇就说，是真的，你妈病得挺重，一直叨咕着要看你一眼。树生也说是真的。电话那头传来巧云抽泣的声音。树生媳妇说，孩子，别怪爹妈有私心，这么多年才告诉你。树生也说别怪爹妈。

其实树生两口子从打树生残疾之后，就有了想帮巧云找到亲生父母的想法，主要是考虑树生残疾了，怕到老那天拖累了人家巧云，可一直犹犹豫豫的。打听到巧云的父母之后，知道巧云的母亲病得挺重，只想在有生之年看上亲生闺女一眼，树生两口子的心彻底软了。

巧云在电话那头哭得一塌糊涂。

郑凡和薛莉

郑凡上县里来是专门看薛莉的，一晃都好几年没见面了，可薛莉心里却不相信郑凡会特意来看她。薛莉亲热地拉着郑凡的手说是哪阵风把你给吹来的，这么些年，你可是头一回登我家的门呢。郑凡说是吗，我没来过吗？薛莉说你可真能装糊涂，你鬼魂来过！上县里开会呀？郑凡说特意看看你还不行吗。郑凡被薛莉说得脸上发烧，回头也抢白了薛莉一句，说我不来看你，你回去看过我吗？我们家门上也没挂杀人刀啊！这回轮到薛莉不自然了，嘻嘻说咱们当老师的就这样，时间往死紧，彼此彼此嘛。郑凡的母亲摘了一方便袋沙果让给薛莉捎来，郑凡的母亲知道薛莉小时候爱吃沙果。郑凡不愿带，说带那玩意儿干啥。郑凡嫌大老远地带点沙果，怪寒酸的。薛莉从郑凡的手里接过方便袋，大老远还给我带沙果，谢谢你啦！郑凡说这可不是我要给你带的，我可想不起来给你带这破玩意儿。薛莉说，这么说还是我姨对我好，还记着我小时候就爱吃你们家的沙果呢。真的，郑凡，园子里那棵沙果树还有没有了？我做过好多次梦，总梦见那棵沙果树。郑凡说你光梦见沙果树了。薛莉说当然还有你啦。薛莉说着话已经到厨房哗哗哗哗地把沙果洗了，自己先挑个红透的上去就是一口，一面吃一面又挑一个递给郑凡。郑凡躲着，说我才不吃呢，酸死啦！郑凡看着薛莉吃沙果，嘴里忍不住直冒酸水。薛莉嘴里吃着沙果说，酸甜酸甜的，忒好吃，你喜欢吃什么？薛莉将茶几上果盘里的葡萄、苹果、鸭梨什么的一股脑儿地推给郑凡。

薛莉跟郑凡从小一块儿长大，俩人像亲姐妹一样整天形影不离。每天早晨上学的时候，薛莉家饭早，薛莉都是挎着书包上郑凡家去找郑凡。薛莉站在郑凡家里屋的门旁，等着郑凡吃饭，等着郑凡梳头，等着郑凡上厕所，等得郑凡的母亲都着急了，骂郑凡能磨蹭，人家薛莉等着你呢，你怎么不知道着忙呢你？薛莉就微笑。郑凡三口两口扒拉完饭，撂下饭碗，忙三火四地梳头、上厕所。可下背上书包出了门，又发现不是忘了戴红领巾，就是忘了揣几把爆米花，又转身往回跑。放学俩人也一块儿回来，手拉着手。若是学校要什么东西，比如秋天要土豆了，要粮食了，要柴火了，两个人总是放在一块儿抬着。如果薛莉挨了欺负，郑凡会不顾一切地帮着薛莉。郑凡一张嘴，一出手，别人就立马闭嘴，缴械投降。一到秋天，郑凡家门前的园子里，红红黄黄的沙果挂满了枝头，阳光下看上去鲜艳诱人，引逗得路人嘴里直冒口水。只有薛莉可以跟着郑凡进出郑凡家的园子。沙果树很高，枝杈伸出去很远，两个小孩子仰着脖子往上张望，沙果树好像长到天上去了，好像在天上结了那么多又好看又好吃的沙果。沙果先是由绿变黄，再由黄变红，沙果一红就说明已经熟了。所以一棵沙果树上，红的、黄的、绿的，什么阶段的沙果都有，密密麻麻的，那个多呀，两个孩子数也数不过来。数着数着，就数出了满嘴的口水。薛莉和郑凡怎么踮着脚尖伸着胳膊也够不到一个沙果，郑凡跑回屋里搬个凳子出来，站凳子上摘沙果，可是站在凳子上依然够不着上边的，而越往树梢，沙果红的越多。郑凡就学姥爷的样子，拿了一根竹竿往下扒拉，薛莉则在地上捡。郑凡扒拉下来的沙果掉到地上，一个个欢蹦乱跳，薛莉一面追着一面咯咯乐。有的沙果掉到树下的韭菜里还好找，韭菜是碧绿的，沙果是通红的，显眼，一找就找到了。可是藏到白菜叶子底下的，被白菜叶子遮住了，薛莉半天也找不到。薛莉嘴里嘟嘟囔囔的，说我明明看见它跑进菜地的。一会儿的工夫，薛莉手里的小柳条筐就装满了，望着满地的沙果，捡也捡不过来，薛莉犯起愁来，冲着凳子上的郑凡说，行了郑凡，小筐都装不下啦！郑凡正在兴头上呢，不肯罢手。郑凡站在凳子上，够着够着就忘了自己是站在凳子上的，一脚踩空，把郑凡吓得大叫，也把薛莉吓得大叫，赶紧扔下小筐去扶郑凡，问郑凡摔疼没有。郑凡则咯咯笑，拍拍屁股，接着还往凳子上上，直到把树枝上发红的沙果差不多一个不落地都捅下来才罢手。

每天吃过晚饭，薛莉就挎着书包上郑凡家去写作业，俩人一块儿趴在郑凡家的红漆大柜上，这边一个，那边一个，比赛看谁写得又快又好。很多时候薛莉都故意磨磨蹭蹭的，因为时间晚了薛莉就有理由住在郑凡家了。一在郑凡家住，薛莉就必然和郑凡一个被窝，两个人拿被蒙上头，钻在被窝里疯到啥时候也不困了。郑凡的母亲会早早起来给她们擀面条，然后喊醒她俩，说晚上有精神，早晨不起来。起来起来，面条都煮好啦，起来晚了可捞不着了。两个人就比赛穿衣服，看谁穿得快。郑凡的母亲知道薛莉喜欢吃面条，打韭菜鸡蛋卤。

郑凡跟薛莉生气的时候也是经常有的，那肯定是因为薛莉干什么比郑凡强了。比如薛莉的考试成绩比郑凡高了，薛莉的作文被语文老师当作范文在班级念了，放学郑凡就自己一个人头前先走，不理薛莉。薛莉在后面咋喊郑凡，郑凡都像是没听见。庆“六一”、庆“七一”、庆“十一”，不管庆什么，所有的文体活动都落不下郑凡。学习、劳动、唱歌、跳舞，郑凡干什么都表现积极，事事争先。有一样没得着奖状没戴上红花没受到老师的表扬就不高兴，就噘嘴，甚至是哭得两眼通红。若是薛莉得了个“学习标兵”，或是“三好学生”，名字上了光荣榜，郑凡就瞅薛莉来气。瞅谁都来气，瞅老师也来气，认为是老师向着薛莉了。当然没几天就什么都忘了，又手拉手地一块儿上学一块儿放学。后来俩人商量着报考了同一所地区师范学校，都学中文，毕业后又分到了同一所乡下中学。知道的人就直咂嘴，说你们姐儿俩，可真有缘。

参加工作之后，郑凡争强好胜的秉性依然没多大改变。比如办公室里哪个老师问个什么比较生僻的字词，不等别人回答，保准是郑凡第一个说念什么，当啥讲，解释一番。久而久之，老师们都知道郑凡有点争强好胜，好为人师，于是老师们有啥问题就干脆直接问郑凡。有一回，一个老师端着字典向备课的众人发问，你们说，“打尖”的“尖”怎么写？是“时间”的“间”呢，还是“小大尖”的“尖”？几位语文老师均保持沉默，薛莉也不吱声，郑凡以为别人都回答不上来，便抢先道，当然应该是“时间”的“间”了。薛莉心里知道郑凡说得不对，薛莉本来不想吱声，可是薛莉不知为什么忍不住还是吱声了，事后薛莉很后悔。薛莉当时接过话茬说好像不是，应该是“小大尖”。郑凡说肯定是“时间”的“间”，因为“打尖”的意思，就是中间休息吃饭嘛。提出问题的老师看着字典说是薛莉说得对，是“小大尖”，你看看，将早已翻开的字典拿给郑凡看。郑凡把字典摔在薛莉的办公桌上，说这是什么破字典。薛莉被郑凡摔得脸通红。

每逢期末，县教师进修校都要搞教学能手、教学新秀之类的评比。教导主任上县里开会回来传达说，进修校要求每个学校只准推荐一名教师参加评比，还要上县里讲课，县里评上的，还要往市里推荐，有意参加者，上他那报名。如果报名多的话，学校须先搞个选拔。并强调，能评上的话，要发证，将来评职称很有用的，鼓励老师们都积极参加。结果只有郑凡主动报了名，别人谁也没有报，连薛莉也没有报。教导主任背后问薛莉咋不报，批评薛莉工作没郑凡积极热情。薛莉红着脸，说报不也是白报，能评上吗？其实薛莉是看只有郑凡自己报了名，自己再报，不等于跟郑凡争吗？教导主任让薛莉出课的理由是，薛莉的语文底子比郑凡扎实，讲课虽没有郑凡那么有激情，却比郑凡稳妥，粉笔字也比郑凡好，板书工整规范，上县里肯定比郑凡有希望，能给学校争光。薛莉看着教导主任，最后说，还是让郑凡去吧，郑凡课讲得确实比我好。薛莉一个是谦虚，一个呢是跟郑凡关系比别人好，不想跟郑凡争。

没想到郑凡上县里一讲，果然一炮打响，评上了优秀课，本人也被评上了“教学新秀”，得了大红的证书。老师们都对郑凡表示祝贺。薛莉也凑上去表示祝贺，郑凡白了薛莉一眼，说跟咱姐们儿还整虚的。你没去，你若是去了，说不定会评上最佳课，整个“教学能手”啥的。薛莉伸了下舌头，也不知道郑凡说的是真话还是假话。

从此之后郑凡就一天比一天红起来。不论上边什么人来学校检查指导工作，只要听课，不用说，学校都必然安排听郑凡的。郑凡成了学校的样板，成了学校的一块招牌。抽屉里，各种奖励证书一大摞。老师们背后开玩笑，说“工业学大庆”“农业学大寨”“教育学郑凡”。郑凡听了，课讲得更是有声有色，走路也更是意气风发，烫了波浪的长发一甩一甩。有人就跟薛莉说，你咋那么傻？该争得争，不能总发扬风格。再说，你自己不讲，怪不得别人，平白无故谁给你发证书？手里没有证书，评职称的时候啥也拿不出来，两手空空，没有硬件呀！你看看人家郑凡，得了那么些证书了，跟谁谦让过？但薛莉总觉得这样一来，就好像是自己跟郑凡竞争似的。所以每每有什么活动，只要有郑凡参加，薛莉就选择退让。结果真的像人们所说的那样，两个人一齐到的定级年限，人家郑凡交上去一档案袋的证书，很顺利地评上中级职称；而薛莉呢，只有毕业证书，其他啥荣誉奖励也没有，自然评不上，依然是初级。等薛莉评上中级职称的时候，郑凡已经破格评上了高级职称，成为全县最年轻的高级教师。别人又说薛莉，你说你哪点比她差？你就是没她脸皮厚！薛莉笑笑。

到后来，上边来领导，都是指名要听全县最年轻的高级教师郑凡的课了。郑凡成了名师。交流的时候，上边来的领导一个一个发言，一条一条地谈听了郑凡课的感受，都说深受教育，深受启发。说郑凡的课，以学生为主体，教师为主导，师生互动，而不是过去的“一言堂”“填鸭式”教学，是一种教学方法的革新，给予了高度评价。郑凡也一回回地上县里去介绍先进经验，捧了更多的大红证书、金色奖状回来。可是老师们却不以为然。老师们知道郑凡的公开课就是花样多点，讲《孔乙己》的时候就让学生出来演孔乙己，讲《范进中举》的时候，就让学生出来演范进和胡屠户，课堂变成了舞台。这种公开课，老师们认为是弄虚作假，是搞形式主义。尽管每次听完郑凡的观摩课之后，领导都要推广郑凡的经验，号召大家向郑凡学习，勇于创新，可是老师们听完之后，自己该咋讲还咋讲，都说学不了。有的女老师背后拿嘴撇郑凡，说郑凡能出风头，别出心裁，净搞花样。领导那么捧郑凡，啥意思？呸的一口，把嘴里的瓜子皮儿呸飞出去。另一个手里织着毛衣的女老师，头也不抬，说，你还看不出啥意思？领导当然喜欢事业心强的，思想进步的，工作积极肯干的，又乐于奉献的，还能喜欢我们这样的？又没上进心，又不会跟领导耍贱。薛莉听她们当着自己的面就肆无忌惮地说郑凡的坏话，便抢白道，郑凡就是争强好胜了点，可不像你们想的那样。那女老师又撇撇嘴，说你还向着她说话，你知道人家郑凡背后说你什么？人家背后说你思想不积极，工作热情不高，不求上进，讲究穿戴，小资产阶级情调。薛莉没信。相反薛莉背后还把女老师们说郑凡的坏话告诉了郑凡，意思是要郑凡今后注意点，免得人家背后讲究她。然而郑凡听了却不领情，说嘴长在人家鼻子底下，她们爱咋说咋说，脚正不怕鞋歪，身正不怕影斜，听蝲蝲蛄叫还不种黄豆了呢！

郑凡没想到薛莉的家真够阔气的，郑凡这里看看，那里看看，嘴巴不住地啧啧连声，夸薛莉会布置，壁纸好看，窗帘好看，连床单也好看。薛莉家住着一百多平米的楼房，女儿上大学走了，家里就剩下薛莉他们两口子。薛莉的丈夫是数学老师，俩人多年前从乡下调到县里的一所中学。两口子感情很好，卧室里有俩人的结婚照，一看就是近年补照的。薛莉的丈夫西装革履的，薛莉也穿着雪白的婚纱，把头幸福地靠在丈夫胸前。他们结婚那会儿哪有这气派，那寒酸劲就不用提了。郑凡说，真是鸟枪换炮啦！哟，这是啥时候照的，你们两口子还怪撵时兴的呢。薛莉说，照两年了，人家不照，是我硬拉着人家去照的。怎么的，你们没照一个？郑凡笑笑，说照了，比你俩这还大呢。是吗？我知道你啥事都不甘落后。薛莉打量了一眼郑凡，郑凡穿了一套藏蓝色运动装，显得庄重大方，说不上时兴，也说不上落后，只是脸上的气色略显苍白。薛莉说，身体咋样，还好吗？郑凡应付着说还行，不过，眼瞅四十出头的人了，没年轻时那股劲头了。薛莉笑笑，说可不，那时候你可浑身有使不完的革命干劲呢。有几个二十多岁就当上教导主任的？也就你吧。郑凡的脸上掠过一缕阳光，明媚了一下。另一间卧室里，薛莉女儿的东西依然井然有序地摆放在那里，一架大钢琴擦得亮汪汪的，一只黑眼圈大熊猫坐在女儿的床上，一切如同女儿在家时一样，就好像女儿不是上大学去了，是出门玩去了，玩够了一会儿就回来似的。墙上挂着女儿的一幅照片，很会笑。薛莉说，你家欣欣是不是也该上大学了？郑凡说去年考的。薛莉说，孩子上大学你也不告诉我一声？你这人！郑凡说考得不理想，没好意思告诉你。薛莉说，得了吧，考的什么大学呀？郑凡说东北师大，生物工程专业。薛莉说那还不理想呢，你的心也忒高了吧。人家欣欣小时候学习就好。唉，你想想，摊上你这么个要强的妈，学习不好能行吗！我记得有一次因为什么作业没写完，让你好顿给掐。郑凡说上高中就不行了，一离开家，不在眼皮底下，管不着了，也说不上是不用功呢，还是搞对象分散了精力，这孩子都快气死我啦！按我的想法，她最起码也应该考上北师大啥的。郑凡摇着头，对女儿的高考成绩不是十分满意。薛莉就安慰道，知足吧，我们家阳阳考得还不如你们家欣欣呢，她才考了个省内师大艺术系，我都知足了。你们家欣欣长得又好，嘴也好，像你，将来肯定错不了。薛莉这样一说，郑凡的脸上又明媚了一次。薛莉吃着沙果。薛莉从打郑凡进屋开始就没住嘴地吃沙果，吃得郑凡的嘴里也不住地跟着冒酸水。薛莉说你们家的领导怎么样，又升官了吧？郑凡说升什么升呀，再升就升家来了。我看他，大馒头顶锅盖——出息到份儿啦！不是前两年就提乡长了吗？现在早该是“一把”了。郑凡点头。薛莉说这不就得了，如今的乡老大还了得？你们家是不是钱多得都快长毛了吧，用不用我去帮你晾晾？郑凡说，你把我们家领导当成贪官了？薛莉哼一声，说，有你他还敢当贪官？

郑凡平时特别关心学生，班里的学生有家庭生活非常困难的，郑凡就用自己的工资给他们买学习用品。学校的领导在大会小会上没少表扬她，郑凡也多次被评上县里的“三八红旗手”。参加工作没两年就当上了学校的团支部书记，经常往公社团委跑来跑去的，不久就跟公社的团委书记谈上了恋爱。当时许多人都羡慕，说人家这一对，前程似锦哪！薛莉呢，当时是又羡慕，又高兴。一晃，都快二十年了。

哎，说点正经的，你咋不跟你们家领导商量商量，把家搬到县里来多好，买个楼一住，也该享享福了。再说咱俩也好经常在一块唠唠嗑，说说话。孩子一走，一天天的，觉得真没意思。薛莉真希望能回到小时候那段时光，跟郑凡整天形影不离，无话不说，多好。郑凡说关键是我的工作太忙，我现在是副校长，抓教学，啥事离了我能行？没办法，等两年再说吧。等两年欣欣大学毕业了，我们家领导说要往北京给她安排工作。等我们退休了，说不定也得上北京呢。薛莉就羡慕得直咂嘴，说你若是上北京了，我去北京还有落脚的地方了。郑凡说那当然。郑凡在薛莉家宽敞的房间里走来走去的，这儿看看，那儿摸摸，嘴里不住地啧啧着。站在阳台上向远处瞭望，整个县城尽收眼底。县城这两年变化很大，楼一年比一年多，平房拆得差不多了。小区的中间是绿地，是休闲广场，有简单的健身器械，有三三两两的老年人，手里牵着小孩子溜达。郑凡趴着窗户往下一看，就赶紧用手捂上了眼睛，说这么高，我可不敢看，一看直眼晕。将来若是真的进了城里，我也不住这么高的楼。其实，我家的房子也不错，论面积，比你这宽绰，三间带走廊的大砖房，屋地也是铺的地板块，虽然比不上你们县里的楼房，可在我们乡下，那也是上等的房子。再说门前还有园子，种点花啊草的，早晨起来在园子里转上几圈，活动活动，呼吸呼吸新鲜空气，又精神，又养眼。再种点小葱白菜、茄子辣椒，吃着又放心又方便。叫郑凡这么一说，薛莉都有些向往了，瞅把你们家说的，好像世外桃源似的，有空儿我一定上你们家去串门儿。郑凡说，你还稀罕上我们屯子去？

郑凡走了之后，薛莉总觉得郑凡平白无故不会上她家来，她们已经好些年不大来往了。薛莉便给过去在乡下的同事打了个电话，一打听才知道，郑凡头几年就已经跟丈夫离婚了。郑凡的丈夫当了乡“一把”不假，可是当了“一把”的丈夫在外面又有了新欢。郑凡受不了这个委屈，说离就离了，一点也不给丈夫改过的机会。这就是郑凡。郑凡自己领着女儿过。女儿去年考上了名牌大学，这让郑凡感到骄傲和自豪，意气风发的，仿佛重新焕发了青春。不想前几天刚刚检查出子宫里长了个瘤子，郑凡很害怕，情绪一落千丈。那位接电话的女同事很惊讶，说薛莉，你什么都不知道吗，你们关系那么好？薛莉支吾着，说她那人，自尊心那么强，这种事，怎么会跟别人说。末了那女同事在电话那头把声音压低了对薛莉说，不瞒你说，郑凡这个人，除了你之外，再没啥朋友。平时就很孤独，现在得了病，人一有病本来就脆弱，却连个安慰的人也没有，也怪可怜的。

撂下电话，薛莉一下子瘫坐在沙发里，神思恍惚了半天，心里乱糟糟的，一时不知如何是好。

薛莉的目光落到眼前的沙果上，沙果有浑身通红通红的，有半黄半红的，无论是黄是红，色彩都是那么鲜艳，那么灿烂，不用说吃，光是摆在那儿看，就叫人心中欢喜。薛莉眼前不由得又浮现出小时候跟郑凡摘沙果的情景，红彤彤的沙果在地上欢蹦乱跳……

眼圈发红的薛莉想给郑凡打个电话，她早把郑凡的手机号忘记了，在自己的手机里翻了半天，一打，却是空号。

四眼儿是条狗

我们那里的农村几乎家家养狗。养狗的目的，一个是看家护院，一个是用狗皮给大人孩子做棉帽子，边角废料还可以做棉手焐子，做棉袜套，寒冷的冬天穿戴起来特别暖和。我和弟弟们一直到上高中的时候，戴的都是狗皮帽子。狗到了冬天，为了御寒，绒毛长得又长又厚，这样的狗皮做成的棉帽子自然暖和。而到了夏季天热的时候，狗便开始脱毛，狗身上的毛一团一块地往下掉，没几天毛就掉得又短又稀，这也是狗在适应自然的变化。所以勒狗都选在冬天。勒狗是一件残忍的事，事先准备根绳子，系个圈套，放在猪槽子上，趁狗伸着脖子吃食的时候，由家里人（这样狗就没有任何戒备）猛然套住狗的脖子，躲在门后的宋老歪（一个专门勒狗的屠户）一步跨过来，拖住狗，拖向门前的一棵老榆树。狗的四只爪子死死地抓着地，嚎着往后使劲，双方像是进行一场拔河比赛。毕竟狗没人的力气大，况且一个人不行的时候，可以上来几个帮凶，而狗却孤立无援，同伴们早都吓得魂飞魄散夹着尾巴逃走了，跑得远远的去叫。面对人类的凶残，被套上绳索的狗显得那么弱小和无助。终于被挂到一棵树杈上吊起来，四肢和身体在半空里挣扎，企图用牙齿咬断或者用两只前爪去解开紧紧勒在脖子上的绳索，真可谓张牙舞爪，但皆无济于事，喉咙里发出绝望的呻吟，有眼泪流下来，呜咽断断续续，渐渐没了声息，舌头耷拉出来。许多人围着看勒狗，看狗在痛苦地挣扎，谈笑中似乎已经闻到了狗肉的香味。母亲连看也不忍看，尽管夏天的时候，当这条狗吃了谁家的鸡，咬坏了谁家的孩子，被人找上门的那一刻，母亲当时就气愤地指着狗的鼻子骂道，败家玩意儿，冬天就勒死你！可是一到真勒狗的时候，母亲心里一点也不好受。

四眼儿是我们家早些年养过的最招人喜欢的一条狗。黑缎子似的脊背，红褐色的肚皮，红褐色的四个爪，眼皮上也有两点红褐色的毛，故而叫四眼儿。我们为四眼儿垒的狗窝就在离房门不远的一侧，对着院门，这样任何进进出出的人或动物都在四眼儿的视野之内。四眼儿像是我们家的门卫。四眼儿耳朵特别灵敏，看着它好像闭着眼睡觉，可是仔细观察你就会发现，它睡觉的姿势总是侧歪着脑袋，枕着自己的腿，让一只耳朵贴近地面，另一只耳朵朝向天空，耳朵尖儿时刻警觉地耸动着，像个雷达，时刻接收着来自四面八方远远近近的杂音。四眼儿厉害，四眼儿能听到很远很远处传来的声音，从声音上又能分辨出是人的声音还是其他动物的声音。更厉害的是，它能从人的脚步声听得出是不是我们自己家的人，甚至是我们家的哪一个它都能听出来。听出不是，离着老远呢，四眼儿就抬起脑袋，睁大眼睛，竖起耳朵，嘴里发出威胁的信号。有时候家里人开了院门，进了院子，又开开房门进了屋里，四眼儿也不动，没反应，闭着眼睛继续睡它的觉，因为它心里已经知道是谁了。高兴的时候，四眼儿就会利落地起来，跑出老远去接你，摇着尾巴，身前身后舔你的手和裤子，甚至直立起来往你的怀里扑。把人弄得不耐烦了，忍不住冲它的脑袋拍一巴掌，挨了打的四眼儿吐一下舌头，知趣地跑到你的前头去了，墙根下抬起腿滋一股尿水。真的有陌生人来，四眼儿是绝不允许进院的，不顾一切地阻止你向前走一步。即使你手里拿着棍子防备，不管脑袋屁股地打它，它也无所畏惧。等我们家里人听见狗叫赶出来，呵斥一声，四眼儿便立刻完成警戒任务一样，对陌生人不理不睬的，那意思是，交给你们了，没我啥事了。对动物也是如此。门前的园子里钻进了别人家的猪，四眼儿发现之后，即使没有家人在场，没有得到指令，也会自作主张，主动出击，坚决驱逐，常常将比它体重大得多的老母猪撵得屁滚尿流。有时坐在炕上做针线的母亲一抬头，发现了柴垛上的猪，出门骂一句“谁家的瘟死猪”，四眼儿若是在家，麻溜从窝里出来，望着母亲，顺着母亲目光所指，箭一样冲过去，将钻在苞米秸秆垛里专心致志寻找食物的猪咬得连声惨叫，并且一直追逐得无影无踪。那一刻的四眼儿就是母亲手里的一杆枪、一把刀，母亲指向哪里，四眼儿就杀向哪里。有意思的是，对我们自己家的猪，四眼儿却完全是另外一种态度了。自己家的猪进了园子里，也钻在苞米秸秆垛里，四眼儿听到了母亲发出驱逐的指令，恶狠狠地冲到跟前，冲到近前才认出是我们自己家的猪，认出是自己家的猪时，四眼儿会及时收手，并且一脸的歉意，那意思好像在说对不起，讪讪的，围着猪走也不是，不走也不是，直到母亲亲自将猪赶走。四眼儿是很讲究江湖道义的。

四眼儿喜欢啃骨头。逢年过节吃剩的猪骨头、鸡骨头，四眼儿会吃得津津有味，嘴里发出嘎嘣嘎嘣巨大的声响。我们在炕上吃，四眼儿在地下啃，各忙各的，没了便抬头眼巴巴地望着炕上，眼睛挨个盯着我们一张张咀嚼的嘴，舌头一遍遍不停地舔着湿润的嘴巴。扔给四眼儿的骨头，四眼儿先挑容易啃的啃，难啃的骨头叼回窝里，想起来啃几口，想起来啃几口。四眼儿属于肉食动物，但四眼儿对那些经常在它眼皮底下晃来晃去的鸡们鸭们却从不抱非分之想，这一点很像一个操守极佳的谦谦君子。而有的人家养的狗常常趁家人不注意钻进屋里或者仓房，逮着啥吃啥，咬死小鸡、小鸭的时候也是有的。作为一条狗，四眼儿的品质可谓高尚了。

四眼儿长得一表人才，腰细腿长，这种体形的狗跑起来，可以追风。冬天雪后，我和弟弟及伙伴们常领着自己家的狗到甸子上去撵野兔，看谁家的狗厉害。四眼儿机敏异常，总能第一个发现猎物。别的狗还在傻了吧唧愣神的时候，四眼儿已经蹿出十几米远。那些狗又常常是半途而废。四眼儿极具耐力，坚韧不拔，有股子不到长城非好汉的精神，且又聪明智慧，野兔在它的前面，拐着弯儿地想甩掉四眼儿，可四眼儿居然会抄近路斜下里拦截野兔。白茫茫一望无际的原野上，四眼儿的身影渐渐小成一个黑点，仿佛一张白纸上的一个标点符号。四眼儿追到野兔的时候，早把人甩得无影无踪，但四眼儿在眼前没人的情况下，照样忠于职守，将猎物叼回来，完整地交给主人，摇着尾巴，邀功请赏。

四眼儿简直成了孩子们人人喜欢人人羡慕的英雄。

作为男性，四眼儿到了春季就时常出去寻找伴侣，有时候会成天成宿地守候在情侣的身旁，形影不离。那段日子，四眼儿经常不着家，连我们家人也不知道它在什么地方。有时候回家吃点东西，一副神不守舍的样子，之后又匆匆地走了。恋爱中的四眼儿是废寝忘食的。一旦有别的公狗靠近它热恋的伴侣，四眼儿会舍生忘死地捍卫自己的爱情。当然身上也免不了伤痕累累，那都是和情敌们决斗的结果。看着一个比自己身强力壮的情敌霸占了女友，四眼儿拖着瘸腿，无限伤心地回了家。回到家连食也没心思吃，悲伤着一张脸舔自己流血的伤口。那时候的四眼儿让我们看着怪可怜的，忍不住蹲下来摩挲它的脑门，摩挲它的脊背，给它一些安慰。

那时候生产队都有上边派下来的包队干部。包队干部们吃饭由队长安排在社员家吃，队里给提供一点面粉、粉条、豆腐啥的。一般情况下是挨家轮，但后来包队干部反映多数社员家不卫生，那意思是没法吃饭，队长就只安排在几家屋子比较清洁卫生，做饭又比较干净利索的人家，其中我们家是被安排次数较多的人家。因为父亲在学校教书，有点文化，知书达理，母亲又事事要强，不但饭菜做得干净好吃，还要想方设法炒两样小菜叫父亲陪人家喝酒。所以包队干部们非常满意，有时甚至直接要求上我们家吃饭，吃完饭虽然还象征性地扔几毛钱的饭钱，但我们从来没收过。我家成分不好，当初包队干部听说之后，还颇费了一番踌躇，不是怕我家下毒药药死他们，估计是怕人说他们闲话，但吃了几顿之后，这种戒备也就渐渐消除了。我要说的是，包队干部第一天上我们家吃饭的时候，我家的四眼儿差点惹了祸。包队干部由队长引着进我家院子的时候，四眼儿箭一样地扑上去。从前四眼儿见到陌生人来，都是一面大声汪汪一面朝上扑，这样有双重的意思，即一面阻止来人进院，一面通知主人有人来。可今天四眼儿大概是见到一下子来了两三个衣着光鲜的干部，有点眼生，所以上来就实施实质性攻击，而不是虚张声势的那种原地瞎汪汪。四眼儿的凌厉攻势让包队干部猝不及防，走在前面的是公社武装部部长，穿一身草绿军装，四眼儿专门袭击这个穿着与众不同的人，差点撕开部长的裤子。亏了队长手里拎把铁锹，连喊带打，四眼儿闪转腾挪，依然凶猛无比。这时候，武装部长醒过神来，裤腰里掏出把小手枪，哗啦上了膛，对着四眼儿就搂火。由于情急之下来不及瞄准，加上平时也多长时间不打一回，枪法生疏，砰砰两枪都没打中，四眼儿却吓得脸色陡变，夹着尾巴仓皇逃命，侥幸躲过一劫。等我们家里人听到动静出来，连四眼儿的影儿都没见到。武装部长一面揣枪一面说，太臭啦太臭啦！很惋惜的样子。进了屋也没理会我们家人的不满，笑着对父亲说，你们家这个四眼子，捡条命。这要是十年前，不用两枪，一枪就撂那儿啦！不行了，不行了，手生了。武装部长是部队连长转业。

我们跑出去到处找四眼儿，担心四眼儿到底被没被枪打中。

新年的时候，我老舅当兵探家，老舅穿了一身草绿军装，我们一家人早早迎出门外，谁也没注意四眼儿。再说，老舅当兵前经常来我家，来来往往的，四眼儿是认识的，从来不咬。四眼儿混在众多条腿中间，伸着鼻子闻来闻去，趁人没防备突然照着老舅的腿肚子咬了一口，老舅惊叫一声，四眼儿在众人的呵斥下灰溜溜地跑了。进屋坐在炕上，母亲一面骂着四眼儿，一面急着看老舅的腿咬坏没有，幸好穿着棉裤，没有咬透，只将老舅的草绿军裤咬破了两个牙洞。老舅心疼坏了，骂四眼儿怎么连自己家人都不认识了。父亲说，一定是看你穿这身军装，把你当成武装部长啦。母亲说，你看这狗，还知道记仇呢。

后来有一天，生产队长上我家来，要买我家的四眼儿，掏出十块钱扔炕上。那时候的十块钱快顶我爸的半个月工资了，可我们家没人搭腔。队长讪讪的，说公社包队的崔部长要吃狗肉，这些个玩意儿，没法整。母亲犹犹豫豫的。母亲被炕上的十块钱打动了。十块钱可以给父亲买一双皮鞋，可以给我和弟弟各买一件过年穿的新衣裳，可以买一角子猪肉。但母亲说，等他爸回来吧。母亲的意思是自己做不了主。队长说，崔部长说你们家狗胖。要不这样，等吃完了狗肉，狗皮再给你们家。弟弟一听要把四眼儿勒死吃肉，嘴噘得老长。母亲的目光在那十块钱上游移，但最后还是说等他爸下班再说吧。母亲歉意地笑着。队长揣起那十块钱。

父亲回来听说这事之后，特意到院子里，盯着趴在狗窝的四眼儿打量半天，把四眼儿打量得直发毛，因为父亲从来没有这样长时间地看过它。四眼儿羞怯地垂了眼，不去看父亲，看小鸡在猪槽子上争着叨食。

父亲也拿不定主意，回屋看看母亲说卖不卖，卖了真白瞎了。母亲说白瞎就不卖呗。母亲朝弟弟那边努努嘴。父亲见弟弟噘着嘴，也就罢了。弟弟拿了半块干粮出去，四眼儿见了，跟着弟弟身前身后摇尾巴，弟弟就自己吃一口，掰给四眼儿一块儿，自己吃一口，再掰给四眼儿一块儿。四眼儿吃得比弟弟快，吃没了就抬头瞪眼看弟弟吃，弟弟索性将手里的干粮都给了它，四眼儿一面吃一面兴奋地摇尾巴。

四眼儿最后的命运发生变化也跟弟弟有直接关系。

一天弟弟跟人打架，人家骂他什么，把弟弟骂急了，随手将割猪菜的镰刀撇过去，砍在那个孩子的腿上，幸好只砍了一个口子。那个孩子的家长领着孩子找到我们家，骂我们家这是要翻天哪，连小孩子都敢用刀砍人。我们家赶紧给人家买药治伤。因为我们家成分不好，在社会上没啥地位，矮人半截，所以无论我们家怎么做，人家都不满意，又是买药又是看大夫，又是买苹果又是买槽子糕，我们自己连过年都没吃过的东西都给人家买了。最后那孩子还是提出要我们家的四眼儿，一家人你看我我看你，最终也没看出个啥办法。

四眼儿是脖子拴了绳子被硬拖走的。四眼儿四只爪子死死地抓住地皮，屁股使劲往后坐着，嘴里发出恐怖的呜呜声。四眼儿以为自己是要被勒死了，拼命挣扎。弟弟眼睛红红的，抱着狗脖子，帮助狗往后使劲，不让那家人把四眼儿拖走。那家人就拿了棍子打四眼儿的屁股，这样前面用人拖，后面用人打，终于将四眼儿弄回家去，用绳子牢牢地拴住。四眼儿一直在反抗，不停地大吵大闹，不吃不喝。这中间，我们偷着跑到那家人的门前，远远地去看望四眼儿。四眼儿见了我们，拼命地想挣脱拴着它的绳索，嘴里叫着，似乎在诉说什么，同时有眼泪流下来。四眼儿不知怎么趁他们松懈的时候还是跑回来两回，趴在自己熟悉的窝里，形容枯槁，最后又被找了回去。

四眼儿的性情完全变了，成天气急败坏的样子，逮谁咬谁，那家人的鸡、鸭都被四眼儿咬死了。连人也咬，从大人到小孩。四眼儿简直变成了大魔头，人见人怕。那家人怀疑四眼儿是不是疯了，就拿鞭子往死抽四眼儿，抽得四眼儿嗷嗷叫着躲在狗窝里不出来。于是那家人就商量着冬天的时候，干脆把四眼儿勒死算了。四眼儿就是在那家人准备勒死它的时候突然失踪的。那家人又到我们家来找，一遍遍地找，以为又跑回我家，以为是被我家藏起来了，屋里屋外地到处翻，像鬼子进村似的，但始终没有找到。四眼儿真的再没回过家。四眼儿心里清楚，这个家回来也保护不了它的，所以四眼儿就再没回我们家，说不上跑到什么地方去了。

水龙头

孟祥云退休的时候正好孙子小陶也要上县里念高中了，儿子跟媳妇商量，觉得老爸自己一个人整天待在家里挺寂寞的，再者老爸当了一辈子中学教师，一贯忠诚于党的教育事业，以对学生要求严厉而著称，由老爸来陪读，绝对放心，再合适不过了。

一般的家庭之所以考虑陪读，一个呢说明家里对孩子的念书重视，希望孩子将来能考个好学校；要不就是这个孩子忒不让人放心，父母怕孩子自己在外面，不好好念书不说，钱也花了，人也学坏了，等于花钱培养了个败家子。孟祥云的陪读则是二者兼而有之。一呢孟家也算书香门第，对后代读书受教育的重视程度要胜于别人；二呢是孟祥云的孙子小陶也确实挺不让人省心的，最不让人放心的就是这孩子迷恋网吧。初一的时候曾经有过一天一宿不回家的经历，最后是孟祥云在乡中学旁边的网吧找到的。孟祥云打了孙子两巴掌，举手还要打，见孙子小脸蜡黄，两眼呆滞迷离，似乎还没从网上那个虚拟的世界里回到现实，举起的手没有落下去。

孟祥云跟孙子小陶在县高中的旁边租了个两室一厅的楼住，

孟祥云除了给孙子做饭，照顾孙子的饮食起居，主要负责经管孙子的学习兼成长。高中阶段是一个人成长的关键阶段，是世界观的形成时期，丝毫马虎不得，一时照顾不到，说不定就会出什么纰漏，这一点孟祥云十分清楚。孟祥云上班的时候，工作一贯是严谨认真的，在学生面前从来不苟言笑，脸板得像块铁板。孙子小陶从小就对爷爷望而生畏。小时候有奶奶宠着，奶奶没了有妈妈宠着，多少都有些依仗。如今出来单独跟爷爷生活在一起，每天被爷爷像看监狱的犯人一样看得严严实实，孙子小陶从里到外都不自在。孟祥云给孙子制定了家庭作息时间表，学校几点放学，孙子在多长时间之内必须到家。这段路程孟祥云亲自用步测量过，掐过时间，孙子晚几分钟到家他都要盘问。尤其是晚上九点半下晚自习，孟祥云天天亲自到校门口去接，既要防备孙子钻进网吧里，那么多的网吧自己一个挨一个地找，恐怕就是找上一宿也找不到；又要防备孙子早恋出轨，跟小女生黏黏糊糊，钻到哪个黑咕隆咚的旮旯胡同里鬼混，一鬼混上就什么心思都没有了，学什么习，考什么大学呀，回家抱孩子吧！

一般的家长，最不放心孩子的也就是这两样。过去是怕孩子在外面打仗斗殴，跟不三不四的人接触，加入社会上的流氓团伙。现在是怕网吧，上网上网，名副其实的一张网。不知为什么，一提起上网，孟祥云的眼前就会出现这样一幅景象：早晨的阳光下，门前的柳条障子上挂着一张满是晶莹露珠的蜘蛛网，那些被粘住的蚊子、苍蝇之类的小昆虫，身上湿漉漉的，还在那里挣扎。孟祥云从那些在蜘蛛网上挣扎的小昆虫联想到像孙子小陶一样的许多许多孩子。虽然这种联系不一定恰当，但起码有几分相似。被蜘蛛网网住的小昆虫的命运最后是被蜘蛛吃掉，而被网吧网住的小孩子十有八九最后是一个可悲的结局，不是学业荒废了，啥也考不上，就是下道了，去偷去抢，走上歪路。孟祥云唯一的办法就是把自己的孙子看管得更紧一些。

孟祥云一看见那些染了头发的小孩子就皱眉头，好好的黑头发，非得要染成黄的红的，揉搓得像个鸡窝，人不人鬼不鬼，土不土洋不洋，不像话！孙子小陶的头发留得稍长一点，或者看着发黄，或者弄得不顺溜，孟祥云抄起剪子就要给他铰，吓得孙子从不敢像别人那样。老伴儿活着的时候就说他脾气忒特，老脑筋。孟祥云瞪老伴儿一眼，你懂啥！

如今孙子小陶上高中了，孟祥云怕影响孙子的学习，连电视机也不买，电视也不看。孟祥云自己则陪孙子看书，再不就是在自己的屋内健身。孟祥云和孙子小陶过起了几乎与现代社会隔绝的封闭生活，希望这样能减少外部因素对孙子的不良影响。孟祥云倒是很快就习惯了，生活很有规律，早晨四点钟起床，晚上十点钟睡觉，绝对准时。甚至上午几点钟喝水，下午几点钟喝水，也是既按时间又按定量的，几乎是雷打不动。孟祥云本来就是一个比较刻板的人，干什么都一是一二是二，丁是丁卯是卯。现在孟祥云也要求孙子小陶跟他一样，他几点钟起床孙子就得几点钟起床，起床之后孙子学习，他晨练，一切必须按照他的规定去做。

孟祥云关心孙子的考试成绩就像农民关心地里庄稼的长势。每次考试之后，孟祥云都要求孙子把成绩单拿回家来，然后戴上老花镜仔仔细细看，反反复复研究。有时看着看着脸子就乐了，有时看着看着脸子就阴了。看见孙子学习成绩下滑了，孟祥云就会给孙子开会，找成绩下滑的原因，吃饭的时候，睡觉的时候，想起来就找找。若是孙子考得好了，孟祥云就高兴了，表扬孙子，不但给予精神鼓励，还要给予物质奖励。孟祥云的物质奖励不像其他老人那样给钱，给孙子买衣服买名牌鞋，买吃的喝的，孟祥云不买这些，孟祥云给孙子买书。孟祥云说书是一个人一生最大的财富。孙子不以为然，说你还不如给我发个奖状呢。孟祥云瞪孙子一眼，说奖状怎么了，奖状也是荣誉，是对一个人工作的肯定和精神鼓励。孟祥云知道孙子小陶这代人，已经瞧不起自己柜子里保存的那些奖状了。

有回晚上孟祥云去接孙子，发现小陶和一个小女生走在一起，一面走一面打闹，孙子在后面薅人家的头发，那小女生则穿着小陶的衣服，张牙舞爪地追打小陶。孟祥云回来就对孙子兴师问罪，问是怎么回事。孙子说啥怎么回事，孙子不知道爷爷冷不丁问他什么事。孟祥云就追问那个小女生姓什么叫什么，家在哪住，父母是干什么的，跟孙子到底是什么关系。孙子不敢告诉他人家姓什么叫什么，孙子怕他真的去找人家，孙子说我们真的啥关系也没有。孟祥云说，什么关系也没有能那样？孙子说，啥样啊？孟祥云说，啥样，你还想啥样？孙子眨巴着眼睛想了半天，说，我们同学之间全这样，这有什么大惊小怪的，你这老头儿，可真是的！孙子小陶反倒觉得爷爷孟祥云简直不可理喻。孟祥云严肃地说，小陶我可告诉你，你现在是个中学生，中学生就应该有个中学生的样子，你不是社会上的小混混。《中学生守则》你没背过吗？你给我背背。孙子说不会。不像话！孔子讲“学而优则仕”，古语也说“书中自有颜如玉，书中自有黄金屋”……孙子小陶不耐烦了，关上自己的房门，心里骂他爷是个老古董。

孙子小陶上学一走，剩下孟祥云一个人，看看书，做做保健，锻炼锻炼身体。开始还行，觉得挺清静的，没一个人来打搅他，可时间一久就觉得有些孤独寂寞了。孟祥云慢慢就融入了楼下那些聚在一起的老同志当中，在一旁看那些老同志一伙一伙地下象棋、打扑克，听那些老同志讲新闻、讲逸事。孟祥云看人家出来手里都拎个小马札，他也买了一个，随时拎在手里。孟祥云跟那些没文化的人说不到一块儿去。那些老同志说话粗俗，开玩笑也粗俗，说着说着就说到一些庸俗的事情上去了。孟祥云知道这些人退休前哪个行业的都有，多数没什么文化素质。所以孟祥云宁可一个人到公园的树荫里散散步，呼吸呼吸带着树叶和青草味道的新鲜空气。即使是冬天也不例外，一个人在公园的林间小路上，嘎吱嘎吱踩着积雪慢慢走。腕子上戴着一块上海表，戴了有三十多年了。孟祥云不时抬起腕子看看表，怕过了给孙子做饭的时间。现在很多人都不戴手表了，看时间都是看手机，孟祥云不习惯。

孟祥云上舞厅是进城一年多以后的事，是被一个跟自己混熟了的姓孔的老同志撺掇去的。那姓孔的老同志退休前在机关上班，一看就是个社会油子。姓孔的老同志说自古孔孟是一家，所以跟孟祥云一见如故，称兄道弟无话不说的样子。姓孔的老同志跟孟祥云说跳舞好，跳舞活血健身。知道孟祥云早没了老伴儿，又说，人是社会动物，怕孤独，又是感情动物，怕寂寞。孟祥云就被他拉上去了舞厅。孟祥云不会跳舞，在农村待了一辈子，除了教书，就是种地，哪有那个闲情雅兴，再说想跳也没那个场所。孟祥云就坐那看人家跳。孟祥云发现来这里跳舞的多是老同志，年轻人很少。要说年轻一点的，也多是女同志。孟祥云还沿用过去的叫法，叫女士不习惯，改不过来，还叫人家同志。老的叫老同志，小的叫小同志，男的叫男同志，女的叫女同志。那些老同志个个搂着个年纪比自己小的女同志在那里跳舞。其实说是跳舞，也看不出怎么跳，看不出跳的是三步还是四步，慢腾腾的，用孟祥云的说法，就是两个人在那里蹭。因为老同志把人家女同志搂得太紧，大肚子顶着人家女同志的肚子，可不就是蹭肚皮吗，蹭来蹭去的。开始还可以，还像点样子，蹭着蹭着便蹭出了情绪，蹭出了胆量，就把手从女同志的腰上一点点挪到了人家的腰下，手指上暗暗搞点小动作的也有。孟祥云看得有些心惊肉跳，面红耳赤，心说忒不像话。他几次想站起来走掉，想跟姓孔的老同志打个招呼，可姓孔的老同志此刻哪里顾得上他。舞曲是一首老歌《在北京的金山上》，很慢很慢的，孟祥云多少年没听过这样的老歌了。过去唱这首歌的时候也跳舞，跳的是那个年代的舞。孟祥云禁不住一面用脚打着拍子，一面跟着哼。后来有一个年轻的女同志看见孟祥云的腿随着舞曲抖动，便过来邀请他跳舞，孟祥云本想说不会的，可是还没等他把话说出来，脚已经跟着人家上场了。孟祥云觉得是《在北京的金山上》的旋律使他情不自禁的。那年轻的女同志是化了妆的，脸搽得白白，嘴抹得红红，眼描得黑黑，身上散发着一股子不知道是什么化妆品的味道。孟祥云的手微微地颤抖。女同志一笑，说老人家是头一回吧。孟祥云点头，眼睛不敢往人家的脸上看，也不敢往人家的身上看。孟祥云不知道把眼光放什么地方才好，相反倒是那个女同志一眼一眼地盯着他看，教他这样，教他那样。到一曲跳完，孟祥云的脸是热的，身体是热的，手脚都是热的，跟自己刚参加工作时讲第一堂课的感觉差不多，紧张，害怕，冒了一头的汗。孟祥云才知道为什么姓孔的老同志那么喜欢跳舞，说跳舞是活血，是健身，可不嘛，那会儿，孟祥云的血真的要沸腾了呢。

后来姓孔的老同志又跟孟祥云讲，说开始谁都不习惯，不好意思，像刚结婚的小媳妇似的，慢慢就习惯了。跳舞也上瘾呢，一天不跳就像缺点什么似的，一天不跳连饭也吃不香酒也喝不香。看孟祥云瞅着他，姓孔的老同志讲得更有兴致了，低声说还有比跳舞更过瘾的地方呢。孟祥云不明白姓孔的老同志说的“更过瘾的”是指什么。见孟祥云懵懂的样子，姓孔的老同志小声说，你若有兴趣的话，哪天我领你见识见识。像我们这个年纪的人，该乐呵就得乐呵，还能乐呵几天呀？不抓紧时间享受享受，说不定哪天就上阎王爷那报到去啦。下象棋的那个老葛头，前天还脸红脖子粗地跟人家叫唤不许悔棋呢，谁悔棋谁是王八蛋，昨天拉火葬场去了。姓孔的老同志说的更过瘾的地方，后来孟祥云弄清楚了，就是有色情服务的旅店。孟祥云听得有些心跳，心想忒不像话。孟祥云最终没有去过那种他觉得忒龌龊的地方。

孟祥云他们租的这个楼房的女房东，是一个四十多岁的中年妇女，从打孟祥云他们爷俩住进来之后，跟那个女房东接触过几回。第一回就是双方谈好之后，女房东向孟祥云交钥匙，孟祥云给女房东一年的房租钱。女房东还看了看屋里的墙啦灯啦，门窗的玻璃啦，厨房的抽油烟机啦，卫生间的洁具啦，看看坏没坏，现在是什么样子，到孟祥云他们住完的时候是什么样子，她心里有个数。孟祥云知道城里的女同志都很挑拣的，赶忙说你放心吧，保管到时候什么东西都不会损坏的，损坏了我照价赔偿。女房东笑笑。女房东有点发胖，不过胖得恰到好处，胖得匀称，整体上看得出保养得不错，从皮肤的颜色到身体的线条，都看得出来。从孟祥云的角度看，觉得挺有女人味的，沉静，也一定贤淑。孟祥云看第一眼的时候心里就对女房东有了这样良好的印象。其间有过几次联系，因为电费水费什么的。女房东并不斤斤计较，孟祥云也表现了应有的大度。一年之后女房东再来收下年的房租的时候，此时的孟祥云早就从姓孔的老同志嘴里了解了女房东的一些家庭情况，知道女房东现在是一个人领着个十六七岁的女儿过。女房东的丈夫是在乡下当官的，因为有了外遇，两年前跟她离了。从女房东的眉宇间也似乎看出了她内心的伤痛，孟祥云便对女房东多了份同情。孟祥云从女房东的眼神里看出了女房东对自己是满意的，女房东在房间的各个地方都看了看，没有挑出什么毛病，一切都收拾得井井有条，干净利索。甚至比女房东自己住着的时候还要井然有序。女房东就禁不住多看了孟祥云一眼，说一看你就是个干净人。女房东说着还上下打量了一回孟祥云。女房东说你肯定是个有工作的人，孟祥云说退休了，以前是搞教育的。女房东说我说嘛，能看出来。不像我前面招的那户，太窝囊了，把屋子给我造得不像样，厨房的墙上全是黄糊糊的油渍，从打住进来估计他们也没擦过一回，一进屋都有一股味，打鼻子，后来让我撵走了。孟祥云一面听着女房东说话，眼睛从女房东高耸的胸部掠过，看向别处，看向别处的眼睛却什么也没看在眼里。那一刻，孟祥云有点走神儿。此后，一连许多天，孟祥云的眼前都是女房东丰满的身影，挥之不去。有一天孟祥云终于忍不住给女房东打了个电话，当电话里传来女房东的声音的时候，孟祥云竟有些紧张，一下子不知道该跟人家说什么。女房东在电话里连着问了几遍谁呀，孟祥云才醒过来，赶紧说卫生间的水龙头不好使了，滴答水，你要不……过来看看？女房东也半天才想起来是她家的租房户。女房东立刻就把语调变得柔和了，说我过去看看，找人换一个。

撂下电话，孟祥云就上卫生间拧拧洗手盆上的水龙头，看看是不是真的滴答水。可是卫生间的水龙头好好的，一点也不滴答水。孟祥云又跑到厨房，拧拧洗菜盆的水龙头，洗菜盆的水龙头也是好好的，也不滴答水。孟祥云就有些发傻，等一会儿女房东来了，这可如何是好？水龙头明明好好的硬说坏了，人家不会以为我这个老头子有病吧？以为有病还不算啥呢，就怕以为自己老不正经。孟祥云一时六神无主，无计可施，后悔不该打那个电话。踌躇了半晌只好再打个电话，告诉女房东不要来了。孟祥云不知道怎么称呼女房东，便没用称谓，孟祥云从前跟老伴儿说话的时候也从没用过称谓的。孟祥云说，那个，你不用来了，现在不那么滴答了，明天我自己找人修修得了。女房东说那哪行，我一会儿就找人去修。孟祥云在电话这面说不用不用，女房东在电话那面也说不用不用。孟祥云的意思是不用女房东来了，还得跑一趟；女房东的意思是不用孟祥云修，哪能让住户修水龙头呢。两个人在电话里客气了好一会儿，最后还是孟祥云没能坚持住。孟祥云就坐立不安地等待着女房东的到来。还换了件白衬衫，还对着镜子把稀疏且又花白的头发梳了梳。等了一会儿孟祥云就到阳台上，趴在窗户上往下张望。街上人来人往，孟祥云专门注意朝这个方向走来的女同志，他不注意年轻的，也不注意年纪大的，只注意不大不小的中年女同志。可是说实话，在那些中年女同志当中，他也根本认不出哪一个是女房东。在那些人流中，即使是跟女房东走对面他也没有把握能认出女房东来。他虽然见过她几面，可是女房东并无什么特别之处，混在女人堆里，就好比一棵草混在草丛里，一棵树混在森林里，一滴水混在江河里，她不过是个普普通通的女人而已。孟祥云一会儿往楼下的街上张望张望，一会儿往楼下的街上张望张望，认不出那些走着的女人当中哪一个是女房东。孟祥云就在脑子里回忆着女房东的形象，却又一下子模糊起来，眼睛什么样，鼻子什么样，全然想不起来。也不怪自己想不起来，虽然见了女房东几回，可哪一次自己也没仔细看过人家的脸哪。只记得女房东的背影，烫过的披肩发在浑圆的肩膀和后背上左右一扫一扫的，臀部隆起得有些突然，使得后背与臀部的结合部陡然凹陷下去。这一凹一凸，令人着迷。孟祥云是在人家出门的时候，在人家走下楼道的时候，居高临下，在人家背后仔细看上那么两眼。孟祥云在等待的漫长过程中一次又一次地朝楼下张望，一次又一次地整理自己的发型和衣服，把屋子规矩了一遍又一遍，拿着抹布把窗台啦门框啦厨房啦什么的擦了又擦，蹭了又蹭。把自己和孙子床上的行李叠得整整齐齐，棱是棱角是角，像战士的床铺，床单抻得平平展展，连一个褶子都没有。孙子床上堆的课本、练习册什么的，都被他堆到床下去了，自己看的书先也放到自己的床下了，想了想又掏出来，整整齐齐地码放在自己的枕头旁边。这样女房东一看就知道自己平时一个人的时候，别的什么也不干，什么不良的嗜好也没有，就是喜欢看书的。孟祥云认为看书无论怎么说都是个好习惯。孟祥云在肚子里把跟女房东见面的话题都打好了腹稿。

可是，左等不来，右等不来。就在孟祥云等得有些焦急的时候，楼道里响起了敲门声。孟祥云一下子紧张起来，嘴里忙不迭地喊着来啦来啦，到了门口镇定了一下，把脸上的表情整理得从容镇定一些，带上端庄真诚的笑意，然后开开门。门外却只有一个修水龙头的人，拿了扳子和锃亮锃亮的水龙头在手里。

角　色

在红旗街上的一家小酒馆里，我们隔着一张方桌相对而坐，桌子很小，比学生的课桌宽不了多少。这样也好，这样可以缩小彼此之间的距离，说话方便。三杯酒过后，我们的脸上都浮现了鲜艳的色彩。王新民说，老师，你说我这几年也不知怎么的了，越来越喜欢怀念过去啦。我用慈祥的目光看着这个曾经的得意门生，说不会吧，你还没到那个年纪呢，你才四十多岁嘛。王新民将头重重地靠在椅背上，是啊，这些年宦海浮沉，也许是我的身心疲惫了吧。我就很注意地看着面前的王新民，头发是乌黑的，额头是明亮的，眼角眉梢仅有的几条皱纹里含着的也是春风得意，没能找到一丝疲倦或衰老的痕迹。但王新民说他活得很累。他说，像现在这样，吃着家乡的山野菜，在属于自己的空间里，说着自己想说的话，做着自己想做的事，活得真实而又自然，此乃人生之最高境界啊。并随口吟道："种豆南山下，草盛豆苗稀。晨兴理荒秽，带月荷锄归。道狭草木长，夕露沾我衣。衣沾不足惜，但使愿无违。"我隐隐感受到王新民内心之中有种像是伤感的东西，觉得这个人骨子里的人文情怀尚未消磨殆尽，遂打趣道，你不会有归隐田园之意吧？笑笑，又说，其实“会当凌绝顶，一览众山小”也是一种别样的人生境界嘛。王新民附和说那是那是，我这是见到老师您哪，说话也就随便了，发一点感慨而已，哪有陶渊明那样的精神境界。

王新民是我三十多年前的学生，那时候我还在乡下的红旗公社中学教书。王新民家境不好，这样家庭的孩子学习都特别刻苦用功。王新民早晨吃一碗高粱米饭，中午吃两个馒头，晚饭喝两碗玉米粥，顿顿不吃菜，就着从家里带的咸菜疙瘩。每天天不亮就到了教室。我对王新民给予了应有的关怀和照顾，尤其是在作文上指导他、鼓励他，他也愿意把他写的习作拿给我看。后来王新民真的考上了大学。按他的成绩，王新民可以报省财政专科学校，可以报省交通专科学校，可以报省水利专科学校，最次也可以报一所农校，毕业可以当一个乡镇干部的。但王新民最终选择的是地区师专，学中文。王新民可能是受了我的影响，那时候梦想将来当一个诗人的。当时，很多老师都感到可惜，从老师们的目光里，我也读出了对我的嘲笑，认为王新民的志愿是我的主意，认为我们太天真幼稚，太理想主义了。我也觉得理想和现实毕竟是两回事，怕耽误了王新民的前程，日后落下埋怨，让王新民现实一些，但王新民却毫不动摇。

上学之后，王新民还经常给我来信，先是说一些感谢的话，然后谈理想，谈未来，谈写作。每年元旦的时候，还给我寄一张贺年卡。在地区报纸的副刊上也时常能看到他文采斐然的诗文，我曾回信鼓励过他，认为只要努力，王新民日后肯定会成为一名诗人或作家的。后来联系少了，渐渐没了音讯。

三十多年后王新民突然出现在我面前的时候，因为与我头脑中保留的印象反差太大，我半天才认出他来。我印象中的王新民是又黄又瘦，头发又焦又长，典型的营养不良。身上冬夏都是一件褪了色的蓝布制服，袖口成了毛边，脖子后的衣服领子以及领子以下的地方，被长头发磨来磨去，磨出一块半圆形油黑的污渍。穿一双家做的棉布鞋，鞋帮张着嘴。眼神畏畏缩缩，面带羞涩，到办公室连敲门也不敢大声敲，跟老师说话也不敢大声说。而突然出现在我眼前的这个人，腰板挺拔，气宇轩昂，春风满面，神采飞扬，目光里流溢着志得意满。我哪里敢认？

王新民在师范念书时处了个对象，对象的舅舅在地区报社当副总编，王新民毕业后没有去当老师，而是到报社当了一名记者。记者写的新闻稿子与王新民所喜欢的文学创作本来是两码事，虽然都是写字说话，但说的是两种话。不过有一样，身在报社，近水楼台，发个诗呀文的也挺方便。慢慢地王新民才感受到了记者工作的神气，不管到哪儿采访，都有人身前身后虚乎你，快步走到前面给你开门。上饭店请你上坐，你要不坐谁都不坐。走了往你的车上装土特产，甚至往你的兜里塞钱。王新民开始工作热情很高，干得很卖力气，不辞辛苦，采访写稿，凭着自己的文字功底，写出了一些具有轰动效应的文章，一时名声大噪。后来受到重用，专门负责报纸的时政要闻版，每天跟在地区主要领导身后，第一时间报道主要领导的政务活动，比如开会、讲话，乃至作秀，都要写成新闻，发在报纸的头版头条，王新民也跟着风光。渐渐地，王新民有些厌倦，觉得记者再好，毕竟总是跟在人家领导的屁股后面，像是领导的跟屁虫，整天看领导的眼色行事，按领导的意图写稿子，说的是套话假话。说白了，自己只不过是人家领导手里的一支笔、一个传声筒而已。后来王新民就有了新的想法，通过经常跟着的一个地委领导的关系，最后调到了地委机关，凭着笔杆子，十多年后就当上了宣传部门的主要领导。

这次王新民是回家乡开全地区宣传工作现场会的。我们这个县是个贫困县，但这几年经济发展很快，主要是招商引资工作搞得好。而招商引资搞得好，无疑跟县里的大力宣传是分不开的。宣传什么呢？当然是宣传我们的资源优势，宣传我们的优惠政策，宣传得地球人都知道了。王新民没忘了我这个老师，见了面紧紧握着我的手说我没什么变化，不见老。我听出来王新民的意思是说我三十多年了还是老样子。我说还不见老，头发都没几根啦。我拍着自己日见稀疏的头顶。王新民说那是教书写作累的嘛，一看就像个有学问的人。听说老师教书之余还在坚持写作，难得难得，太难得啦！我说写什么作，瞎鼓捣。王新民说惭愧惭愧，我早就不写了。刚开始还坚持了几年，后来就没热情了，尤其是到了机关，更找不着感觉了，写出的东西也不对味。我说写作是闲人的事，像你这么个大忙人，哪还有时间静下来鼓捣这玩意儿。王新民说老师这是在批评我迷恋仕途热衷官场吧。我说哪里哪里。我们聊了一会儿，王新民提出要去乡下他曾经念书的红旗中学看看，约我陪同，说我们纯粹是以私人的名义回母校看看的，就不要打扰地方领导同志了，兴师动众的，弄得都不消停。连跟随的记者也被留下了。

红旗中学的外观已经有了很大改变。首先是校舍已经不是原来的样子，原来乌黑的草房换成了工字形红砖房，前脸贴了雪白的瓷砖，窗户刷的是苹果绿，起脊的白铁皮屋顶，闪烁着耀眼的光辉。四外的围墙也换成了整齐的铁栅栏，取代了原来豁牙露齿的土墙。原来的校门只有两根抱门柱而没大门，老师们戏称“开门办学”，现在则换成钢筋焊的铁大门了，刷了银粉，“红旗中学”四个铁板剪成的大红字十分醒目。操场四周是修剪齐整的榆树墙，榆树墙的外面是两趟高大茂盛的钻天杨，杨树像高墙一样把学校封闭起来，从外面你根本看不见校园是个什么样子，只能听见里面孩子们的欢声笑语以及悠扬的钟声。王新民说，树也不是原来的树了，我记得原来四外是老榆树吧？我点头。王新民说，原来办公室门前就有一棵，钟就挂在树上，那钟是个汽车轱辘里的钢圈。我说你记性真好。王新民说老师让我敲过钟的，念书的时候老师让干什么都高兴得不得了。我说那时候小嘛。操场上能玩的体育设备并没有增添什么，还是一副篮球架子，有球筐没球网，球场也不是水泥的，还是土的。空旷的操场上，一对刷了黑白杠的足球大门，东一个，西一个，光秃秃的也没有网子。靠操场边上比原来多了几副单双杠，刷的蓝漆，有些斑驳。操场前面的水泥司令台缺了半个角露出红砖，司令台旁边高高的旗杆上挂着的国旗半新不旧，因为没风而不能猎猎飘扬。正赶上学生下课，学生们见了陌生人只管用好奇的眼光打量，并不说话。王新民摇着脑袋，谨慎地说有变化，但变化不是很大。我理解王新民说的变化应该指的是学校的发展，王新民认为自己的母校三十多年了发展不是很快。王新民说，我去外地参观，人家的学校，大多都是楼房，水泥球场，草坪操场，有的甚至是橡胶跑道。人家的学生，见了陌生人也很有礼貌地说“老师好”。我说，咱们这地方，怎么说也还是落后。

我们来并没有事先跟学校打招呼，所以学校方面没有准备。学校的领导和老师大多已经不认识，只有几个老教师，还认得我，上前握手，寒暄了几句，介绍说我十几年前曾在这里教过书的，后来调到县里了。而王新民根本就没人认识，没人跟他说话，所以显得有些被冷落。我刚想把王新民介绍给大家，说这是三十多年前从我们学校考出去的王新民，现在是地委宣传部的领导，可王新民用眼神阻止了我。因为都不大熟悉，又离开得时间长了，彼此已经生分了，也就没更多可叙谈的话题，话说得断断续续。学校没有留我们吃饭的意思，校长只是象征性地让让，说中午别走了，在这儿吃吧。我们谢绝了，说你们忙你们的，我们随便走走。王新民特别想看看他曾经吃过饭的食堂，住过宿的宿舍。就像一个人的模样一样，二十多年不见，已经有了变化，不过不像人变老了，变丑了，变得不中看了，正相反，食堂也好，宿舍也好，看着比原来端庄漂亮了，红砖墙，绿窗户，白屋顶，不像原来的房子土里土气的，已经找不到往日的痕迹了。不过地点还对，还是在学校的后趟房，东面食堂，西面寝室。这也同样勾起了王新民的许多回忆。他说，那时候家里生活困难，吃不饱。人吃不饱就睡不着觉，翻来覆去睡不着的时候，就免不了对旁边的食堂动心思。晚上起来，从窗户钻进去，王新民指着食堂的窗户，那时候的窗户可关不这么严实，我们跟耗子们一起，偷食堂的饭吃。耗子们在食堂里为了抢吃的直打架。我们也不敢开灯，跟耗子们一样摸黑行动，摸着啥拿啥。最高兴的是摸着馒头，又好吃，又好拿，直到手里拿不下。摸到高粱米饭，就把高粱米饭攥成饭团，回寝室躺在被窝吃。大糙子粥没法弄，干脆拿手抓着先吃个饱再说。摸到麻袋里有黄豆，也不空手，摘下头上的帽子兜一下子，换豆腐。可惜好景不长，后来食堂发现总是丢饭，耗子再厉害也不会一晚上吃掉一盆的馒头吧，就把食堂的窗户钉死了。我说，你还有过这样的光荣历史呢？王新民说，不光我，恐怕那个年代过来的人，多少都有点这方面的经历，现在想想还怪有意思的。老师你是没体会，人饿得前腔贴后腔的时候，什么意志呀精神呀，都没了，眼前有的只是金星闪烁啊！我笑着说我也挨过饿，那是三年困难时期，我还包在褯子里呢，可惜挨饿的滋味根本就不记得。看见现在的寝室安装了暖气，王新民又感慨了一番，说我们那时候，寝室里安炉子，烧柴火，炉子不好烧，一烧就冒烟。就寝时间一到就不许再烧了，怕失火。那个冷劲就不用说了，手脚都冻了，躺在被窝里一焐，那脚就钻心地痒，就往墙上蹭。学生们起夜谁也不愿上外面去，走廊里全是冻的尿冰，不小心滑倒的话，说不定会啃一嘴。我说，那么艰苦的岁月，你总算没白熬。王新民说，只要我记忆的相册一翻开，翻到红旗中学这一页，我就会想起这些，想起曾经的艰难困苦的读书岁月，想起老师你，所以我一直想回来看看。我注意到王新民略带伤感的语调，暗忖王新民的诗人情怀依然未改。我说，看起来，苦难对于一个人来说，无疑是件好事，从你身上不就证明了嘛，它可以激励一个人在逆境中奋起。王新民说，还是老师说得对。当初你就是这么鼓励我的，让我扬起理想的风帆，说人如果没有了梦想，那么你未来的路上就等于没有了阳光。我还记得老师给我写的毕业留言呢："让青春开出绚烂的花朵，让生命结出丰硕的果实；愿你乘着诗歌的翅膀，像风筝在人生的天空自由飞翔。”我自嘲说挺华丽的，说不定是从哪儿抄来的。王新民说，那时候这几句话，对我的激励不知道有多大。学生无以报答，走，今天学生请你吃顿饭吧。我说，你回家乡，应该是我略尽地主之谊。王新民不肯，说看样子红旗街上也没啥像样的饭店，要不咱们回县里去吃。我说简单吃点就行，咱不讲究那个排场。你不是想吃山野菜吗，找找昔日的感觉，那就应该找家小酒馆才合适。王新民说对对。我们在红旗街上一连走了几家饭馆，走到最后，结果我们就进了开头说的那家叫“一分利”的小酒馆，点了几样小菜，一个杂拌、一个拉皮、一个酱炖泥鳅。王新民说我知道老师你喜欢吃酱炖泥鳅。我说你的记性可真好。王新民说老师你忘了，有一年中秋节我在你家吃过饭，吃的就是酱炖泥鳅。老师你看你还喜欢吃什么，再来一个。我说这都吃不了，多了浪费。王新民说怎么也得四个，四平八稳。有小笨鸡吗？服务员点头说有，放点蘑菇。王新民冲着我说喝点好酒吧，转头对服务员，有啥好酒？我忙阻拦，就来小烧，最好，最好。王新民看看，依了我，要了两壶当地的小烧。酒壶拿上来，王新民拿鼻子闻闻，满意地点头，说有股糊巴味，对劲。王新民说这些年，大鱼大肉吃够了，就想吃点咱家乡的山野菜。服务员端来一盆水灵灵的蘸酱菜，有婆婆丁、小根蒜、小葱和白菜。婆婆丁不是纯粹的绿色，婆婆丁的叶子是墨绿中透着赭红，锯齿形的叶子边上挂着水珠，加上雪白雪白的根儿，加上翠绿翠绿的小根蒜、翠绿翠绿的小葱和白菜。王新民忍不住叫一声，说太美啦太美啦，多抓点多抓点。自己动手抓了一大把婆婆丁，这东西是哪儿整的？服务员说是老乡在甸子上挖的，卖给饭店的，绝对的绿色食品。我故意逗她说，不是园子里种的？服务员说真的是甸子上挖的。王新民特意嘱咐服务员打碗鸡蛋酱。片刻菜端上来，王新民端起酒杯，说，老师，今天是个难得的日子，学生特别高兴。也没外人，我也就不必说那些客套话了，只说三句话：首先是感谢，感谢老师呕心沥血的培养；第二是祝贺，祝贺老师多年来创作上取得的丰硕成果；第三是祝愿，祝愿老师身体健康长命百岁。王新民一口干了，亮着杯底给我看，我则分成两口，也干了。王新民似乎被我们当地的小烧给陶醉了，嘴里发出一连串的咝哈声。说当年念书的时候，一走过饭店的门口就直流口水，却从来没进去吃过一顿。我说，无论怎么说，你们这代人，命运还不错，赶上了好时候，归根到底得感谢恢复高考啊。王新民说这是实话，别人不感谢我也得感谢，否则我不就是个农民吗，不还得在屯子种地吗？我说如今农民的日子也比以前好过多了。王新民说，那倒是，不过不管怎么说，也还有大量的小农经济存在。而大量小农经济的存在，势必制约着农村经济的发展，所以必须发展社会主义市场经济，广大农民才能真正走上富裕之路。王新民毕竟是搞理论宣传的，思想认识比较清醒而又不乏深刻，加之长于言辞，说起话来头头是道。给我的感觉，作为一个从贫困农村走出去的穷孩子，尽管如今发达了，但还没有忘本，还没有变质，还在特别关注农村的发展和农民的命运，这多少打消了一些刚见到他时心中的疑虑。我表示了赞许，再一次鼓励王新民，说凭你的才干，凭你的良知，一定会做出一番实实在在的事业来。然而王新民摇一摇头，丰颐光亮的脸上掠过一丝无奈的灰影，说老师你不知道，官场不比学校。学校里当个老师，有多高水平，就可以教多高的年级。水平高的教高年级，水平低的教低年级，凭的是能力。还有，面对学生，老师说的必须句句都是真话，不能说假话，也没有必要说假话。官场则不同了。我现在真的后悔当初不如当个老师，挺光荣，挺自在的。我说老师整天把个死身子在一个狭小的圈子里周而复始，最多当个校长，发挥不出你的才干。王新民用淡泊的语气叹道，平平淡淡才是真哪！我不置可否，心想，人干什么都有干够的时候，王新民这是连当官都当够了，厌倦官场了。

正说着话，突然红旗中学的领导进来了，一进来就说抱歉，说这扯不扯呢，你看看，也不知道是地区领导光临指导，怠慢啦怠慢啦！冲着王新民一个劲儿拱手。原来是县里打过了电话，他们才知道王新民是地区的领导，不由分说，硬拉着我们到了另一个宽敞明亮的大酒店。酒桌上，王新民很快进入了另一个角色，刚才那个“平平淡淡才是真”的王新民转眼不见了。王新民开始讲话，他把他的讲话分为三个层次。首先是感谢的话，说当年自己在红旗中学念书的时候，得到学校领导老师们的教育、关心和爱护，感谢红旗中学对他的培养，没有红旗中学，就没有他王新民的今天。他永远不会忘记他在红旗中学度过的三年美好时光，这也是他人生中至关重要的三年。第二层说这些年学校发生了多么可喜的变化，让他简直都认不出来了，可喜可贺啊。这说明农村经济发展很快，说明各级地方政府对教育的重视，加大了对教育的投入。相信不久的将来，家乡的教育一定会有更大的发展，更上一层楼。最后强调，要以人为本，大力发展教育事业，为全面建设小康社会做出应有的贡献。掌声之后，红旗中学的领导接着讲话，感谢王部长对红旗中学的关心，一再表示歉意，一再表示欢迎王部长对他们的工作多多给予指导。红旗中学的领导轮番给王新民敬酒，说王部长是红旗中学出去的级别最高的领导了，日后一定请王部长多多关照。

正喝得高兴，又来了几个人，学校的领导赶紧站起来介绍，才知道是乡上的领导闻风而来。乡上的领导一进来就埋怨学校的领导，怎么搞的，王部长来了怎么也不吱一声呢？学校的领导诚惶诚恐，说我们开始并不知道是王部长来了，等知道了就赶紧到处找。乡领导不依不饶，那找到之后不应该马上通知吗？学校的领导只有点头说是是，我们太紧张啦！说着自己先笑起来，跟着全桌子的人也都笑起来。乡领导说王部长这是微服私访了解民情啊。王新民说哪里，我主要是想念我的授业恩师，顺便看看我的母校，一点私事，不想打扰你们。乡上的领导比学校的领导表现得还要大气，挥手让把桌上的酒菜全部撤掉，重新上菜，上好菜，这就等于是新一轮酒宴的开始。新一轮酒宴开始，王新民自然又是第一个讲话，讲话还是分几个方面，层次分明，内容基本是把前面感谢和希望之类的话重复了一遍。王新民说，家乡的变化令人吃惊，令人鼓舞，令人振奋。农村的发展日新月异，农民的生活蒸蒸日上，农村人的精神面貌是昂扬向上的，这首先应该归功于改革开放，是改革开放取得的丰硕成果。同时也说明，作为家乡的父母官，你们做出了令人钦佩的成绩。作为家乡人，我由衷地感谢你们。最后希望你们以人为本，为全面建设小康社会，再接再厉，百尺竿头，更进一步……

新 生 活

杨树山老两口要上城里享福去。临走的头天晚上，杨树山兴奋得连觉都没了，被窝里跟老伴儿说，这回可得好好多活几年。老伴儿呸一声，扭过脸去，你就不知道人家烦不烦！

杨树山对城市的向往源于少年时代对电影的迷恋。那时农村看的都是露天电影，赶在天气暖和的季节，公社放映队的两个放映员，赶着两头毛驴拉的小车，车上几个箱子，两根长木头杆子，每日不停地走在一个大队通向另一个大队的乡间道路上。两个放映员，一个坐在前面赶车，一个则背靠在箱子上，双手枕在头下，闭着眼睛吹口哨。杨树山眼尖，远远地一看见那个驴车，就认定是演电影的来了，激动得又蹦又跳，饭也吃得多，活儿也干得快。看得最多的是“三战”：《地雷战》《地道战》《南征北战》。里面的台词孩子们都背下来了，并且应用得恰到好处，比如“高家庄，实在是高”，比如“打一枪换一个地方”。但是露天电影受天气和环境的限制，本来急切地盼着晚上看电影，啥啥都准备好了，葵花子也炒好了，衣服也穿好了，却突然下起雨来，而且越下越大，一场电影就泡了汤。等到了冬天，天寒地冻的，露天电影干脆就只能停演了。

有一年寒假的时候，杨树山上了一趟县城的大姑家，大姑家的表弟领着杨树山去看电影。杨树山感到很惊讶，说看电影，这时候？杨树山不相信冬天还能看电影。杨树山长这么大，还从来没有冬天看过电影呢。上哪儿看？表弟说上电影院。电影院真高，真大，棚顶的灯一亮，像无数颗星星。每次灯一亮，杨树山立刻脑瓜像个拨浪鼓似的转来转去，他从来没看见过那么多的人，那么多双眼睛。他一回头，那些眼睛好像都在看他，好像人家知道他是从乡下来的孩子，是平生第一次进电影院看电影似的。杨树山便羞涩地低下头，一动不敢动。消停不到两分钟，又觉得屁股下能翻起来的椅子也怪好玩的，就双手撑在扶手上，一使劲，屁股便离开了座位，身体悬空，悠荡着双脚荡秋千。电影演完的时候，电影院里噼里啪啦一片乱响。乡下看电影，坐的是柴草，或者土坯、砖头，电影一演完，谁都不用管，呼啦就散了，第二天操场上一片狼藉。从此，杨树山知道城里原来比农村好多了，城里最好的莫过于冬天也能演电影，而且想啥时候看就啥时候看，想看几遍就看几遍。杨树山一点都不想回家了。妈说，上一趟城里，就知道城里好了不是，知道城里好就得好好念书。但那时候还没有恢复高考，上大学都是靠保送，叫“工农兵大学生”。杨树山父亲是老农民，一点社会关系也没有，所以书念得再好也没用，没人“保送”他。看人家干部家的孩子高中毕业了可以上大学，毕业留在城里，杨树山羡慕死了。恢复高考的时候，杨树山已经结了婚有了孩子，在生产队干了好几年的农活，但杨树山还是忍不住参加了那一年的高考，结果连个大学的毛也没摸着。

杨树山不死心。杨树山虽然没有说，但谁都看得出来，杨树山把全部的希望都寄托在下一代身上了。杨树山三个儿女，老大建国，老二建军，女儿建设。第一个让杨树山的希望落空的当然是建国了。建国在父亲的监督下，学习不敢懈怠，可就是脑瓜笨，成绩不好，结果考了一年又一年，总共参加了四次高考，也就是说，杨树山不惜一切代价，让建国连续补习了一年又一年，最后总算考上了地区师范专科学校，毕业分配到了乡下一所中学。老二建军学习还不如建国。建军对体育比较爱好，踢足球，打篮球，样样都行，就是学习不行。头一年没考上，杨树山也依然让建军补习。可建军一点信心也没有，一点学习的劲头也没有。常常是人家上课的时候，他脚下踩着个篮球，时刻准备冲出教室，冲向球场，经常废寝忘食地战斗在球场上。建军心里打定了当兵的主意。建军在部队干得真不错，没几年就提了干。杨树山好像黑夜里看到了光明，鼓励建军，争取把官当得再大一点，官再大一点就可以留在部队了嘛。然而建军提到连职的时候，他们团长看上了他，要把自己的妹妹许配给他，可建军嫌团长的妹妹长得丑，没答应，结果就提前转业到了地方。杨树山知道后，把建军好一顿臭骂，说你个大傻瓜，团长的妹妹你还看不上？那是打着灯笼也找不着的好事让你给碰上了，你还挑三拣四的。长得丑俊有啥用？是能当吃还是能当喝？俗话说，“丑妻近地家中宝”。你妈长得丑，可会过日子，你看看咱家的日子，谁家能比得上！老伴儿拿过扫炕的笤帚疙瘩，照杨树山的背上敲两下，你个老鬼！我当了这么多年奴隶你咋不说，这会儿嫌我丑了？

建军先分到县武装部，以为可以在县里站下，可县武装部又把他分到了下面一个乡的武装部，当了部长，反正最后的结果还是没能进城。尽管别人对杨树山已经羡慕得不得了，说杨树山是最有成就的一个农民，两个儿子都跳出了庄稼院，可杨树山自己依然不满意。杨树山最大的愿望就是让自己的下一代真正成为一个城市人，有城市户口，吃商品粮。杨树山只能把最后的希望寄托在了女儿建设的身上。建设似乎比两个哥哥更能理解父亲的心愿，所以学习比两个哥哥勤奋刻苦。建设从小喜欢画画，建设的老师说建设如果学个特长，考美术，考个好学校不成问题。杨树山就听了老师的话，叫建设学美术。可学美术是很费的，杨树山听着老师善意的提醒，坚定地点点头，说钱是人挣的，只要建设将来能出息，能留在城市，叫我砸锅卖铁也中。建设就一面在学校学习文化课，一面利用假期的时候上省城去学美术。师大艺术学院的美术老师办辅导班，招收了很多外地的学生。一年下来，建设就花了几万块钱。但杨树山一点怨言也没有。最后，建设果真不负众望，考上了“鲁美”，毕业如愿以偿地分配到了城市。

乍一进城，杨树山觉得这也新鲜，那也新鲜，啥啥都新鲜。还给城市总结出了几大特点：楼高，车多，人挤。杨树山跟老伴儿说，在咱屯子，这辈子，你上哪儿疙瘩看见这么高的高楼？你瞅瞅那个。老伴儿顺着杨树山的手指往上瞅一眼就赶紧闭上眼睛，老伴儿眼晕。杨树山则拿手遮着阳光，把脖子望酸了，也没数出那高楼到底有多少层。你说啥人敢住那么高？那不是上天了？站在马路边上等着穿过马路，小汽车一个接着一个，不断流儿。杨树山又感叹了，这车。回头冲着老伴儿，你知道啥叫车水马龙吗？这就叫车水马龙。杨树山是高考漏子，肚子里正经有点墨水。扯扯一旁蒙登的老伴儿，你看看，可街筒子，没别的，净是人和车。这辈子，你见过这么多的人和车？嘁！老伴儿说，闹死。杨树山撇撇嘴，你呀，屯子倒是不闹，街上连个人影都看不着。杨树山看到啥都要蛮有兴趣地研究上半天。领着他们逛街的女儿女婿，走着走着就走到前面去了，就得回头站下来等他们。

建设跟丈夫都是搞美术的，丈夫在电视台搞美术设计。建设从外表上还看不出什么，而建设的丈夫一看就能看出来，身上有一股子艺术气质，头发留得很长，在脑后那么一扎。老伴儿背后跟杨树山说，你说建设对象那头发整的，跟个马尾巴似的。老伴儿说完抿嘴乐。杨树山则白一眼老伴儿，你懂啥。

杨树山没想到的难题很快就一个接着一个出现了。女儿家住高层，用杨树山的话说，就是住在天上，上下当然都是电梯。可杨树山和老伴儿不会使用电梯。头两回跟建设一块儿坐，一起一落，忽悠忽悠的，跟晕车的感觉差不多。老伴儿捂着心口说心直翻个儿，埋怨说坐这玩意儿，永远都不想再坐。坐的时候，把眼睛闭着，差一点吐在电梯里。甘愿爬楼梯。可是呢，二三十层啊，一爬一身汗，比在家干农活还累呢。多数时候，爬不到一半，老伴儿就爬不动了，扶着栏杆喘。杨树山还振振有词地跟老伴儿说，这样才能锻炼身体呢。老伴儿不用好眼神瞅他。有两回没记准家住几楼，爬得晕头转向的，拿钥匙去开人家的门，开了半天，结果哗啦门打里边开开了，不过只裂开一条缝，探出半颗光秃的脑袋瓜，一个老爷子十分警惕地打量着他俩，问你们这是干啥呢。看那眼神，是把他们当成剜门撬锁的了。杨树山和老伴儿更是吓得不轻，连连赔着不是，说这扯不扯，这扯不扯。再顺着楼梯往下走，在楼门口坐了一个上午，等建设回来。

杨树山不愿在家里上厕所。女儿女婿在家的时候，杨树山从来不上厕所，有屎有尿憋着，等女儿女婿上班走了他才方便，实在等不及了就上小区里找公厕。杨树山背后跟老伴儿发感慨，你说，都说城里人干净，就这个干净法，窝吃窝拉的。我看，跟咱家圈养的猪差不多，吃饭、睡觉、拉屎尿尿，全在一个屋里。老伴儿白他一眼，你可别瞎说，这哪是一个屋？这不都是分开的吗？杨树山说，分开不也是在一个屋？末了，老伴儿反过来气杨树山，再不好也比咱农村强，冬天上厕所不冻屁股。

杨树山头发长了要剪剪，跟老伴儿在小区附近转悠了半天，就是找不到个连剃头带刮脸的那种老理发馆。杨树山愿意让年纪大的老剃头匠给自己剃头。杨树山进屋一看是打扮得很洋气的小姑娘给自己剃头，就觉得浑身不自在。价钱又贵，剃个头，要十几二十块钱。这一年剃个十回八回的，得多少钱！干脆回家让老伴儿动手，拿裁衣服的剪子给他剪。老伴儿在家的时候，经常用大人的破烂衣裳给孩子们毁衣裳，因为是旧的，即使剪坏了也不怎么可惜，所以老伴儿敢下剪子。可是老伴儿却从来没用剪子给人剪过头发。好在杨树山的脑袋也不那么讲究，剪好剪赖没多大关系。杨树山鼓励老伴儿，说剪短就行，好不好看无所谓。结果呢，杨树山的脑袋就被老伴儿给剪得七长八短。女儿女婿回来见了，忍不住笑，说妈呀，谁把我爹的脑袋造害那样？领着杨树山上美发店，重新理了一回。

女儿家雇有保姆，负责每天一家人的吃饭、洗衣、蹭地板、擦家具什么的，反正家务活全包括在内。这样一来，杨树山和老伴儿两个，每天就是干待着，啥事也没有，吃饭算活儿。每天早晨一起来，保姆就已经把牛奶热好了，端到二老的跟前。老伴儿不喜欢牛奶那股膻味，硬着头皮往下喝。杨树山则嫌牛奶不顶饱，尿两泡尿肚子就空了。三天两头还要喝燕窝粥，喝人参汤，喝骨头汤。好好的鱼，不吃肉，也熬汤。喝这个喝那个的，说是健脑，补钙，防止骨质疏松。甲鱼啦，乌鸡啦，乳鸽啦，稀奇古怪的，听都没听说过。建设说这些都是特别有营养的。限制吃肉，限制喝酒，说肉吃多了不好，酒喝多了不好。菜也清淡，说油水大了，增加胆固醇。还不让吃得太饱，说吃得太饱也不好。人家日本人的长寿秘诀，一个是清淡，一个是少吃。杨树山顿顿吃个半饱不饱的。尤其是酒，严格限量，一顿只准喝一两。杨树山看着女儿，求女儿再赏点，建设就再给杨树山的杯里淋几滴。建设说你这个年龄，得少喝白酒，白酒对脑血管不好。要不，你喝红酒。喝红酒对脑血管，对心脏，都有好处。杨树山喝了口红酒，又苦又涩的，强咽下去，再也不喝了。回到自己屋里，杨树山往床上一躺，闭上眼睛睡觉，也不跟老伴儿说话。老伴儿知道老头子心里不高兴，就小声嗔怪道，不知好歹！人家不是为了你好？不是想让你多活几年吗？就这，还要活七老八十呢！老伴儿把嘴撇出了声响。有时候杨树山让老伴儿跟小保姆说说，捞点小米饭，买点蘸酱菜，再打点鸡蛋酱，就是通常所说的农家饭，改善改善伙食，别总是吃那些有营养的破玩意儿，忒难吃啦！可是呢，人家女儿女婿不爱吃，小保姆也不敢做呀。后来杨树山跟老伴儿商量，说要不让建设干脆把小保姆辞退算了，省得咱俩一天到晚没事干。一天做做饭，拾掇拾掇屋子，又锻炼了，又节省了一笔开销不是。饭桌上一说，女儿女婿都不同意，说让你们来就是让你们来享福的，又不是让你们来当保姆的。

有几天保姆病了，这下杨树山跟老伴儿可有了干活的机会了。两个人天天老早就起来做饭，拾掇屋子。老伴儿做饭总是习惯多做些，把下一顿的带出来。在农村，这样一个是为了省事，一个是为了省柴火。这些年柴火不缺了，但习惯却改不了。女儿女婿却从来不吃剩饭剩菜，不管剩多少，用建设对象的话说，“统统下水道的干活”。杨树山跟老伴儿要吃他们也不让，说吃剩饭剩菜，吃坏了肚子，哪多哪少？老伴儿说哪有那么娇贵，过去在家的时候，不是常吃剩饭剩菜？吃坏了几回？说一千道一万，现在就是日子好了，不缺吃不少穿啦。

说到穿戴，杨树山也生气。女儿女婿穿的戴的，都是最时兴的，都是品牌。当然，什么牌子的算得上是品牌，杨树山和老伴儿谁也说不上，只是听说。可是呢，有些只看见人家穿过没几回，就不再穿了，说街上你看谁还穿，搁置在衣柜里，打入冷宫。杨树山背后跟老伴儿磨叽，现在的年轻人，忒不会过日子，建设啥时候变得这么大手大脚的？这往后的日子长着呢，这种过法能行？古话说，有时常想没有时。妈个腿的！老伴儿则白一眼杨树山，都像你那样，那做衣裳的不都得饿死才怪呢！杨树山一件衣服能穿十年二十年也舍不得扔。杨树山牢记雷锋的话，“新三年，旧三年，缝缝补补又三年”。雷锋的话成了杨树山的生活准则。吃上也是，杨树山的原则是填饱肚子就行，啥好吃赖吃的，这头进那头出，香香嘴，臭臭屁股，纯属浪费！

杨树山在小区的垃圾堆里捡回来一双半新的旅游鞋，端详来端详去的，也没找到哪块儿坏了，帮也没开，底也没漏，说这么好的一双鞋，咋就扔了呢，你说说。回屋穿在自己的脚上，在地上来来回回地走，末了脱下来，吧嗒吧嗒嘴，说可惜有点挤脚。放到床下，打算将来给乡下的穷亲戚带回去。建设发现之后，看一眼丈夫，趁丈夫不注意，赶紧将那双鞋扔到楼道去。背后跟爹说，下次别见啥都往回捡，你知道是啥人穿过的，有没有病毒？老伴儿暗暗掐一把，杨树山才忍着没有争辩。

女儿女婿要么半宿半夜不着家，在外面有应酬；要么回来了就是半宿半夜地鼓捣电脑，有时候杨树山跟老伴儿都睡醒一觉了，见他们的屋里还亮着灯。杨树山蒙着被子唠叨一句，这得走多少电字儿。可是早晨却不起来，尤其是双休日，要睡到晌午。杨树山跟老伴儿却天一放亮就躺不住了，就得起来。起来也没事干。不像在家，喂喂猪喂喂鸡，抱柴火做饭，一睁开眼就有干不完的活儿等着你。老伴儿便默默地擦地板，把地板擦得纤尘不染。杨树山呢，本来也是个待不住的人，在家清早一起来，要给水缸挑满水，要喂牛喂马，要打扫院子，要侍弄门前的菜园子，然后才是吃早饭。吃过早饭，方才正式下地干活。如今呢，起来早也没用。看电视是活儿，看电视又不敢把电视放大音量，他耳朵有点背，声小啥也听不清，就凑近了看口型。看得费劲，看着看着，啪的一声把电视关了。老伴儿就嘟哝一句，你不能轻点？嗔杨树山弄大了动静，怕吵醒那两个睡觉的人。杨树山跟老伴儿磨叨，城里人跟咱农村真是不一样，拿黑天当白天过，拿白天当黑天过，你说，这不是黑白颠倒吗！

杨树山见小区的绿地种着各种各样的花草，忍不住就蹲下来，薅薅里面的杂草。杨树山种了一辈子庄稼，此时见了长在地里的杂草手就痒痒。结果呢，被一个不知从哪里冒出来的妇女吆喝住了，说干啥呢，去去去！在家的时候，门前的园子从没像有的人家那样，一忙起来就顾不上了，就荒废了。杨树山家的小园，冬天里面堆雪、堆粪、堆柴火，看着有点乱糟糟的。可是只要夏天一到，立马就变了样，畦是畦垄是垄的，井井有条，一畦畦的韭菜芹菜，一垄垄的茄子辣椒，一架架的黄瓜豆角……真个是蔬菜飘香啊。摘豆角，摘黄瓜，人就钻进茂密的架子里去，那顶花带刺的黄瓜味，好闻呢。杨树山被人一撵，脸上有些挂不住，说我是薅草呢。跟人家说，白瞎这么大块地方啦，若是种上点蔬菜，够吃好几家子的，何必上市场去买。人家说，愿意种回家种去！继续挥着手，像轰苍蝇蚊子似的。老伴儿扯着杨树山的袖子，把杨树山拽走了。

这么待了一段日子，杨树山和老伴儿觉得越待越没意思。两个人就猛然想到了应该让建设赶紧要个孩子，一哄上孩子，日子兴许就过得有意思了。老伴儿私下里问女儿建设，你不是说让我来给你哄孩子吗？咋还不赶紧要个孩子？都老大不小了，得要了。趁我还能动弹，也好伺候你月子呀。老太太想抱外孙子比老头儿还急，也觉得应该为女儿尽一份力，省得这么整天干待着，有个孩子哄，也有个营生干。建设说不忙，再说，就是将来有了孩子，也用不着你们哄。不用我们哄，那用谁哄？建设说，哄孩子多累呀！我不怕累，你们几个不都是我伺候大的？一把屎一把尿的，谁帮过我一把？如今就这么一个，再累能累哪儿去。再说，哄我自个儿的外孙，累也高兴。建设说，孩子的启蒙对他的一生影响很大。她妈哪懂啥叫启蒙，你说的啥启蒙？建设就解释，启蒙就是对孩子早期进行的智力开发，这很重要，我们要给孩子找一个专业的启蒙老师。老太太听出了女儿原来是信不过自己，心里不高兴。建设见妈把脸撂下了，赶紧笑着说，孩子叫你们一哄，惯都惯坏啦。哄孩子的事也没了指望，老两口心里空落落的，越发落寞。

建设和丈夫也就是在杨树山和老伴儿刚来的头两天抽出时间陪陪他们，逛逛商店，上上公园，游游名胜古迹，意思是让一辈子没出过门的父母好好开开眼。之后，人家就该忙什么忙什么去了，人家不可能总有时间陪他们。再说，就是人家有时间陪他们，女儿还可以，女婿就不同了。在女婿跟前，多少有些拘谨。尤其是面对留着那么个马尾巴的女婿，人家不觉怎么，他们倒总觉得尴尬，所以女儿女婿在家还不如不在家。偌大个房子，剩下杨树山和老伴儿两个人的时候，空空荡荡。杨树山和老伴儿轻易不敢出门，想出去溜达溜达也不敢，怕回来找不着家，便整天待在屋里，大眼瞪小眼。在家的时候，憋得慌了上东西两院的邻居家串串门子，扯扯闲篇儿，心里就宽敞了，气也出得顺畅。这可倒好，从打来，连对门的邻居长啥样还没见过呢。用杨树山的话说，他们现在可真成了圈养猪了，吃了睡，睡了吃。有一样比猪强，就是能看电视，猪没电视看。看够了，睡够了，就站在窗前，望望外面熙熙攘攘的街道，望望高耸入云的摩天大厦，望那一个一个小小的窗口，望着望着杨树山不由得叹一声。杨树山又有了感慨，这高楼大厦，远一看，咋跟个鸟笼子似的？杨树山跟老伴儿说，咱们这不是跟被关进了笼子里的鸟差不多吗？老伴儿把脸一扭，咬着牙说，活该，是你自个儿往笼子里钻的呀。

杨树山和老伴儿当然不愿总是待在笼子里。慢慢地，他们试探着钻出笼子，下到楼下，在楼下的小区里转悠一会儿。后来呢，连附近的休闲广场也可以去了。那里人多车少，相对安静一些，不那么拥挤和吵闹，人都在默默地锻炼身体。而且老年人占了多数，在那里伸伸胳膊，踢踢腿，扭扭腰，要不就是舞舞剑，做做操，打打太极拳，像电视里的慢镜头似的。个个神情专注，谁从眼前经过也不理会，更不要说上前跟人家搭讪唠嗑了。杨树山跟老伴儿开始连看也不好意思看，只是溜边慢慢走，怕打搅人家。走到没人的地方，杨树山也忍不住学人家的样子，把胳膊甩几下，把个有点弯曲的腿使劲踢几下，再把个有些驼的后背往起挺一挺。像杨树山这个年纪的城里人，六十岁了，腿不弯，背不驼，所以杨树山一眼就能被人看出不是城里人。杨树山一辈子务农，出的是体力，脸朝黄土背朝天，杨树山的形状，完全是农业劳动塑造的结果。看着杨树山又抻胳膊又踢腿的，那副笨拙的样子，老伴儿撇一下嘴，再怎么学，你也不像人家城里人。

杨树山和老伴儿在城里没待上一年就不想再待下去了。城市虽然人多，拥挤喧嚣，可是杨树山和老伴儿却觉得快要憋屈死了。不要说出门也找不到个邻居熟人啥的说说话唠唠嗑，即便是在家，女儿女婿下班回来，也只有吃饭的时候跟他们坐在一张桌子上。最多是建设让爹妈，说吃菜吃菜，然后往爹妈的碗里夹菜，杨树山说吃呢吃呢，老伴儿就也往女儿的碗里夹，夹来夹去的。建设的丈夫看着这娘俩如此客气，觉得很有意思，也让岳父大人吃菜，却不动手，怕岳父大人像老伴儿那样，也往他的饭碗里夹菜。话呢整天唠来唠去的，已经没什么新鲜的话题，常常是建设跟丈夫两个，说单位的琐事，说网上的新闻，说车子，说房子……杨树山和老伴儿听得懵懵懂懂，插不上嘴。

后来老大建国来电话，说他们的大孙子快要结婚了，日子都定了，冬月十六，问他们回不回去。没想到杨树山很爽快地答应说回去回去，怕建设和她丈夫听见了多心，又说，你妈呀，早就想她大孙子啦！临回家的头天晚上，杨树山和老伴儿竟然兴奋得半宿没睡。

串门儿

一到年跟前，老曹家的门铃就会响个不停，上老曹家串门儿的人一个接着一个。一会儿门铃响，一会儿门铃响，连老曹家自己家人都有点烦了。曹书记七八十岁的老父亲自己一个人在家的时候干脆不起来开门。串门儿的人只好把东西放在门外头，比如猪肉梓子，整只的羊坷垃，整个的狗坷垃，用塑料编织袋装着，这些东西扛来扛去不方便，再说让别人瞧见了也不大好，然后在塑料编织袋上贴张纸条，写上自己的名字。还不放心，回头赶紧再打个电话跟曹书记说一声，说过年了，给你弄只羊，弄条狗，怎么摁了半天门铃也没人开门呀？东西给您放在门外头了。曹书记就知道是老爷子又没给人家开门，赶紧打电话告诉老婆回家把东西弄屋去，别搁外头摆着啊。后来曹书记的老婆只好天天专门守候在家里。一次在楼道里碰上对门的女人，对门的女人说，这阵子咋总也看不着你出门？曹书记老婆说，出啥门，家里成天来人，眨巴眼儿工夫也离不开，都快烦死我啦。对门的女人就笑着说，可不是嘛，你们家这阵子是有点闹得慌。总听见你们家门响，楼下的那天还以为是我们家呢，问我，我说哪是我们家呀，我们家那个官小，哪有那么些串门儿的呀！若是有那么些串门儿的，我宁可吵点。曹书记老婆说，哎呀你可不知道，这些年我就怕过年，一到过年咋这么烦，连个打麻将的工夫都没有。

别看曹书记老婆嘴上这么说，当那些串门儿的人一个接一个地摁响她家的门铃，拎着大包小包的东西，熟悉的也有，不熟悉的也有，这种时候，曹书记老婆的心里就像打开了两扇门一样敞亮。看着那些吃不了用不尽的东西，眉开眼笑的。有时曹书记老婆会把那些吃不了又容易烂的水果慷慨地施舍给邻居们，说是让邻居们帮她家消化消化，还叹着气说，这可咋整，那么些东西，啥时候能吃了，大伙儿尝尝。邻居女人们互相挤挤眼儿，并不拒绝，有点不要白不要的意思。明知道这是曹书记老婆在向她们显摆呢，让大伙儿知道知道，上她家串门儿的人推不开搡不开的，东西有的是，要什么有什么，过年什么都不用自己家花钱买。邻居们心里不舒服，可嘴上却直夸曹书记老婆心眼儿真好，咱们这个楼，谁也没有曹婶大方。曹书记老婆说，可不，你说我这个人，就是心眼儿好使。邻居们就说，摊上你这么个邻居，真借不少好光。曹书记老婆也不知道听没听出这话中的另外一层含义。背后曹书记老婆在曹书记面前也发牢骚，说这些人也是，谁家过年能吃得了那么些东西？明知道吃不了还送。年年送这些破玩意儿，就不能换换样？曹书记诧异地盯着老婆看了半天，说你这人可真是的，我这才当几年领导，我自己都没觉得咋的，咋把你当出这么多臭毛病来呢！人家送礼还送出过儿来了，你看你这个挑三拣四的，我看你是不是有点烧包了？忘了我当代课老师那几年，咱家顿顿吃窝窝头，过年能买上二斤猪肉吃顿饺子就算烧高香啦！那时候咱们邻居杨支书家，有人给送几斤苹果儿包槽子糕你看见了还眼红得不得了呢。你们女人哪，狗肚子装不了二两香油！曹书记老婆说，我就是这么说说，惹出你这么大一堆话。那时候是那时候，现在是现在。那时候过年还忆苦思甜呢，现在你咋不忆苦思甜了呢？你不也是差烟不稀罕抽，次酒不稀罕喝，出门就坐车吗？你咋不骑自行车了呢？还说我。曹书记老婆白了丈夫一眼。

其实曹书记老婆除了对人家送的那些东西感兴趣之外，更让她感到无比快乐的，是人家见了她立刻就像葵花见着太阳一样绽放的笑脸，是人家那种毕恭毕敬的态度。不管是什么人，凡是来串门儿的，在她这个领导家属的跟前，都表现得像个刚过门的小媳妇似的，怯生生的，紧张拘束，嘴上一口一个“曹婶”“阿姨”地叫，叫得那个亲切。包括那些年龄跟她差不多，应该管她叫嫂子的，也规规矩矩的。来人差不多都要自我介绍一下，姓什么叫什么（这是必须的，否则，串完了门儿，人家连串门儿的都不知道姓啥叫啥，不是白来了吗），说在曹书记手下干工作很顺心，说曹书记对他们可好了，为了表示感谢，过年了，来看看曹书记，不成敬意等等。她呢，知道人家在单位大小都是个领导，可是在她面前好像什么都不是了，什么低三下四的话都能说，自然很是受用，有一种非同寻常的快感。也就真把自己当成了婆婆，把人家当成了小媳妇，婆婆在小媳妇面前自然是要有威仪的。但开始不是。开始曹书记老婆收了人家礼物还觉得不好意思，推三阻四地客气，一再表示感谢，曹书记回来赶紧向曹书记汇报，谁谁都拿了啥来的，嘱咐曹书记记着人家，给人家办事。后来慢慢就不当回事了，办不办事也无所谓了，心安理得了，觉得他们送是他们应该的，下级孝敬上级就像儿子孝敬老子。于是言行举止都变得慢条斯理的，说话、走路、做事，都是慢条斯理的。比如，听到门铃响了，也不马上开门，一定要等门铃响上几遍，让外面的人等上一会儿，别以为领导家的门那么好进，也让邻居们都能听见她家的门铃响。开了门，见了人家，脸上也没了从前那种待人接物应有的热情，其实说白了就是架子越来越大。对那些一如既往地送猪肉梓子的，送羊坷垃狗坷垃的，送好烟好酒的，送名贵补品的，曹书记老婆已经厌倦了，嘴上连句谢谢的话都懒得说。后来也不知从什么时候开始不兴串门儿送东西了，太啰唆了，改送"信封"。曹书记老婆在接过人家掏出来的"信封"的时候，回回暗暗捏一捏信封的薄厚。捏出信封够厚的时候，脸上立刻堆满笑容，真心实意留人家吃饭，说等老曹下班回来，你陪老曹喝两盅。捏出信封不够厚，脸上连点乐模样都不给人家，送人家到门口，回头咣当把门一关。

曹书记老婆也一天比一天款式起来，把自己往阔太太的角色上打扮，头发也焗黑了，烫成羊毛卷。脖子上，手腕上，金光闪闪的。脸上的沟沟坎坎也都被高档化妆品抹平了。衣服呢净挑品牌的穿，不是品牌的根本就不上身了。对门女人见她几天换一套，几天换一套，把曹书记老婆上下打量着，眼睛瞪得滴溜圆，眉毛飞扬着，说，哟，这是多咱买的？这么合身。你可真会买衣裳。曹书记老婆就说，哪有啊，是别人送的，说是上海买的呢。隔几天见着曹书记老婆身上的衣服不是前天穿的那套了，一惊一乍地说，哎呀，这又是在哪儿买的呀，咱们街里咋没瞧见有卖的呢？曹书记老婆就说，咱们街里哪有这种款式的，这是我们老曹上广州出差买的。对门女人嘴里啧啧着，意思是瞅瞅人家，可真没法跟人家比。曹书记老婆一脸的自豪。曹书记老婆从电视剧里还学会了比较高级的消遣。有钱人家的太太都养个什么宠物，跟曹书记一念叨，没过两天就有人给送来一只雪白雪白的长毛小狗，曹书记老婆稀罕得了不得，天天出门抱在怀里，给那小狗起名叫毛毛。毛毛脑袋上的毛特别长，眼睛都被挡住了，两只大耳朵耷拉着，黑嘴巴，样子凶巴巴的，见了生人先呜呜，像是发出警告，继而便汪汪。有曹书记老婆在跟前的时候表现得尤为突出，冲谁都敢叫，都敢使威风。见了曹书记都爱搭不理的，趴那儿懒洋洋地不动弹，像是没看见一样。只有见了曹书记老婆才把个尾巴不停地摇，摇得曹书记老婆心里那个欢喜劲儿。曹书记老婆教毛毛许多讨人喜欢的本事。比如让毛毛给她拿拖鞋，毛毛就从门口一堆拖鞋里，单把她那双粉红色的拖鞋一只一只叼过来；人家给东西吃了要表示感谢，教毛毛双手合十，四下作揖。没事就专门在人面前逗毛毛玩，手里拿着好吃的，就是不给毛毛，急得毛毛一次一次地跳跃起来，这时候曹书记老婆就一定让毛毛给她作揖，毛毛就听话地双手合十点头作揖。毛毛作揖的样子特招人喜爱。她之所以那么喜欢毛毛，主要是因为毛毛会对她献殷勤。一天，毛毛居然跟它一向不愿搭理的曹书记大献殷勤，因为曹书记手里拿了一块毛毛爱吃的香蕉，毛毛冲着曹书记又是作揖又是汪汪，曹书记老婆见了就心生妒意，在毛毛的脑袋上打了两巴掌，骂毛毛，谁有用你就跟谁溜须。毛毛吐了吐舌头，一脸的委屈。

在年年上老曹家串门儿的队伍里，有个穿戴破烂、名叫孙三的农民。是这样，有一年曹书记在孙三他们那个村包队，赶上孙三家失火，房子烧了，衣服被褥也烧了，屋里的东西没拿出啥来。俗话说“火烧当日穷”。孙三一家人这下连个住的窝儿都没了，铺盖穿戴都没了，孩子哭老婆叫的。后来是曹书记跟县里民政部门协商，拨了救济款，帮助孙三家盖了房子，还买了被褥等日常生活用品，孙三感激不尽，从此就年年过年上曹书记家串门儿。农村也没啥好东西，就是拿点瓜子，拿点黏豆包，拿两只自家养的小鸡，装在一个塑料编织袋子里，背着就来了。曹书记老婆当然没把孙三拿的这点东西放在眼里，连瞅都不瞅，过后，多数时候送给了别人。有一次孙三摁老曹家的门铃，对门的女人扒门缝看，不知道是上曹家串门儿的客人，用一种厌恶的眼神打量孙三，打量孙三背着的塑料袋子，把孙三当成要饭花子了，说大过年的还出来要，紧忙回身把自家的门关上了。连曹书记老婆的脸都被说红了，心想人家出去还不跟别人笑话她家，咋还有这样的人上她家来串门儿呢，背个埋汰的破塑料袋子。对门女人的举动让曹书记老婆的脸上有些挂不住，对孙三说可别再来了。屋里酒肉的香味和热闹的气氛一起从门里扑出来。孙三背着塑料袋子，红头涨脸的，不知道该说什么。曹书记老婆瞅瞅孙三一双又是雪又是泥的脚，皱皱眉。孙三把眼睛低着，嗫嚅着，说我还得上街里买点年货，就走了。

今年曹书记退二线了。事实上曹书记两年前就到了退二线的年龄，但曹书记档案上的年龄比实际年龄少填了两岁，这样曹书记就在领导的岗位上又多干了两年。退下来和没退下来果然不一样。连邻居们都明显感觉到，老曹家的门铃今年就比往年消停多了。有一天对门的女人在楼道里碰上曹书记老婆，说你们家今年咋这么消停呢。对门女人明知道是咋回事，就是故意这么问，故意刺激刺激一向牛烘烘的曹书记老婆。曹书记老婆有点尴尬，说消停还不好，这回我们家消停了，轮到你们家闹得慌啦！曹书记老婆这么一说，对门女人反倒一脸的牛气，有点翻身得解放的意思，扬眉吐气了。对门女人的丈夫比曹书记年纪小，曹书记下来了，人家上去了。

说是这么说，这一清静下来，曹书记老婆冷不丁还真的有点不适应，心里空落落的，有一种被人冷落、遗弃的感觉。过年时习惯了在家守候，有时候在家守一天白守，守一天门铃也不响一回。本来自己一个人在家，消停地看会儿电视，多自在的事，可曹书记老婆偏偏越消停越心烦意乱。有两天索性出去打麻将，可是打麻将也心不在焉的，人在麻将桌上，心却在家里，依然惦记着家里这工夫能不能有人来，说不定还有想着我们家老曹过去曾经对他们有过知遇之恩，拿点东西，来安慰安慰刚下来的老领导的呢。这样神不守舍的，麻将也打不好，总点炮，总输钱，便只好整天守候在家里。曹书记老婆对门铃特别敏感，一听见门铃响就神经兴奋。自家人都自己带着钥匙，所以只要门铃一响，不用说，准是外人。是外人就十有八九是串门儿的，要不然，大过年的，谁平白无故上领导家。曹书记老婆从早到晚耳朵总是在倾听着门铃，听得耳朵都邪了，总好像有门铃响似的。听着听着门铃响了，紧忙起身开门，却是对门的门铃响。听着听着门铃又响了，又赶忙起身开门，又是对门的门铃响。看见那些往年上自己家串门儿的人改成上对门串门儿了，对门的女人春风满面的，曹书记老婆心里又是生气又是嫉妒。这种时候，曹书记老婆就会将门狠狠关上，连墙壁都震得发抖。曹书记老婆心里说不出是啥滋味，坐也不是，站也不是。一会儿趴阳台上朝街道上张望张望，一会儿又张望张望，看看有没有小车停在自家的楼下。街上人来人往车流滚滚，发现有小车远远地过来，慢慢停在自家的楼下了，曹书记老婆就激动不已，紧张地等待着悦耳的门铃声响起。可是左等不响，右等不响，再趴阳台往下张望，小车已经开走了。曹书记老婆赌气冒烟的，心说还是阿庆嫂说得好，“人一走，茶就凉”啊。曹书记老婆心里正恨着呢，门铃真的响起来。曹书记老婆害怕是不是自己又听错了，到门口仔细听了听，确定是自家的门铃响，便急忙开开门。门外站着个衣着陈旧的妇女，头上包了条绿围巾，张嘴就是“财神到家，越过越发”，原来是个送财神爷的。曹书记老婆撂下脸子，挖苦说你把财神爷都送给别人了，你自己还能发财了吗？那妇女死皮赖脸地央求，说留一张吧，看看多好。说着展开手里的画像，财神爷两绺长髯仙风道骨，手托金元宝金光灿烂，看着就让人喜兴。再者，财神爷是没法拒绝的，拒绝了不好。拒绝了，财神爷一生气，财就跑了，就不会进他们家的家门啦。曹书记老婆只好给那妇女一块钱。送财神爷的妇女嫌曹书记老婆给得少，又央求说再给一块吧，上还得一块钱呢，你总不能让我白跑腿儿啊。曹书记老婆说你愿意，咣的一声把门关上了。送财神爷的妇女就在外面固执地摁门铃，门铃一遍一遍响个不停。曹书记老婆没好气地从门缝里又扔出一枚钢镚，钢镚顺着楼丁零蹦跳着滚下去，送财神爷的妇女也跟着追了下去。曹书记老婆忍不住笑了。回身刚坐下看一会儿电视，门铃又响了，曹书记老婆又到门口细听了听，真的是自己家的门铃响，便又急忙开开门。门外站着个陌生的老头儿，门一开，老头儿就说“财神到家，越过越发”。曹书记老婆看见老头儿手里拿了一卷子财神爷，便说我们家都接着好几张了，说着就关门。老头儿赶紧把住门边，说，财神爷还怕多？财神爷不怕多，越多越好。央求说大妹子，帮帮我吧，我家摊事儿啦，儿子车祸死了，媳妇走了，扔下个小孙子还得靠我养活，要不然我也不会大过年地出来干这个。老头儿有点难为情。曹书记老婆这才发现老头儿的身后还跟着个七八岁的小男孩，手里也拿了一卷子财神爷，小手冻得通红。老头儿在破棉袄的外面套了一件黄色的马裤呢上衣，肩上两条类似肩章的横条，这大约是二十年前流行的服装，估计是老头儿捡哪个儿子穿过的。老头儿胡子拉碴的，说话直喷唾沫星子，说大妹子，你就留一张吧，一看你就是个有钱人，瞅你多带富贵相。留一张吧，就两块钱一张。老头儿几乎就要上前抓曹书记老婆的手了。曹书记老婆厌恶地皱皱眉，看着老头儿身后的小孩，问，你几岁了？孩子把眼睛瞅向别处，不敢看她，嘴里回答了一句什么没听清。老头儿赶紧替孩子回答，说七岁了。又扯了扯孩子的袖子，奶奶问你话你咋不吱声？这孩子。曹书记老婆从兜里掏出二十块钱给了老头儿，回身又找了几件孙子穿过的衣服、家人穿过的衣服，一股脑地丢给老头儿。老头儿千恩万谢的，说，我可遇上好人啦！拽过身后的小孙子，让小男孩跪下给曹书记老婆磕头。

门铃再次响起，曹书记老婆干脆坐着不动。这几天上门送财神爷的怎么这么多，一个接着一个，打发不过来。门铃一遍一遍地响。曹书记老婆从门镜里看见门外站着个背塑料袋子的人，知道不是送财神爷的就是要饭的，便回去接着看电视。电视里正演《大宅门》，里面的几个姨太太争风吃醋。曹书记老婆感叹，过去的有钱人也真是的，娶了一大堆老婆，多闹腾。门铃依旧在一遍遍地响。曹书记老婆没好气地开开门，发疯似的喊，你有完没完了？去去去！可是门外站着的是孙三。孙三跟往年一样，背着个塑料袋子，里面不知背些啥东西，红头涨脸地喘，是背着东西上楼累的。曹书记老婆说是你呀，我还以为又是送财神的呢。曹书记老婆一改往年爱搭不理的态度，脸上立刻现出喜悦，赶紧把孙三往屋里让，说哎呀快进屋吧，在外头站着干啥。孙三把袋子撂在门口，嗫嚅着，说也没啥好拿的，拿点瓜子和豆包，还有两只小鸡、一个大鹅……都是拾掇现成的了。你看，拾掇得可干净啦。孙三撂下东西要走。曹书记老婆扯住了孙三的袖子，没让孙三走，说你来看看我们比啥都强了，还拿啥东西啊，你们农村日子怪不容易的。说得孙三的眼窝都湿了。

那天，曹书记两口子拿出了最好的茅台酒招待孙三，两口子亲自陪孙三喝酒，孙三和曹书记都喝高了。连曹书记老婆搽得煞白的脸都跟化了妆似的，红彤彤的，晚霞一般光彩照人。孙三拉着曹书记的手，说，那年要不是你帮我呀，我这一家的日子真就没法过了……曹书记说喝酒喝酒，都过去了。孙三回去的时候，曹书记老婆一个劲往孙三的塑料袋子里装东西，曹书记抽的好烟、喝的好酒，单位分的刀鱼，还有橘子、苹果，说是给孩子拿回去吃。还有曹书记穿过的羊毛衫，在孙三的身上比量比量，说这件你能穿。又翻出曹书记穿过的皮鞋、运动鞋、旅游鞋，一纸壳箱子，可惜孙三脚大。但孙三还是挑了两双运动鞋和旅游鞋，说他老儿子正好没鞋穿呢。杂七杂八装了一袋子，孙三把塑料袋子扛在肩上，塑料袋子从左面扛上去，从右面掉下来，扛了几次，掉了几次。孙三自己的腿脚都不听使唤了。曹书记跟他老婆俩一直把孙三送到车站，送上通往乡下的小客，又给孙三起了车票，老两口冲着远去的小客不停地摆手。

少年与花朵

刚上初一的时候，我们最喜欢的老师是唐老师。最喜欢唐老师的原因是，唐老师玩什么都玩得像样。唐老师不是体育老师，但绝对算得上是个体育健将。他还没教我们的时候我们就认识他了，其实全校学生好像没有不认识他的，因为唐老师在操场上的时间比在办公室、在教室的时间似乎还要多。无论什么时候见到唐老师，身后总是跟着他五六岁的宝贝儿子小虎，怀里也总是抱着个白色的足球。常常是学生已经放学回家了，老师们也已经下班了，喧嚣了一天的校园异常寂静，只有唐老师跟他儿子小虎两个人还在球场上玩。唐老师穿双白色的回力鞋，在篮球场上嘭嘭、嘭嘭地跑来跑去。这里，“嘭嘭嘭嘭”是指唐老师拍球的响声，不是他跑动的声音。唐老师白色的回力牌球鞋跑动起来几乎没什么动静。唐老师跟儿子踢足球，有时候一脚把足球踢飞出去，然后再让他的儿子小虎像狗一样去追足球。

唐老师最引人注目的是公社开运动会的时候，跑百米、跑接力，包括铅球、铁饼、标枪，样样落不下，样样都是他的长项。当然学生们最喜欢看的，也是最激动人心的是唐老师跑百米。唐老师一出场，穿戴也像那么回事，红背心蓝短裤，白色带红杠杠的跑鞋，干净利落，引来全场的目光。唐老师跑百米像拼命，嘴里“啊啊啊”地直喊，脸上是平常少有的凶狠的样子，同学们也一片狂呼给他加油。跑接力的时候，四个人一组，也都把目光聚焦在唐老师身上。眼看他们这个组的人被别人超过了，心揪揪着，轮到唐老师了，唐老师准确无误地接过接力棒，伴随着全场雷鸣般的掌声、呐喊声，飞一样轻松超越对手。唐老师说他天生就喜欢体育，天生就长了一副为体育事业做贡献的身板。只要是玩的，样样喜欢，样样在行。包括女学生喜欢玩的丢手绢、跳格子、打口袋、跳绳、踢毽子等等，只要他看见了，准会上去跟着玩几下。他跳绳的时候，两个摇绳的女生故意使坏，越摇越快，越摇越快，唐老师就得越跳越快，越跳越快，快得我们看不见他的鞋底沾没沾地，一旁的学生们忍不住哄笑，同时鼓起掌来，为唐老师喝彩。唐老师不笑，一笑劲儿就没了。最后两个女生摇不动了，再换成两个大个子男生摇，两个大个子男生胳膊也摇酸了，越摇越慢，绳子也越摇越低，最后败下阵来。唐老师虽是大获全胜，却也满头大汗，一屁股坐在地上，呼哧呼哧地喘着粗气。女学生们踢毽子的时候，看见唐老师过来，便将毽子让给唐老师踢，唐老师一口气能踢上一百个也不坏，连最能踢毽子的女生也踢不过他。唐老师不但踢得比那个女生多，花样也多，什么“里盘”“外拐”“倒钩”“单飞燕”“双飞燕”“鸳鸯拐”等等。最有意思的一种花样是：唐老师先是在前面把毽子踢得高过头顶，然后整个人跳起来，跳起的同时右小腿弯拐到左腿的后面，用右脚的内侧将从身后落下来的毽子再次高高地踢过头顶，落下来踢上去，落下来踢上去，连跳连踢，可以连续踢上十几个。一般人踢两个就跳不起来了，踢不动了。所以，能踢这种花样的人，是既需要技术，更需要体力的。老师们都说，不要说公社了，如果县里运动会有踢毽子比赛的话，唐老师准拿第一。

我们都喜欢体育课，一到体育课的时候，唐老师总是跟男同学一起踢足球，比学生还能跑，还兴奋，嗷嗷直喊。唐老师体格强壮，男同学没有敢跟他硬撞的。所以唐老师参加哪一方，哪一方必赢。因此，学生们都争着抢着让唐老师参加自己这伙儿。一场足球踢完，唐老师兴犹未尽的样子，将手里的足球抛起来，随后一脚，能把足球高高地踢上云霄，操场上所有的人都仰脖往天上看那越升越小的足球，再越来越大地回落下来。有那勤快的小学生跑着将落地的足球抱着再送到唐老师手里，意思是让唐老师再踢一个，唐老师抬腿猛地一脚，口说“去你的吧”，那足球竟直线地飞出了操场，那个小学生跑出老远，才把那足球捡回来。

得知是唐老师当我们的班主任，我们兴奋了好一阵，当唐老师走进班级的时候，我们情不自禁地鼓起掌来。但我们谁也没想到唐老师居然是教我们数学。唐老师讲课也不是一本正经，就像唱歌跑调一样，讲着讲着就讲到别的上去了，讲到体育运动上去了，讲到玩上去了。要不就是讲着讲着发现门前玩耍的儿子不见了，便出门去喊。有时候他儿子小虎突然开门说“爸爸尿尿”，我们都笑。唐老师爱喝酒，时常红着一张脸进了班级，让我们拿出书本来自习，然后他趴在讲桌上，呼呼睡得鼾声如雷。我们在下面小声说话，没有一个看书的。唐老师用粉笔头打人跟用弹弓打麻雀一样准，几乎弹无虚发，我们上课溜号了，打瞌睡了，唐老师不用说话，将手里的粉笔，掐下不丁点个头儿，比弹弓用的泥蛋儿还小一点，嗖的一声，击中你的脑瓜门，或是鼻子尖。如果不是一个人两个人打瞌睡，是好些人都昏昏欲睡的，唐老师就改用黑板擦的棱角猛敲黑板，冷不丁会把你的瞌睡吓到九霄云外去。我们班的黑板就这样被唐老师敲出了数不清的发白的麻点。

我们班的数学课，课程进度比别的班级都慢，到期末的时候唐老师就开快车撵进度，不管我们会不会。我本来脑子就笨，语文还可以，数学几乎一窍不通，唐老师越近期末越开快车，我就越是跟不上。所以上数学课比上其他课都厌烦。我有轻微的口齿病，“四”“是”不分。平常学生见了老师都说“老师好”，我一说，就成了“老四好”，唐老师会轻轻地踢我屁股一脚，骂一句“瞅你那破舌头”，叫我也不叫我的名字，叫我“老四”。唐老师这么一叫，同学们也跟着叫开了，全叫我“老四”。唐老师知道我数学是个“大白给”，偏偏堂堂提问我，别人答不上的问题，唐老师明知道我更不可能会，却故意刁难我，逗我玩，末了骂我是头号“大白给”。唐老师伸长脖子向下面问大家，你们说四不四啊？同学们就边笑边回答“四”。

卢芳老师是初一下学期开始教我们语文的。原来教语文的老师是个年纪很大的老师，说话老是“往们”“往们”的，“往们大家坐好了”“往们这堂课讲什么什么”，其实我们都知道他说的是“我们”。那时候也不知道什么是普通话，后来知道，我们当时很多字的读音都是错误的，都是那个老老师教的。比如农民的“农”、大鹅的“鹅”、春节的“春”、猪肉的“肉”、扔东西的“扔”等等好多好多的字，发音全不正确，都是用我们东北方言土语来教的。穿着也不像个老师的样子，窝窝囊囊，擤完了鼻涕，手往裤子上抹。一堂课下来，粉笔面子造一身，连鼻子都是白的。

卢芳老师第一堂课是唐老师领着进我们班级的。两个人在门口还谦让了一会儿，最后还是唐老师把卢芳老师推进了班级。唐老师介绍完，我们大家鼓掌，掌声经久不息，唐老师也跟着鼓。卢芳老师只是平静地冲我们微笑。我注意到，卢芳老师站在那里，个子跟唐老师差不多，但看着却比唐老师好像还高一点。我低眼往她脚上看了看，看见卢芳老师脚上穿的是双半高跟的棕色翻毛皮鞋。卢芳老师讲课的语调稍稍有点低沉，却有板有眼，一字一句听得清楚明白，温和悦耳。一只手端着课本给我们朗读课文的时候，另一只手里则捏着半截粉笔。不像原来的那个老老师读课文，一只手端着课本，另一只手则老是挖鼻孔。卢芳老师眼睛不时地离开课本，扫视我们一眼。眼睛离开课本的时候，并不耽误读课文，嘴里依然在念着剩下的后半句话。发现有眼睛没往课本上看的，卢芳老师就会不动声色地走下讲台，轻轻走到你的桌前，嘴并不停，眼睛也没看你，只用鞋尖轻轻踢踢你的脚，或者连脚也不踢，只是轻轻磕一下你的桌子腿。卢芳老师的那堂课我已经记不得具体的内容了，因为那堂课，我的注意力完全集中在卢芳老师神情专注的脸上和发出悦耳声音的嘴巴上了。我从来没有见过像卢芳老师读课文读得那么生动的老师，也从来没有听过像卢芳老师那么好听的声音，简直跟广播里的播音员差不多。

各科里边我本来最喜欢的就是语文，现在卢芳老师一教，我就越发喜欢了，每一堂课都让我兴奋。每堂语文课前，本来不是我值日，我也要抢着把黑板擦得干干净净，连讲桌也用抹布擦了一遍又一遍，我怕上堂课落的一层粉笔面子蹭脏了卢芳老师的袖子。卢芳老师看见干干净净的黑板，清清爽爽的讲桌，用温柔爱怜的目光望着我们大家。我真想举手告诉卢芳老师，说黑板是我擦的。语文课我听得比谁都认真，身板坐得笔直，全神贯注，目不转睛。语文作业我也完成得比谁都好，作文写得比谁都快。多大的雨天也挡不住我上学，就为了上那堂语文。卢芳老师总是表扬我，把我的作文当范文读给大家听。我的作文经卢芳老师抑扬顿挫那么一读，感觉好多了，一下子增添了不少色彩，完全不像是我写的了。卢芳老师读完我的作文，让我给大家说说我是怎么写的，大家听了嘻嘻哈哈乐。

我常常拿着自以为得意的作文去给卢芳老师看，到了办公室门口却又不敢敲门，如是几次，后来拽了同桌给我壮胆。说来也怪，只要卢芳老师的身影在教室的门口一出现，我的心脏就会怦怦怦跳得厉害起来。即使是在校园里，远远地望见卢芳老师，我的心跳也会不由自主地加快。头两回，卢芳老师见我拿了作文来，放下手里的工作，接过我的作文本一页一页翻看，一面看一面还点头，把她认为好的句子、好的段落拿红墨水笔画上，说我的作文景物描写很好，鼓励我要勤奋，要多写。我红着脸点头说嗯。每次作文本发回来，我都急急忙忙打开，看看卢芳老师在我的作文本上写了什么。因为卢芳老师每次都在我的作文后面写上几句批语，像“语言流畅，结构紧凑，详略得当”“主题鲜明，想象力丰富”等等。其实不管卢芳老师写了什么，只要看到她亲笔写的字，我都会莫名地激动一番。卢芳老师的板书我早就看过了，每个字都写得一笔一画工整端庄，但我依然把她写在我作文本上的字看了又看，把那些批语都能背下来。我们一般是一周甚至更长时间才要写一篇作文，我觉得时间太长了，我希望一周写两篇才好。我的这个提议当即就遭到了全班同学的反对和嘲笑，他们说你作文写得好，你愿意写，你自己一天写一篇得了，骂我是臭嘚瑟。卢芳老师望了我一眼，说，虽然一天写一篇作文不大可能，但大家可以养成写日记的习惯，其实一篇好的日记就是一篇好的文章。写日记可以培养我们的观察能力，也可以积累写作文的素材，是提高作文能力的一个好方法。听卢芳老师这么一说，我的心里十分得意。我觉得这是卢芳老师变相地采纳了我的建议。后来卢芳老师真的要求我们每人准备一个日记本，每天写一篇日记。

我们班有几个调皮的男生，连男老师也不怕，更欺负卢芳老师这个性情温柔的女老师。卢芳老师上课的时候，她在前面讲课，他们在下面接话茬，模仿卢芳老师的语调，学卢芳老师说话。或者是卢芳老师正讲着课，有人冷不丁大声喊，老师给我们唱个歌吧！有几个马上附和，对对对，老师唱“花篮的花儿香”，我们可爱听啦！卢芳老师气得脸通红，扔了粉笔和课本，用黑板擦敲着黑板说，净无理取闹，你们也太不像话啦！气呼呼地望着窗外站着，胸脯急剧地起伏。就那么默默地站上半天，之后回过头来重新走上讲台，凝视着不再出声的我们，良久，出一口长气，拿起粉笔，端起课本，接着往下讲课。

卢芳老师布置的作文他们没有一篇是按时完成的，非得老师催多少遍才糊弄交上，他们说不知道写啥，一写作文就头疼。至于记日记就更不用说了，收上来的日记本几乎全是空白。卢芳老师讲课前先把他们叫起来批评一顿，叹息着说，像你们这样下去，长大了可咋整呢？语调里充满了无奈和痛惜。那几个家伙看着卢芳老师嬉皮笑脸，卢芳老师薅他们的耳朵，拿教鞭敲他们的脑袋，拿指甲掐他们的肉，他们全然当作享受，还歪头冲我们大家做鬼脸。我为此很是嫉妒他们，就也想犯点啥大毛病，也让卢芳老师薅我的耳朵，敲我的脑袋，用手指甲掐我的肉。但是我愿意写作文，愿意记日记，喜欢做“组词”“造句”之类的语文作业，这些都是令卢芳老师高兴的。想来想去，我从家里带了一本名叫《黄继光》的“小人书”，封皮都破烂了，故意在卢芳老师的课堂上看。那天，卢芳老师终于把我的“小人书”没收了。卢芳老师先是把那本薄薄的“小人书”从我的手里夺过去，狠狠地摔在桌子上，连摔了几下，破烂的封皮掉落在地上。你还能不能有点出息？卢芳老师脸色青白，停了停，大声命令我“放学后留下”。下课的时候，看着她把我的那本“小人书”夹在她的语文书里拿走，我庆幸我的阴谋诡计终于得逞了。放学之后我扬扬得意地上办公室去，但卢芳老师并没有像我期待的那样薅我的耳朵，敲我的脑袋，掐我的肉，她只是狠狠地罚了我，罚我写一篇深刻的检讨，外加写三篇作文。卢芳老师还给我起好了作文题目，叫我如何如何写，我一路噘着嘴回家。

一计不成，再生一计。上语文课的时候，我将书上的人物插图，不是给戴上一副眼镜，就是戴上一顶高帽，要不就是给女人的嘴巴画上胡子。我像那几个不爱学习的家伙一样把自己的语文课本糟践得一塌糊涂。我总想用这样那样的办法让卢芳老师能多看我几眼，哪怕是骂我掐我。有一天我突发奇想，照着讲台上卢芳老师的样子画小人儿。卢芳老师的发型很简单：短发齐肩，发梢略略有一点向里弯曲，额前几绺刘海儿，稀疏地遮在白净的额头上。棉袄的外边套一件半新不旧的藏蓝色中山装，五颗纽扣颗颗扣得一丝不苟，露一圈雪白的锯齿似的白线织的假领。卢芳老师穿的棉袄不像别的农村妇女那么厚，没那么臃肿，能微微显出一点女性的曲线来。我在画的小人儿旁边索性明晃晃地标注上“我的语文老师”几个字。我的同桌看见了，像发现什么重大敌情似的，脸涨得通红，举手打断老师讲课。卢芳老师以为他又要上厕所，没好气地说，你啥毛病，怎么堂堂课都上厕所？憋着吧！学生们笑，卢芳老师也笑了。卢芳老师轻易不笑，脸上很少有笑容不说，就连看我们的眼神也越来越忧郁。我见卢芳老师笑了，我也跟着笑，并且笑得夸张放肆。我同桌狠狠踢我一脚，结结巴巴说，不是，老师，是他画你，不信你瞅瞅。卢芳老师没有理他，也没有理我。讲完课，布置了作业，方才慢慢走到我的桌前，我不但不把我的语文书藏起来，还觍着脸把画着卢芳老师的那页书翻开递给她看，在她低头接书的一瞬，我感受到了一股温馨的气息，听到了她细微的呼吸，她鼻梁两侧那几粒若有似无的雀斑也被我看得清清楚楚。我禁不住吸了吸鼻子，把那股淡淡的雪花膏的香味，连同她散发出的美妙的气息，一丝不落地吸入我的肺腑。卢芳老师接过我的语文书，看了一会儿，说，我的脸上像你画的那么晴朗好看吗？这不是我。把书复又扔在桌上，只是丢下一句“不务正业”。这回，卢芳老师没有没收我的语文书。有个男生跑过来抢我的书，也要看我画的卢芳老师，好几个男生跟着起哄，把我围住，七手八脚抢我的书，我趴在桌子上，将书死死护在胸前。

我们班的男同学开始不喜欢唐老师，甚至讨厌他，是从卢芳老师来了之后。一般的科任老师管不了学生，大多采取一种简便易行的教育方法，就是直接将调皮捣蛋的学生交给班主任了事。交给班主任的时候，往往是气呼呼的，好像学生调皮捣蛋，责任全在班主任，就该班主任自己来管。反过来班主任对管不住学生的科任老师也很反感，嘴上不说，心里是非常瞧不起的，私下里嘲笑这样的科任老师如何无能。卢芳老师管不了我们的时候，也不像别人那样交给班主任唐老师去管，卢芳老师连说也不跟唐老师说。卢芳老师脸色发白，一句话也不跟谁说，手捂着脸趴在眼前的课本上。抬起头来的时候，眼睛红红的。唐老师知道后怒发冲冠，嘴里骂着，气冲冲地来到班级大发雷霆。有几天，卢芳老师上课的时候唐老师都要在班级的窗外来回走几趟，咳嗽几声。我们见了，马上把腰板挺起来，把眼睛看向黑板。可是唐老师一走，我们就现了原形。后来，只要见卢芳老师下课回来脸色阴郁，闷闷不乐，唐老师就会立刻上班级把我们臭骂一顿，并且取消我们当天的活动课以示惩罚。骂还不算，心情不好时还要把我们几个捣蛋鬼拎小鸡一样拎出去，叫我们靠墙根儿站直了，薅着我们的头发往土墙上撞，罚我们在操场上做一百个俯卧撑，罚我们值日一个星期，罚我们一个星期不许上球场玩球，罚我们天天打水浇学校后边的菜地等等。唐老师原来也不是不管束我们，但原来管束我们没有这么认真，没有这么狠，打人也像闹着玩儿似的，脸上带着笑容。现在不是，现在下手比以前凶狠，好像是带着什么仇恨一样。

我们几个小子背后使劲骂唐老师，吓唬他儿子，不止一次地给他的自行车放气。

唐老师有一辆飞鸽牌自行车，是全校最好的一辆自行车，唐老师特别珍爱，将自行车打扮得像个新娘子似的，车大梁、车后架用彩色的塑料胶条缠上。墨绿色的灯芯绒坐垫，底边儿坠着一圈儿金黄色的流苏。不管唐老师上哪儿，自行车上永远驮着他的儿子唐小虎，唐小虎总是把车铃摁得丁零丁零一路响个不停。老师们从来没有人借唐老师的自行车骑，别说骑，走路都是绕着走。唐小虎哭闹的时候，卢芳老师会骑上唐老师的飞鸽自行车，车梁上驮着唐小虎，在操场上绕圈子，唐小虎挂着泪珠的脸上乐开了花，猛劲摁着车铃。

卢芳老师好像很喜欢小孩，不管谁家的孩子，见了总要逗逗，尤其喜欢逗虎头虎脑的唐小虎，每次见了都要哄他玩上半天，在小虎的面前蹲下身来，两手攥成拳头，然后让小虎猜她手里是啥好吃的。小虎就使劲一个一个掰卢芳老师白皙的手指，累得红头涨脸。掰开一个啥也没有，再掰另一个，结果另一个也是啥都没有，小虎就现出哭相。卢芳老师说不许哭，哭不是男子汉，给我立正站着！卢芳老师像训学生那样，板着脸，很严肃的样子，把小虎的两只手掌伸开，用力贴在两腿上。小虎水汪汪的大眼睛里噙着两颗亮晶晶的泪珠。卢芳老师说你给卢姨唱个歌，我领你去买糖球儿。小虎的眼泪没有落下来，张嘴就唱：“花篮的花儿香，听我来唱一唱，唱呀一唱……”歌声带着哭音，吐字含混不清，一面唱一面用手背抹一把稀鼻涕，抹到了嘴唇上。哎呀呀，埋不埋汰？卢芳老师照小虎的手上打一巴掌，从裤兜里掏出白白的手绢给小虎擦鼻涕，领着小虎上旁边的供销社给他买包糖球儿吃，或者领着小虎上校园外的水坑边去捉蜻蜓。因此唐老师的儿子小虎一来就找卢芳老师，不找别人。唐老师有事的时候，或者上操场去玩球，干脆把小虎推给卢芳老师，说，去找你卢姨玩一会儿。

学校有一间空教室里安放着一张掉了漆的乒乓球台，老师们没事好在那里打球，我们下课也好趴在那间教室的窗上跷着脚儿往里看，看老师们打球，议论着谁打得好。如果有卢芳老师在那里，我们就趴在窗外一直看下去，上课钟声响了也不走。老师们也不是都会玩，多是看热闹。往往是两个球技不好的正玩着呢，来高手了赶紧下来，把球拍让给高手。卢芳老师并不是高手，但卢芳老师一来，作为高手的唐老师也赶紧下来，把球拍往卢芳老师的手里塞，卢芳老师往后躲着说不会不会。推辞不过，一打，哪里是不会，一招一式打得正经像那么回事。卢芳老师说她还是在小学读书的时候学的，已经有些年头没摸过球拍了，球技跟唐老师当然没法比。唐老师便忍不住主动当起教练来，热情地做着示范，教卢芳老师怎样接球，怎样发球，教卢芳老师怎样用腰部使劲。卢芳老师接不住球的时候，手捂着嘴，一面去捡落在地上的球。卢芳老师捡球的时候，不像别人那样撅着屁股哈腰去捡。卢芳老师是先将双膝并拢，然后再蹲下，再捡球，动作矜持文雅。不知不觉屋里就只剩下唐老师和卢芳老师两个人，不知何时那些老师都无声无息地走掉了。

那一年的暑假不知为什么给我的感觉特别漫长，心里特别期盼着早点开学，假期里还忍不住往学校跑过两趟，趴在窗户上往教室里张望。教室空荡荡的，墙角处堆着一堆破烂不堪的笤帚、簸箕和铁锨。挂满灰尘的蜘蛛网上，一只硕大的黑蜘蛛盘踞在网的中央，等待着送上门来的蚊蝇等猎物。黑板上不知是谁写的几个歪歪扭扭的大字“放假了”。讲桌上除了粉笔盒、黑板擦，再就是落了一层白色的灰尘，我们的桌凳上也是一层白色的灰尘。我望着黑板，望着讲桌，望着望着，讲台上恍惚出现了卢芳老师的身影，耳畔似乎也听见了卢芳老师朗读课文的声音，尤其是卢芳老师那忧郁的眼神，沉静地、久久地望着我们。直到我的额头撞到窗棂上方才清醒过来。终于开学了，但是教我们的老师里，却唯独不见了卢芳老师。卢芳老师被调走了，据说是调到了一个叫红星马场小学的学校。也有的说，是卢芳老师自己要求去的，说那是她父母下放的地方。那个小学坐落在草原深处，周围稀稀拉拉的几个屯子，片片芦苇随风摇曳，苇叶沙沙，芦花曼舞。草原上，寸草不生的盐碱地一块连着一块，整个夏天都汪着酱红色的碱水。

有一天我也跟着班里的几个男生一块儿逃学了。我们背着书包在野外玩耍，后来是我出的主意，说我们去看卢芳老师吧，他们几个都很乐意，兴奋地蹦跳。我们走着去卢芳老师所在的那个学校，一面走一面玩。云雀在白云间歌唱，绿野无边，草虫飞鸣。庄稼散发出青嫩的气息，玉米、高粱遮挡了我们远望的视线。我在路边采了一把各种颜色的野菊花，黄的、白的、紫的，用狗尾巴草捆扎成花束，准备到学校送给卢芳老师。他们几个也照我的样子，也每人采了一大把的野菊花，都说送给卢芳老师。

还说等见到卢老师时，我们一起脱帽，一起给老师敬礼，一起向老师道歉。我们每人手拿一把花束，走了差不多半天的时间，到那个学校的时候，我的脚上磨起了水泡。我们谁也不敢上办公室去找卢芳老师，只能扒窗户挨个班级看，我们手里本来新鲜的野菊花眼看已经被太阳晒蔫了，但是找到最后也没有看见卢芳老师的身影。

后来知道，卢芳老师的父母落实了政策，卢芳老师跟他们一块儿回到城里去了。

平安的冬天

教室的炉子不大好烧，清早便敞着门往外放烟，灰蓝色的柴烟从门的上面往外冒，白色的寒气从门的下面往屋里钻。教室里学生们的咳嗽声此起彼伏。学校的煤迟迟没有买回来，炉子里烧的是柴火。烧柴火就是这样，火一点着炉子立刻就热了，一住火马上就凉了。柴火多是苞米秸秆或者葵花秆子，都是同学们从家里带来的。这是老师分派的任务，就像值日一样，今天你带，明天他带。平安走进教室的时候，心里还默念着母亲教的话，等会儿老师问时，知道咋回答。平安坐在自己的座位上，心里忐忑不安，眼睛紧张地盯着教室的门口。

老师进来的时候，平安心扑腾扑腾猛跳了几下。老师手里拿着笔记本和铅笔，昨天老师就讲了，今天早晨收取暖费，一律交齐。同学们的手开始在口袋里掏。老师站在讲台上，朝下威严地望一望，指一指右排的同学，然后老师就坐下了，翻开本。右排第一张桌的同学便站起来，拿了准备好的钱放到讲桌上。后面的同学一个接着一个，老师数钱，数过，记在笔记本上。遇到大票的，老师还要冲着日光照一照，搓一搓。轮到平安了，平安站在自己的座位上没动。老师问，你咋回事？笔头敲着桌子。平安低了头，抠手，挠脖子，脸通红。咋回事？问你呢！老师不耐烦，用笔使劲敲着桌面。平安就把母亲教他的话复述了一遍，我妈说，等我爹回来再交……你妈说了算还是我说了算？平安张着嘴巴，傻傻地看着老师。你爹，你爹啥时回来？我妈说，过……过几天。你爹干啥去了？我爹去……去外地干活了。等你爹回来，同学们还不得冻成冰棍儿！个别同学发出了笑声。老师脸色阴沉。平安知道老师脾气大，稍不顺心，耳刮子就上来了，皮鞋也上来了。轻者是薅你的耳朵，薅得比兔子耳朵还长。平安声音更小，几乎连自己都听不见，我妈出去借了，借了好几家呢，没……没借着。老师不语。老师的笔头子在桌子上不停地点着，半天，摇一摇头，说下一个。平安不敢坐，一直站到全班学生都交完。班里还有几个学生也没有带钱，情况跟平安差不多。老师最后限定了时间，对几个站着的学生说，这样吧，再给你们三天的时间，最晚不能超过周末。否则通通死了死了的干活！老师还耐心地讲了一些道理，说冬天取暖要买煤，买煤要用钱，羊毛出在羊身上，不取暖，谁冷啊？学生就一齐回答，我——们——冷——

这几天，平安天天如坐针毡，天天盼望着爹回家。一天，爹突然回来了，爹给他带回来一方便袋好吃的，苹果、鸭梨、麻花、面包，还有酸奶和果冻。平安吃了这样吃那样，吃得手忙脚乱。吃不了，便兜在怀里，怕别人抢，却怎么也兜不住，捡起苹果，鸭梨掉了，捡起鸭梨，苹果掉了，捡了这样掉那样。而那些东西，真是吃也吃不完捡也捡不尽。平安兴奋极了，长这么大，头一回吃到这么多好东西。爹还给他买了新衣裳，一件漂亮的黑色人造革夹克衫。平安拿过来就往身上穿，却被妈夺下来，妈说，是现在穿的吗？现在不能穿，得等过年的时候穿。现在穿埋汰了，过年就不新鲜了。平安跟爹说，你可回来了，我们学校让每个学生交五十块钱取暖费，就差我没交了。爹没有像以往那么阴云密布的，爹连想都没想，就从兜里掏出一沓钱，平安从没见过那么多钱，高兴得跳起来，举着钱喊，我们家有钱啦！我们家有钱啦！母亲却吓坏了，照平安的脑瓜打了一巴掌，小声喊，小祖宗，你喊啥呀！母亲一脸的惊慌，还扒门缝往外望望。然后从平安手里夺过钱，拿着那沓钱，这儿藏藏觉得不放心，那儿藏藏觉得也不放心。炕席底下爹说怕火烧，锁到柜里，爹又说小偷来了先翻柜。母亲拿着那沓钱在屋里转磨磨，最后踋着凳子，将钱藏到棚里去，爹又说棚里有耗子，耗子嗑。母亲就拿着钱发呆。站着站着，冷不防被平安一把夺过来，夺过来就跑。爹和妈在后面追。平安说我不花，我只让全班同学看看，看看就行。我们家不是穷人，我们家有钱啦！跑着跑着，一下绊倒了，钱撒了一地……平安吓出一身冷汗，醒了。

老师限定的日期到了，平安还是交不上，平安就越来越害怕上学，害怕走进那个教室。走进教室，也不敢抬头，害怕同学们盯着他的那种眼神。于是，我们的初中生平安就干脆选择了逃学，开始了他多日的逃学生涯。

今年雪大，才刚入冬，却已经下了好几场。大地白茫茫一片，像一张巨大的铺开的白纸。远处，落光了叶子的林带，像灰蒙蒙的山岗。玉米的茬子还没有完全被积雪覆盖住，顺着看成行，横着看也成行，怎么看都像是被检阅的队伍，齐刷刷的，一直从脚下延伸向遥远的天际。此刻的平安毕竟是个孩子，一走出那个令他压抑的教室，多日的烦恼立刻一扫而光。他一会儿跑，一会儿跳，一会儿又紧并着脚后跟儿，脚尖朝外，一步紧挨一步，慢慢走，慢慢走，走出很远之后再回头看，雪地上印下了一行清晰的“人”字，像一行高飞的大雁。平安忽发奇想，多好的白纸呀，他撅根树枝当笔，在雪地上做起数学题来。做了两道，又改成画画儿，画小人儿，画了一个戴眼镜的小人儿，站在那里撒尿，平安在小人儿的旁边写上了他们老师的名字。平安的手冻得通红，有点不好使，他解裤带解了半天，掏出小鸡子，对着老师的脸撒尿。老师的脸便被毁了容，一会儿眼睛滋没了，一会儿鼻子滋没了，一会儿嘴也滋没了，一会儿整个脑袋都滋没了，露出一块黑黑的泥土。平安感觉很痛快，他往老师的脸上尿尿，老师却连个屁都没有放。

平安忽然有了新发现，他发现雪地上有一行兔子走过的新脚印，脚印从路旁的壕沟拐进地里，又穿过地里来到甸子上，七拐八拐的，好像故意跟人捉迷藏。平安想，我看你到底能跑到哪儿去！没承想，那兔子的脚印进了一大片柳条丛，在那里一下子融入众多兔子的脚印当中。地上到处都是兔子的脚印，杂乱无章，好像是兔子们曾经在这里开过会。柳条因为没有了树叶，显得稀拉拉的，能望进去挺深。但从远处朝这里望过来，却是密不透风的样子，红彤彤一片。平安壮着胆子往里走，若是能捡到一只别人套住的兔子，可以跟妈两个好好解解馋，他们还是过年的时候吃了一回肉呢。一想到香喷喷的肉，平安禁不住咽了一口口水。

而且，兔子的皮还可以卖钱的，兴许会卖出老师要的钱来。平安不知不觉来到了一片乱葬岗子前。被雪覆盖的坟头，像一个个白馒头，令平安心生恐惧，尤其是坟包上若是有个黑乎乎的洞口，就更是害怕。大人说，乱葬岗子里，夜里常有鬼火跑，母亲说那是狐狸炼丹呢。有了神通的狐狸，枪打不着。母亲说，早先有人打狐狸，瞄得准准的，一搂火，枪膛炸了，炸瞎了自己的眼睛。平安赶紧转身往回跑，腿抖抖的，不小心脚下被柳条绊了一跤，双手沾满冰凉的白雪。

平安就这么在野外一直逛荡到下午，望见学校方向已经有一个个小黑点儿在蠕动，知道是放学了，他也又累又冷，便慢慢地回家。

一连多日，平安都是这样背着书包在外面游荡。早晨按上学的钟点出门，晚上按放学的钟点回家。母亲也一直以为平安在上学。这些天，平安一直在野外坚持不懈地寻找着兔子，希望能有个意外的惊喜。兔子肉和鸡肉在一块儿炖，分不出哪是鸡肉哪是兔子肉，兔子肉本身的那股土腥味就没了。还在他更小的时候，有一个冬天，爹起早抱柴火，在柴栏子里用耙子打着一只野兔，那是他第一次吃到野兔肉。过后，母亲用那只野兔的皮给他做了一顶棉帽子。兔子毛是灰白色，暖融融的，温暖着平安红扑扑的脸蛋。平安还真的碰到过几次别人下的兔套。兔套都是用细细的白铁丝做的，做成一个活套，一头拴在树上，白天不细看根本就发现不了，更不用说夜里了。兔子被套住后，不动还好，越挣扎越紧，直至被勒死。可惜兔子不明白这个道理。活兔子倒是真的碰见过两次，都是在他的脚前突然蹿起，箭一样，几个跳跃，平安还在惊魂未定的时候，兔子已经没了踪影。

后来有一天，平安发现一只老鹰在天空盘旋，平安仰脸张望，拿手遮挡刺眼的日光，望得脖子酸了眼睛花了，老鹰渐渐变成个黑点，一眨巴眼睛，黑点就不见了。可不一会儿，偶一抬头，老鹰又出现了，而且在他的头顶上直着翅膀盘旋，像一架小飞机。这家伙不会把自己当成兔子了吧？平安下意识地抱住脑瓜。他知道老鹰厉害，一张钩钩嘴，两只利爪，小鸡见了它，魂都没了，蹲在地上不会动弹，只等老鹰将它轻轻松松抱着飞走。那老鹰在天空盘旋了许久，说不上啥时候落在雪地上的。白纸一样的雪地上，老鹰硕大的身躯黑乎乎的，很显眼。平安心直跳，朝老鹰站立的地方慢慢走，他想靠得近些，想看清楚那猛禽到底长啥模样。老鹰兀自立在雪地上，头一起一伏，像是在啄食。老鹰黑褐色带麻点的羽毛缎子般闪闪发亮。他心里禁不住激动起来，这要是有支枪该多好，啪！一只老鹰兴许能卖不少钱，没准就够交他的取暖费了。他四下瞅瞅，想找块土坷垃，可到处是雪，他只好拿手比作枪的样子，对准老鹰，嘴里啪的一声。老鹰并不太惊慌，有点大将风度，慢慢起飞。慢慢飞起来的老鹰，翅膀一展开，大得不得了。仔细看时，却见老鹰的腹下抱着一只兔子。许是那猎物太重，飞出不远，兔子便从空中掉了下来，嘭的一声，溅起一团雪雾。平安赶过去，兔子的半拉屁股已被老鹰吃掉，红红一片。平安心头一阵狂喜。他怯生生地走近，蹲下身，在他伸手去拎兔子腿时，兔子耳朵的毛被风吹得微微动了动，吓得平安赶紧把手缩回来，以为兔子还活着呢。

平安拽着兔子的一条后腿，在雪地上拖着它往家走，一面兴奋地想着母亲一定会用土豆炖兔子的，想到兔子皮还可以卖钱，可以帮他解决一个大难题，心情好极了。等到我们十三岁的平安把那只肥大的兔子兴高采烈地弄到家时，已累得浑身是汗。

平安满以为母亲会高兴的，会夸他几句，可是母亲见了平安，见了平安手里拎着的兔子，非但没高兴，反而沉下脸，炕上摸过笤帚疙瘩，照平安的屁股就是两下。母亲气喘得很粗，母亲是生气了，生气时的母亲脸煞白煞白，嘴唇哆嗦。母亲为什么生气呢？平安还沉浸在兔子给他带来的喜悦之中，一时还没醒过神。

母亲打了两下，平安没躲。平安挨打从来不躲，因为他若躲，母亲基本打不着，母亲打不着，会更生气，更生气就更要打，撵出二里地也要打着。平安不躲，母亲打了两下，便住了手。母亲喊，说！你死哪疙瘩玩去了？你个不懂事的小恶鬼儿！母亲平常骂平安都管他叫“小恶鬼儿”。母亲的笤帚疙瘩扬着，扬在平安的头上，还往下落了落，说！平安吓得眯一眯眼，嘴里小声答，上学了。母亲说，撒谎！你还学会撒谎啦！母亲手里的常规武器又晃了晃，却没有落在平安的头上，依然选择了屁股。母亲没多大力气，一生气就更是浑身发抖，平安又穿着棉裤，自然不觉得怎么疼。但平安哭了，平安害怕母亲生气而又伤心的样子。平安从不愿惹母亲生气的，就不再坚持说上学去了，只是不吱声。不吱声其实就等于承认没有上学，逃学了。母亲骂，你个小恶鬼儿！今天头午，你们同学来找你，说你都好几天没上学了。你想干啥呀？不想念了是不是？平安明白事情到底还是败露了，他不知该如何跟母亲解释，便低垂了头抹泪。

后来母亲就把笤帚疙瘩扔到炕上，也是满眼泪水。母亲将儿子的头抱过来，用手给儿子焐冻得通红、冰凉的脸，给儿子擦眼泪，擦鼻涕，一把一把往自己的裤子上抹。

老师逼你了，是不是？母亲扳过平安的脸，平安迟疑地摇摇头。母亲红红的眼睛就瞪大了，那你为啥逃学？声音又尖锐起来。平安其实也说不清老师是不是逼他了。母亲盯着儿子的眼睛，等待回答。平安眨巴着眼睛，依然不吱声。你不会跟老师说，等几天你爹回来，咱就把钱交上吗？咱不会欠他一分的。你不会说吗？你没长嘴呀？平安点头，我说了。已经一周多了，我爹咋还不回来？人家都交上了，就差我一个人，我没脸去。我爹到底啥时回来呀？母亲也说不准确切的时间，只知道冬天了，丈夫该回来了。母亲一阵愧疚袭上心头，她忽然理解了儿子为啥逃学。儿子爱面子，是咱当父母的叫孩子在众人面前抬不起头啊。母亲咬咬牙，明天妈送你，妈去跟你们老师说。

平安扭着身子，表示不同意，眼前浮现出同学们讥笑的眼神。咋的，你怕妈给你丢脸是不是？平安望望母亲破烂不堪的衣裳，摇摇头，心里说，他们还不把你当成老疯子。平安说什么也不同意母亲到学校去送他。平安跟母亲商量，先在家里自学，等爹回来，交了钱再去。不是说爹几天就回来吗，反正也耽误不了几天。母亲没吱声。其实母亲心里也说不准丈夫究竟啥时候回来。

母亲想了想，还是不相信平安自己在家能学会啥。再说，他爹要是十天半月也不回来呢？那不把儿子的学业彻底荒废了吗？不行，母亲就坚定地说，明天妈送你，去求老师，要不妈给他出个欠条，反正早晚给他交上就是了。

第二天一早，母亲就拖了平安去学校。乡中学离家少说也有七八里地，平时平安骑一个他爹花几十块钱在市场上买的破自行车。今天，平安驮不动母亲，就推着自行车跟母亲一路走，始终低着头，不说话。时而抬头，一眼一眼地瞪母亲，而且越近学校走得越慢。到了学校也不进校门，被母亲拉进校门。拉进校门也不进班级。母亲又生气了，眼睛瞪着，刚要发火，一想这是学校不是在家，便把火压下去，只是狠劲掐一把平安的胳膊，你们班级不是人进的吗，你这么害怕？你们班在哪儿？母亲望着那前后两趟红砖教室，不知道哪一个是平安的班级。平安敷衍着母亲，随便一指。母亲还是茫然，那么长两趟教室，到底哪一个是呀。母亲使劲拽着平安的胳膊，把平安拽得跌跌撞撞。平安靠住墙，屁股往后使劲，死活不肯进班级。母亲拖累了，气喘着，压着嗓子喊，小祖宗，你到底怕个啥呀？母亲带着哭腔。平安害怕了，便说，你别上我们班级，老师在办公室。一指办公室，你去找老师，我自个儿上班级。母亲想想，也就同意了。寒风里，母亲袖着手，望着平安畏畏缩缩进了班级。

平安的母亲往回返的时候，脚步还是挺轻松的。她头上围一条褪了色的薄薄的蓝围巾，脖子上绕一圈儿，然后在脖后系个活扣儿，包括嘴巴鼻子都围在里面，只露面颊和眼睛。两颊冻得通红，睫毛挂了白霜。两手抄在袖子里，浑身冰冷。可平安母亲的心里还是热乎的。原以为平安的老师多吓人呢，刚才见了，老师还是怪好的，对她挺客气，并没有拉拉着脸子给她看。老师还倒杯开水给她呢，又拎过一把椅子让她坐。老师说了平安不少优点，说平安学习用功，遵守纪律，团结同学，热爱劳动。老师末了说，就是、就是每次交钱费劲。老师说，你们家经济状况不太好？平安母亲叹口气，说给老师添麻烦啦。说这次这钱还得缓几天，等平安他爹回来麻溜儿就交。老师也叹口气。老师还适时地做了平安母亲的思想工作，说孩子这么小，不念书能干什么？再说平安学习成绩不错，班级前十名的学生，品学兼优，考高中、考大学都没问题，不念太可惜啦。老师以为是平安家里的问题，是家里不愿让孩子上学了。平安母亲听了老师一番话，心里很欢喜。一欢喜，便谦虚，便检讨，说可不是，都怪我们做爹妈的。你说他爹不在家，我这一天脚打后脑勺子忙，也顾不过来。老师还问了一些家里的情况，末了叹一声。老师一直把平安母亲送到校门口，平安母亲说进屋吧进屋吧，老师挥挥手。

平安母亲就想，平安他爹可快点回来吧，快点把钱交上，否则，真的没脸见人家老师了。平安母亲想不明白丈夫为什么直到现在不回来。人不回来，也该捎个信儿回来呀。死鬼！但愿他能多挣点钱回来，今年也过个好年。想到过年，平安母亲便冷不丁想起了平安捡回来的兔子，不由得咽了一口口水，一年不见个荤腥，肠子都快生锈啦！昨天生气，差点把那兔子扔了喂狗。平安母亲加快了脚步，晚上给儿子好好炖一顿兔子肉吃吧。

可是，令平安母亲没有想到的是，儿子平安居然比她还先一步，已经坐在了家里。平安母亲气得简直要疯了。

图书管理员

白傻子的父母是从城里下放到我们乡下来的知识分子。听说，白傻子的父亲原来是在大学里教书，白傻子的母亲在城里的大医院当大夫。可是呢，到了我们乡下之后，白傻子的父亲就只能在我们大队的小学教书，教我们这帮屁事不懂的小孩伢子。白傻子的母亲也只能在我们大队当个赤脚医生，经常挎着个大药箱子，被人找去看病。

白傻子那时候也就是十多岁吧，正是贪玩的年纪。白傻子的父母除了上班之外，其余时间几乎都是待在家里不出屋，连十多岁的白傻子也是。比如星期六下午和星期天一整天，人们都看不见他们一家人的影子。一个呢，是初来乍到，跟谁都不熟；一个呢，是对乡下的生活环境生活方式不习惯，又没有自留地可侍弄，连门前的园子也不会种。反正，不怎么出门，不怎么跟人来往。白傻子家就住在小学校的旁边，离大队部也不远，这样白傻子的父母上班都不远。有时候，白傻子会趴在自家的门口朝小学的操场这边看上一会儿，看我们几个半大孩子在操场上玩球。我们见了，喊他过来，跟我们一块儿玩，一喊，白傻子反倒缩回去了。

冬天夜长，天早早地黑了，百无聊赖的屯子人也早早地躺下吹灯睡觉了，整个村屯漆黑寂静。只有白傻子家的灯，夜夜亮到很晚。有人忍不住就问白傻子的父亲，白傻子的父亲支吾着说，没干什么，能干什么呀？辅导孩子学习呢。这话传到社员耳朵里，社员们就都笑白傻子的父亲，社员们管白傻子的父亲叫白老师，说白老师天天都要教孩子学习到半夜。社员们的意思，白傻子的父亲跟白傻子一样，有点“二”。“二”嘛，就是“二百五”的“二”。那时候，刻苦读书学习似乎是不怎么被人看得起的事。

白傻子确实比我们学习好。老师提问，只有白傻子回回都能答得上来，考试也回回都比我们考得好。白傻子的课本，一发到手，回家第一件事就是用牛皮纸再给新课本包上一层封皮，作业本也个个订上一个黑本壳。无论是课本，还是作业本，样样收拾得干净整齐。文具盒里的铅笔、橡皮、小刀、格尺，也样样齐全。不像我们，文齐武不齐的，书没等学完，已经没了模样，不是缺边就是少页。白傻子长得白，又文静，穿着也干净体面，像个小姑娘。哪像我们这些农村淘气小子，穿的破衣烂褂，鞋不像鞋，袜不像袜，即使是穿上件新衣裳，也穿不出个好样来，一会儿工夫就造得像个灰土驴子似的。且满嘴脏话，刚才还和和气气地在一块儿玩得好好的，转眼间就会爹长妈短地骂起来。我们打仗骂人的时候，白傻子若是见了，就撒腿往家跑。白傻子见人总是一副腼腆的样子，而且谁问什么，白傻子就回答什么，从不撒谎。我们背后就叫他白傻子。大人们碰见白傻子，都喜欢逗他玩，谁见了都会把他叫住，白傻子便规规矩矩地站在大人面前，双腿并拢，两臂垂直，手掌向内紧贴在大腿两侧的裤缝上，样子很紧张。大人喊一声“立正”的口令，白傻子就把胸脯挺一挺；再喊一声“稍息”，白傻子就把左腿弯一弯。大人就笑了，笑着问白傻子早饭吃的啥，或者晚饭吃的啥，问东问西的，问什么白傻子都如实回答。大人们最喜欢问白傻子的问题是，白傻子的父母在家里打不打仗，打起仗来谁厉害。白傻子脸红了。白傻子脸蛋白白的，一红就粉白粉白，连脖子都粉白。白傻子摇头，白傻子摇头的意思是否认他爸和他妈打仗。大人就做出不相信的样子。白傻子为了证明他爸和他妈真的不打仗，就说他爸回家啥活都干，做饭，洗衣服，抱柴火烧炕，还给他妈洗脚。大人说噢，笑了。白傻子说他妈从打下放到这儿，总好有病。

白傻子的父亲具体是哪一年死的记不清了。死得挺突然，是脑出血。白傻子的父亲本来就有高血压病。再后来，白傻子跟我们一样，也参加了一九七七年的高考。只不过，我们很多人当年什么也没考上，像我，就是第二年考上的一所中等师范学校，乐颠颠地背着行李上一个县城去上学。当然，那时候像我们那样的乡下中学，能考上个中专、中师之类的学校已属凤毛麟角，在我们屯子更是破天荒的，社员们见了我的父母直夸我，说从小就看出我长大能有出息。但是白傻子却一连考了好几年，头发都考白了，像个白头翁。不是白傻子学习没我们好，是白傻子的志愿比我们高，白傻子想要考的是本科或大专。头一年，白傻子考上了一所农校（老师给报的志愿），毕业可以分配到公社当干部，可以到下面的生产队包队、蹲点，顿顿好吃好喝的，但白傻子没有去念。第二年考上了哈尔滨铁道学校（还是老师给报的志愿），老师同学都替他高兴，说这回可妥啦，白傻子天天可以坐火车不花钱，可白傻子又没有去上。到第三年，老师们谁也不给他报志愿了。白傻子呢，这类的中师、中专学校干脆就不报了，志愿上只填大专以上的学校。老师们都叹气，也有的撇着嘴说，只要功夫深，铁杵磨成针哪。这话白傻子也能听出来是啥意思。天遂人愿，第三年白傻子总算考上了地区师专，政治专业，毕业到中学当政治老师。白傻子又犹豫了。白傻子不想学政治，不想当政治老师。白傻子想学历史。老师们就笑，说历史还不如政治呢。学政治，将来还有当官的机会；学历史，当老师连学生都不重视你。白傻子补习的时候，他母亲的心脏病和糖尿病已经很严重了，家里的生活十分艰难，老师和同学劝白傻子不能再补了，能考个专科学校不是挺好的吗，早早上学，早早参加工作，也能早早挣钱给母亲治病。白傻子沉默不语。老师气得埋怨白傻子，说，你怎么就一个心眼儿？怎么不为你的母亲着想着想？白傻子回家跟母亲商量的结果是，母亲很坚定地支持白傻子。

在白傻子补习的时候，学校也了解白傻子的家庭情况，对他十分同情，给予了应有的照顾。学校不收白傻子的补习费，不收白傻子的住宿费，不收白傻子的取暖费，甚至不收白傻子的材料费。凡是冲学生收费的项目都给白傻子免掉了，这在这个乡镇中学的历史上是没有先例的。白傻子自己则更是节俭，吃饭常常是只打饭不打菜。白傻子也怕被同学笑话，所以顿顿白傻子都是等到最后才拿着饭盒上食堂。打完饭也不在食堂吃，端回寝室，就咸菜吃。咸菜呢，就是整个的芥菜疙瘩，腌得有些暗红色。人家讲究一点的，是把芥菜疙瘩切成细丝，或者剁成碎末，然后拿肉炒了，吃起来比一般的菜都好吃。但白傻子不是。白傻子就那么抓着整个的一个芥菜疙瘩，吃一口饭，咬一口芥菜疙瘩，而且吃得很快，大口大口的，几乎是三下五除二就吃完了。学校的伙食本来也不好，几乎顿顿是硬邦邦的高粱米饭，稀溜溜的玉米粥，一星期能吃上一顿暄腾腾的白面馒头，或者是滑溜溜的挂面就算是改善伙食了。菜呢，白菜熬土豆，大头菜熬土豆，萝卜熬土豆，清汤寡水的。不但白傻子吃不饱，许多学生都是半饥半饱。即使吃饱了也不抗饿，油水小。住宿的男同学，胆子大点儿的，夜晚撬开食堂的窗户，钻进去偷白天剩下的馒头，然后拿回寝室，躺在被窝里吃。白傻子不敢。秋天，白傻子夜里帮学校看菜地，菜地就在校园内，在东面靠近校墙的地方，所以白傻子不是很害怕。身上穿件他父亲留下的破大衣，抱着膀子，在菜地的边上来来回回地走，一直到天亮。有老师私下告诉他，说看菜地看到半夜就行，就可以回寝室睡觉了。白傻子愣怔了半天。白傻子夜里看菜又饥又冷的时候，就上学校的马棚去暖和一下。马棚的角落里有口拌马料的缸，缸里放着喂马的豆饼，白傻子先是闻到了豆饼的香味，而后才发现豆饼的。豆饼的香味实在太好闻了，白傻子把鼻子贴在豆饼上闻了又闻，最后忍不住偷偷掰下一块，紧紧攥在手里，然后飞快地离开马棚，一边在菜地里溜达，一边一口一口地啃着豆饼。

冬天，学生寝室格外冷。每个寝室的地当间都安个铁炉子烧煤。学校雇个烧炉子的老头。上半夜还可以，炉子烧得挺旺，到十点钟学生就寝熄灯之后，炉子也熄灭了。不熄灭不行，怕学生们煤烟中毒。炉子一灭，屋内一会儿就凉了，后半夜冷得很。寝室的走廊上放着供学生们起夜用的尿桶，里面满满一下子黄尿，因为没人及时倒掉，已经冻成了冰坨子，冰坨子中间部分膨胀起来。男生起夜，谁都不愿上外面去，还往那个已经冻成了冰坨子的尿桶里撒尿，其实就跟往走廊的地上撒没啥两样。结果在那个尿桶的周围，冻了厚厚一层发黄的尿冰，连那个尿桶一块儿牢牢地冻在了地上。人走在黄色的尿冰上，脚下稍不留意就会滑倒，啃一嘴尿冰是轻的。学校屡禁不止。管寝室的老师曾经当场抓住过撒尿的学生，罚他们把尿冰刨净，但没过几天，便又冻上一层。白傻子夜里睡觉不脱棉衣服，就那么囫囵着睡，不打捆。据说六个冬天（高中二年，加上补习四年），白傻子都是这样度过的。六个冬天，白傻子都没有脱过棉袄棉裤睡觉。这样睡，虽然不舒服，可也不那么冷，起夜撒尿也方便。白傻子从来没在走廊里撒过尿，一回也没有。据白傻子的同学讲，那六年，白傻子都是这样，晚上回来，往床上一躺就睡。早晨，天还没亮，摸黑爬起来就走。

白傻子一连补了四年，到底考上了本科，是省内的一所师范学院，果真选择了历史专业。那个公社中学的老师们，后来往往举白傻子补习的事例来激励学生们学习。直至多年以后，提起白傻子，在那个学校念过书的人都知道。

白傻子的大学生活是怎么度过的，我们知道得不是很详细，有些事是后来听说的。上了大学的白傻子，生活上依然是那么清苦。此时他的母亲回到了城里，但是糖尿病已经到了晚期，出现了并发症，眼睛近乎失明，腿脚溃烂，经常性腹泻，剧烈地咳嗽，然后是大口地吐痰。什么都不能做，由白傻子的亲戚们伺候。白傻子的生活费基本上是靠国家给的每个月二十一元钱的助学金来维持，有时还能从嘴上节省下一点，买书买本，买牙刷牙膏，买手套袜子，买简单的生活和学习用品。周六周日同学们三三两两地逛街，里面从来看不到白傻子的身影。其实，何止是周六周日，平常也有的同学经常逃课，仨一伙俩一串地上街闲逛，下馆子，喝小酒。大多数学生考上大学之后就优哉游哉，就好像革命已经成功，应该享受享受了。上电影院看电影，白傻子更是从来不去，白傻子连一张两毛钱的电影票也舍不得花。即使别人给他一张电影票，白傻子也不去，一是怕耽误时间，二是不想欠别人的人情。整个四年的大学期间，白傻子一场电影也没看过。除了上课之外，白傻子去得最多的地方就是学校的图书馆，放假的日子里几乎整天待在图书馆里。图书馆靠近角落的一个座位，老师同学都知道是白傻子坐的，天天白傻子是第一个走进图书馆，也是最晚一个离开。来去没有一句话，默默的，默默地来，默默地走。逢人只有微微一笑，站下，等你过去，他才走。对老师是，对同学也是这样。大家都喜欢白傻子，对他格外好。家庭条件好点的同学，放假回来，都不忘特意给白傻子带点好吃的。女同学星期天喜欢洗洗涮涮，洗衣服、洗床单褥单的时候，都主动给白傻子的也捎带着洗了。白傻子挓挲着两只手，非要帮她们拎水。白傻子从井上拎一桶水回来，很费劲，呼哧呼哧的，两条腿像面条一样软乎。女同学都笑他，说白傻子是个白面书生，手无缚鸡之力。对一头汗水的白傻子说，还是快去看你的书去吧。把白傻子撵进教室，然后喊别的男同学来拎水。一喊，呼啦冲上来好几个男生，争着抢着拎水，巴不得有给女生献殷勤的机会。

他们很羡慕白傻子，说别看白傻子那样，有女人缘。家在学校附近的老师，偶尔会把白傻子领回家里，包饺子，烙饼，白傻子就不知道怎么感谢才好。国庆节放假，别的同学都回家了，白傻子不回家，没钱回家。就帮老师们往家倒腾秋菜，土豆、白菜、大萝卜，帮完了这家帮那家，院里院外，楼上楼下，累得满头大汗。

临近毕业，同学们都开始忙着找门路，千方百计想留在城里。白傻子也壮着胆子轻轻敲开学校一位主管教务的领导的门，那领导让他在门外站了半天才喊进来，白傻子进门就呆立在门旁，好像不知道自己是干什么来的。好在那领导平常就听说过白傻子，对他的印象还不赖。白傻子吭吭哧哧说出了自己的想法，白傻子想留校。别人留校都是想教课，当老师，白傻子说他想留在图书馆。白傻子说出这话的时候，汗水已经从额上滚落下来。那位领导看着满脸红涨的白傻子，笑了笑，摇摇头。

但第二天，那位领导又告诉白傻子，说我看了你的成绩，没想到这么优秀。领导接下来问了一些白傻子的家庭生活方面的情况，对白傻子父亲的遭遇，对白傻子母亲的病情，都表示了无限的同情，之后说，留在图书馆嘛，还是可以的，不过得有个条件。白傻子顿时高兴得手足无措，热泪盈眶的，两只手突然抓住领导的手，想要好好握一握。领导吓一跳，慌忙往后退，甩开白傻子的手。白傻子搓着手，连连鞠躬，说谢谢，谢谢。啥条件？啥条件都答应，只要让他留校，留在图书馆。领导说，你这孩子，其实也不算啥条件，对你来说完全是件好事嘛。领导看着诚惶诚恐的白傻子，意味深长地笑。原来领导要给白傻子介绍个对象。

那所学校的图书馆是“文革”前建起来的，有两万多册藏书。白傻子来之前是个快要退休的老太太当管理员，糊里糊涂的，借出去的书不少借丢了。白傻子作为图书管理员，每天从早到晚都工作在图书馆里。他上任之后的第一件事，就是把所有的图书都认真清理了一遍，重新登记造册，然后再分门别类地摆放好。把每一本书上的灰尘都用很柔软的干抹布轻轻擦拭掉。什么书在什么位置，白傻子心中有数。谁借什么书，白傻子能很熟练地到那儿就取来。当然白傻子并不是真的为了当个图书馆的管理员而申请留校的。作为图书馆的管理员，白傻子的工作很清闲，每天就是负责师生们的借阅，再就是图书馆的防尘、防火、防潮。所以，白傻子每天上班之后，首先是打扫卫生，像个会过日子的小媳妇，先是拿着个鸡毛掸子掸啊掸，掸落书上的灰尘，再拿着个抹布擦啊擦，桌椅、书架、门窗，到处弄得很干净。自从白傻子去了图书馆之后，图书馆的面貌焕然一新。干完了这些应该干的工作，白傻子就会静静地坐下来，慢慢地读书。也许，图书馆的书籍才是让白傻子留校的真正原因。白傻子手里捧着的书籍大多是那些纸张发黄的旧书。白傻子不但认真阅读，还认真做笔记。别人不知道白傻子在写什么记什么。白傻子不让人看他的读书笔记，有人走近了，白傻子就会将他的笔记本合上。白傻子日复一日年复一年地翻啊翻，看啊看，记啊记。谁也不知道白傻子究竟看了多少本书，记了多少本笔记。白傻子比那些整天捧着书本想考研究生的学生还用功。学校的师生们心里都笑话白傻子，不就是当个图书管理员吗，还又写又记的，干吗呢，不会是真想考个图书馆方面的研究生吧？

可是呢，白傻子常年待在图书馆里，好像是把自己的家，把家中的媳妇都给忘在了一边。白傻子的媳妇呢，比白傻子大，大多少，大伙猜至少得大六七岁的样子。在没跟白傻子前，就已经为那个领导堕了几次胎。好像是全世界只有白傻子不知道这回事。婚后，白傻子基本不着家，在图书馆待的时间比在家待的时间还要多。家里的常客就是那位白傻子的婚姻介绍人。领导一来，白傻子媳妇就开始脚不沾地地忙活起来，杀鸡，炖鱼，温酒。白傻子媳妇当然知道领导最喜欢吃啥喝啥。老师们上图书馆来查阅资料，见了白傻子，嘻嘻哈哈的，逗白傻子，说你们家今天包驴肉馅饺子，回去晚了可没有你的份儿啦！

白傻子不但要读万卷书，还要行万里路呢。白傻子每年都要请假出去一回两回，一走就是十天半月的。白傻子去的地方并不是什么名山大川，白傻子说出的地方，很多人都不知道是哪里。阜新、康平、松原、巴林左旗、宣化、阿城、西团山、张家窑、历家窝堡、方家屯、墩台山……白傻子去那些地方干什么呢？回来大包小包的，带回一些破破烂烂的东西：布纹瓦、兽面瓦当、莲花瓣纹瓦当、油釉陶碗……再就是一卷子一卷子的纸张，是从什么碑刻上拓下来的。白傻子在往出掏那些破瓷烂瓦的时候，轻手轻脚，小心翼翼，而且手上还破天荒地戴上一副白手套。已经积攒了一大堆，然后就没日没夜地鼓捣那些东西。白傻子的父亲平反之后，找回来一笔补偿的工资。白傻子结婚后没有房子，一直租房子住，现在父亲的这笔补偿款正好可以用来买两间房子。当白傻子的媳妇这样跟白傻子商量的时候，白傻子没有同意。白傻子有史以来头一次没有听媳妇的话。白傻子说这钱是国家给他父亲的，现在父亲不在了，但钱依然是父亲的，他要用这钱为父亲做点事。白傻子揣上那笔钱的一部分走了。这一次，白傻子出去的时间更长，大约有几个月。人们觉得，白傻子的精神问题是不是比以前更严重了。回来，依旧是背了更多的大包小包。人造得灰头土脸，胡子拉碴，连大街上捡破烂的都不如。

几年后的一天，白傻子父亲原来的那所大学，给白傻子的学校打了个电话，挺突然的。接电话的人开始以为听错了，说我们这儿没有一个姓白的老师呀，你们是不是搞错了？说了半天，才弄清楚人家找的是白傻子。接电话的人马上纠正说，他不是老师，他是图书馆的管理员。人们这才知道，白傻子的父亲，原来是搞辽金史研究的专家。下放的时候，白傻子的父亲正在搞契丹女真风俗文化方面的研究，本来已经搜集积累了大量的材料，包括许多碑刻及陶瓷的拓片，后来被搜走毁坏了不少，白傻子父亲的研究因此中断了。近年来，学校陆续收到了署名白傻子父亲的几篇研究论文，发表在学校的校刊上，引起了史学界的关注，也引起了学校的重视。问题是，学校早在白傻子父亲落实政策的时候就得知，白傻子的父亲已经去世多年了，怎么还会有文章发表呢，难道是他去世前写下的吗？学校并不知道这些论文是白傻子以父亲的名义发表的，论文末尾也没有留下作者的联系地址。学校向当年白傻子父亲下放的地方组织了解情况，结果从地方组织那里，他们得知了白傻子父亲有个儿子，现在某大学工作。白傻子一家曾经待过的大队负责人，用十分肯定的口吻，负责任地在电话里提醒说，那个白傻子，好像是从小脑瓜就有点问题，会写文章?

白傻子关于辽金史方面的论著，没多久即由父亲原来所在的那所大学出版了。白傻子捧着带有墨香的书籍，静静地坐在父母的遗像前，默默地坐上很久。

土 豆 花

好像是一晃，孟繁荣就到了该为女儿的婚事操心的年纪了。女儿小萌在大学的时候有过一个男友，孟繁荣见过小萌拿回来的照片，一面看一面询问人品咋样，家是哪儿的。可是临近毕业却分了手。孟繁荣很是不解，凭女儿的才貌，不说百里挑一也差不多，男友怎么会跟她分手呢？那一阵子，女儿小萌情绪低落，孟繁荣的情绪就也跟着低落，问为什么分的手，小萌说还能为什么。小萌不说，孟繁荣也不再问，反正是分手了。现在的年轻人拿感情的事忒不当回事。小萌大学毕业之后没有找到工作。毕业了找不到工作，当家长的比孩子还着急。那段时间，孟繁荣急得嘴上起了水泡，却还要装着不着急的样子，发短信安慰女儿慢慢找。后来曾经资助过小萌上学的那家企业不知怎么知道了，就主动让小萌上他们公司先干着。小萌知道那家企业很小，网上都查不到，犹犹豫豫的。那家企业的老板又说，一面干一面再找嘛，也算先帮帮公司的忙。

还在小萌刚上大二的时候，孟繁荣的丈夫就突发心梗去世了，生活一下陷入了窘境，那家公司就是这时候开始资助女儿继续完成学业的。那家公司总是在节骨眼儿上伸出援手，好像他们有一双眼睛时刻都在注视着孟繁荣家的一举一动似的。可是那家公司在城里，她家在乡下，人家怎么会知道她家的情况呢，肯定是通过学校了解的。孟繁荣暗想，看起来，有钱人跟有钱人还真有不一样的，真有好心肠的。就嘱咐女儿好好努力，不管公司咋样，现在毕竟是人家收留了你，让你有个地方在城里落脚，你要为公司多付出一些，对自己也是一个锻炼的过程，对公司呢也算是一种报答。孟繁荣的意思是让女儿小萌先上那家公司干着，不行以后再跳槽嘛。女儿小萌开始的时候好些天都没什么信息给她，孟繁荣就感觉到女儿的情绪不是太好。一问，果然，那家公司的情况比小萌之前想象的还要糟，小萌甚至有一种被骗的感觉。公司是做土豆加工生意的，生产粉条、粉丝、粉带、粉面子，是个只有十几人的小企业。小萌干脆就管那个公司叫土豆公司。小萌说，不过有一样，我们土豆公司生产的粉条、粉丝、粉带、粉面子等等土豆制品，绝对是土豆原料，货真价实，一点不掺假的。孟繁荣说，这就向着你们公司说话了，为你们公司做起广告来了。小萌说别忘了我是搞市场营销的。孟繁荣说先锻炼锻炼，有了一定的工作经验了，再找也好找。小萌说知道了。又过了一阵子，小萌的心情逐渐好起来，给孟繁荣发的短信也逐渐多起来，孟繁荣自然又开始关心起女儿的婚姻问题，说你们公司有没有好小伙呀。小萌说好小伙有的是，我们公司十几名员工，个个都是帅哥猛男。孟繁荣不相信，说我跟你说正经的呢。孟繁荣认为女儿是在跟她开玩笑，那么大个大学里都没有几个女儿能看得上的，那么个不起眼的小公司，还个个都是帅哥猛男？瞎扯。

不过孟繁荣还是试探着说，那你就长住眼神，选一个好的。小萌说就怕人家看不上我。孟繁荣就惊讶了，问你是不是已经看上谁了。小萌说没有。孟繁荣说有了目标得先让妈看看，妈给你把关。别忘了你可是地地道道的大学生，不能太委屈了自己。后来孟繁荣慢慢发现了一个问题，在女儿的短信里，提到最多的是他们的老板。说我们老板长得精神，一米八大个，相貌堂堂，风度翩翩，要头脑有头脑，要口才有口才，要品格有品格，要能力有能力……小萌把他们的老板夸成了一朵花。可小萌越夸他们的老板，孟繁荣的心里就越是不舒服。孟繁荣给女儿小萌回短信，说你们这个年龄的女孩子，就知道盲目崇拜，不要被人的外表所迷惑。小萌说才不是呢，我们老板不但外表好，心也好，对待职工像对待自己的亲兄弟一样，员工家有啥事他都跑在前头，而且年轻的时候，我们老板还是个多情的种子呢。小萌说要不要我给你讲个故事。孟繁荣回了一条说你爱讲就讲，反正我现在一个人在甸子上放牛呢。小萌不一会儿就发过来几大段。

念书的时候，我们老板偷偷喜欢上一个女同学，喜欢得不得了，只要是一上学，眼睛便须臾不离人家。那女同学的一举一动，一笑一颦，他都看在眼里，爱在心里。我们老板个子大，坐在班级的最后一排，上课的时候同学们都聚精会神地往前看黑板，看老师，我们老板也聚精会神地往前看，可他看的是那个坐在他前面的女同学，看人家的后背，看人家的头发，看人家的后脑勺。有一回可能是被老师发现了苗头，讲课的老师讲着讲着冷不丁对他搞了个突然袭击，单单把他叫起来，问他刚才老师都讲的什么，他挠着脑袋回答不上来。老师说那你眼睛瞪得滴溜儿圆，你看什么呢？同学们就笑。那女同学若是离开座位，我们老板的眼睛马上像被一根线儿牵着似的，人家走到哪儿，他的眼睛就被牵到哪儿。人家到窗外，他的眼睛就跟到窗外，人家经过操场上厕所，他的眼睛也跟着，远远地把人家送到厕所。若是稍有一会儿工夫人家的身影离开了他的视线，我们老板的一双眼睛就会屋里屋外到处寻找。我们老板说，那时候是中了邪啦，自己就是控制不住自己，心里整天想着人家。我们老板说，你知道啥叫鬼迷心窍吗？这就是鬼迷心窍。可是那女同学不知道为什么就是不喜欢他。无论他怎样表现，她都无动于衷，好比一潭死水，无论你怎么往里扔石子，都激不起一星半点的波澜。那时候我们老板的家庭条件在同学当中算最好的，父亲在乡政府当干部，他经常把他父亲的摩托骑出来兜风，经常拎着家里的录音机，听当时流行的《牡丹之歌》《外婆的澎湖湾》。而且把声音弄得挺大，一路招摇。别人都羡慕得很，可他喜欢的那女同学却连看也不看，听也不听，好像是故意让他枉费心机。他甚至将未来都设计好了，如果那女同学能跟他好，将来就是她考不上什么学校的话，他父亲也一定能帮她安排个工作，比如上学校当个代课老师，上卫生院当个护士，上乡政府当个广播员什么的，都不成问题，任她选。可是那女同学似乎一点也没把这些放在眼里，一点也不被他那么优越的家庭条件所诱惑，相反却跟一个家庭条件不好，也不怎么爱说话的男同学来往较多。比如学校栽树啦，铲操场啦，打扫卫生啦，她都是让那个男生帮她扛铁锨、锄头什么的，好像是故意气我们老板呢。而我们老板多么想在那女同学身上发扬一点雷锋精神啊，人家却始终不给他机会。我们老板就对那个男同学心生嫉妒，瞅那男同学也没个好眼神，也不跟那男同学说话，甚至联合一帮同学孤立那个男同学。我们老板遭受的最沉痛的一次打击你猜是什么？孟繁荣想了想说，能是什么，无非是偷着往人家女生书包里塞纸条、塞相片啥的被人家给撕了，或者上交给老师了。要不就是等在半道堵人家，叫人家报告老师了。小萌惊讶了，说妈呀，你咋这么会猜？孟繁荣说那时候很多男生都这么干过。小萌说，这么说老妈你也遇上过？孟繁荣回说没有。

有一回，我们老板买了个非常漂亮的红皮日记本，日记本里有很多漂亮的风景插图，他在日记本里夹了张说是昨晚梦见人家的纸条，趁午间放学的时候偷偷塞在人家的书包里。没承想那女同学回家发现之后，竟然很生气，第二天上学来就把那个日记本连同那张纸条扔在了前面老师的讲桌上，这等于是将我们老板的心思大白于天下，让我们老板的自尊心受到了极大的伤害，简直无地自容。按理他应该恨死了她，从此再不搭理她。可是他说，他可能是上辈子欠她的，他就是恨不起来，依然那么喜欢她，几天见不着心里便长了草，心烦意乱的。我们老板说，念书的时候，别的同学天天盼着放假，而他最讨厌放假，因为一放假他就看不到她了。他希望学校一天假也不放才好，他就可以天天看见她，连星期六星期天他都讨厌得不行，觉得是那么的漫长难挨，就更别说寒暑假了。放寒暑假的时候，他几乎天天骑上自行车，上那女同学家所在的屯子去，去是去，去了也不敢上人家家里，而是围着她家那个屯子转悠，远远地对着人家的院子张望。

孟繁荣说你们老板连这些也好意思跟下属说，不是编故事吧？小萌说，不会吧，为了那个女同学，他可是至今未娶呢。四十多岁了还一个人，连个女朋友也没有过吗？世上这样的男人还真是少见呢。孟繁荣不大相信，在鼻子里哼了一声，暗想没结婚不等于没女人。

过了一段时间，小萌又跟母亲说起他们老板，小萌说我们老板最大的爱好，就是喜欢唱歌，不过都是老歌。最拿手的就是《在那桃花盛开的地方》。上歌厅的时候我们都笑话他点的那些歌老掉牙了，可我们老板一听到那些老歌就激动，唱着唱着，眼泪就唱下来了。我们老板也喜欢跳舞，却从来没上过舞厅，你知道为什么吗？这回你绝对猜不着的……你们老板你们老板，你能不能说点别的？孟繁荣见女儿小萌一说起他们老板就没完没了，便不理女儿，小萌发过来好几条短信她也不回。这孩子一定是对那个四五十岁的老男人有意思了吧。孟繁荣这么一想，心中不由得紧张，就不厌其烦地嘱咐女儿凡事要多加小心，不要轻易相信别人，人心隔肚皮，千万别上了坏人的当。小萌说我不是小孩子了。小萌的固执更令孟繁荣忐忑不安，心说这孩子，越大越不听话了，一定是让人给灌了迷魂汤啦。她是被那个老板的人给迷住的，还是被人家的钱给迷住的呀？这可如何是好？孟繁荣在家里急得不得了，整天都在替女儿担着心，神思恍惚拿东忘西，放牛的时候，老牛上地吃了人家的庄稼她瞪眼看不见。这一回，孟繁荣一改以前的态度，不是劝女儿小萌在那家公司先锻炼锻炼了，而是劝小萌趁早离开，把那家公司说得一无是处。说那家土豆公司那么小，职工那么少，充其量也就是个作坊，一点科技含量也没有，一点发展前途也没有。可是小萌说她暂时还不想离开那家公司，她已经喜欢上了那里。孟繁荣就生气了，说你是喜欢上土豆公司了，还是喜欢上土豆公司的老板了？你说！女儿小萌回信说你猜呢。孟繁荣不高兴了，说猜什么猜，你不能跟他！

小萌依然时不时地就跟母亲描述一段他们的老板。小萌问孟繁荣，你知道我们老板喜欢什么花吗？你猜都猜不到，就是土豆花。我们公司自己在城外种了大片的土豆，夏天土豆开花的时候，星期天我们老板还领我们上那里游玩，赏花，在大片大片紫莹莹的土豆花地里野餐、照相。你知道我们老板为啥喜欢土豆花吗？我们老板说，还在孩提时代，他曾经跟几个小伙伴，傍晚的时候在开满紫花的土豆地里抓沙虫玩，沙虫沙沙地在头上飞，小伙伴们仰头拍着巴掌，晚霞把他们的一张张小脸映照得跟土豆花一样灿烂，一样美丽，这其中就有那个后来他喜欢的女同学。从此那个土豆花盛开的黄昏，便永远地留在了他的记忆里。

都过了很长一段时间了，孟繁荣才知道女儿小萌那个土豆公司的老板叫郭兴旺。孟繁荣觉得郭兴旺这个名字有点耳熟。孟繁荣就问小萌，说你们老板是啥地方人，小萌只回答两个字：老乡。“老乡”两个字让孟繁荣的脑袋嗡了一下，知道资助女儿的老板肯定就是当年的那个郭兴旺了。

孟繁荣上高中的时候正是十八九岁的年龄，窈窕的身材，姣好的容貌，如一枝盛开的花朵，令许多男同学为之倾倒，男同学们背后都叫她冷美人。其中有个叫郭新的，因为一心想追孟繁荣，居然把自己的名字也改了，不叫郭新了，叫郭兴旺。据说是为了跟孟繁荣的名字凑成一个词组“繁荣兴旺”，这样人们一说繁荣兴旺，就必然把他俩的名字连在一起，连在一起似乎就有了某种象征和寓意，告诉人们“繁荣”跟“兴旺”是分不开的。孟繁荣对郭兴旺并没什么好印象。当时郭兴旺的父亲是乡里的干部，郭兴旺的家庭条件比一般的家庭要好多了，郭兴旺的穿戴也比别人好，骑车子戴表的，有点纨绔子弟的样子。当时很多干部家庭的子女都有一种优越感，也常常利用他们优越的物质条件作为诱饵，来引诱一般家庭的子女跟他们搞对象。但孟繁荣对那些物质的东西似乎并不大感兴趣。郭兴旺性格张扬外向，班级有什么事他都张罗在前头，比如开运动会，不管跑得快慢他都下场跑，演节目的时候，不管唱得好赖他都上台唱。只要学校有个啥活动，他比谁都积极。女同学犯心脏病了他也抢着往医院背。在孟繁荣看来，郭兴旺不是一般的轻浮，用我们东北话说就是忒能嘚瑟。而孟繁荣则性情温和稳重，所以骨子里也就偏好性情稳重的人。对那种疯疯张张、坐没坐相站没站相的人，无论男生女生，都不喜欢跟人家交往。孟繁荣看郭兴旺那股张罗劲就蹙眉头，连看郭兴旺都懒得看，也就根本没把郭兴旺当回事，郭兴旺在她身上花费的心思孟繁荣竟然无动于衷。一开始郭兴旺改名孟繁荣还觉得奇怪，依然把这归结到郭兴旺轻浮上来，暗骂郭兴旺能嘚瑟。别人动不动就在她面前说“繁荣兴旺”，孟繁荣也不明白是啥意思，觉得这些人有点莫名其妙。那阵子，同学之间说话，不管该不该用繁荣兴旺的地方都使用“繁荣兴旺”这个词，繁荣兴旺成了一句流行语。说农业繁荣兴旺可以，牧业繁荣兴旺可以，说学习也繁荣兴旺，学雷锋做好事也繁荣兴旺，见了面你张口来个“繁荣”，他闭嘴对个“兴旺”，像对口令一样，弄得全校到处一片“繁荣兴旺”。渐渐地孟繁荣才知道，原来大家这是在调侃她。而那个郭兴旺呢，不羞不恼，反而自鸣得意，似乎只要“繁荣”跟“兴旺”搭配在一起，他跟孟繁荣就沾了边，好像孟繁荣跟他郭兴旺的关系想不密切都不行，他愿意让人家这么永远地叫下去。孟繁荣则又羞又恼，处处躲避郭兴旺，不给郭兴旺好脸色。郭兴旺越想接近她，她越是躲着他。毕业的时候同学之间相互赠送照片留念，郭兴旺手里每个同学的照片都有了，唯独没有孟繁荣的照片，他不敢张口朝她要，也不敢再把自己的标准照赠送给孟繁荣，怕被孟繁荣毫不留情地撕个粉碎，孟繁荣真能干得出来。

高中毕业之后，孟繁荣没有考上大学，补习了一年也没考上，后来是她在中心校当校长的舅舅出面，到县教育局托关系，孟繁荣才当了个代课教师，不久跟一个也是代课老师的男人结了婚。后来有过几次转正的机会，可孟繁荣都没有考上，她舅舅退休之后，孟繁荣也就理所当然地下来了，成了一名名副其实的家庭妇女。而关于郭兴旺是好是坏，毕业之后孟繁荣从没有打听过他的情况，一点也不知道这个人的下落。

知道女儿小萌公司的老板是当年的郭兴旺之后，孟繁荣心里就更多了几分担心。当年的郭兴旺就没给孟繁荣留下什么好印象，如今郭兴旺发达了，当了老板，更不会好到哪儿去。况且女儿小萌长得比当年的自己漂亮多了，比自己个高，比自己白净，要身材有身材，要相貌有相貌，又是大学生，比当年的自己强百倍。像郭兴旺这样的人，年轻时就那么轻浮，追起女人来就那么脸皮厚，如今有钱有势了，谁知道他有多少个金屋，藏了多少个女人？没准儿从一开始捐助小萌上学就是在打小萌的主意呢。孟繁荣这么一想，心也惊肉也跳，心说小萌这下是把自己送进虎口狼窝了，就一遍又一遍地给女儿发短信。小萌说我们老板可不是你想象的那种人。孟繁荣说你不了解他。小萌说，听这意思你了解我们老板了？孟繁荣没有直接说郭兴旺当年追求过她，但孟繁荣最后还是说出了他们的同学关系。小萌嘻嘻地笑，说其实我们老板早就跟我说过，他不让我告诉你。他说你若是早就知道了，怕你不肯接受他的资助，也不会让我到他的公司上班。我们老板说你看不上他。孟繁荣说反正你还是离他远一点好。

自从丈夫去世之后，生活的重担一下子落在了孟繁荣一个人的身上。家里的活计，地里的活计，里里外外，一切全得靠孟繁荣自己。丈夫在的时候家里养了两头奶牛，每天喂牛、挤奶、打扫牛圈，把牛粪挑出去，把牛睡觉的地板刷干净，这些都是丈夫的活儿，现在这一切都需要孟繁荣自己来料理。早晨起来先是喂牛、挤牛奶，然后再用自行车推着两桶奶，送到四五里地之外的收奶站去，风雨无阻。下雨天也要把奶牛赶到屯外的壕沟边去放，孟繁荣披着丈夫穿过的黄帆布雨衣，站在风雨里。谁也没想到孟繁荣竟然是一个这么要强的女人。人们仔细一想，就想明白了，其实支撑孟繁荣顽强坚持的精神力量，就是她的女儿小萌。孟繁荣的丈夫死了之后，当初很多人都猜测，孟繁荣用不了多久就得嫁人，不为别的，起码这个家庭需要一个男人来帮她，帮她把女儿的大学供下来。然而人们的猜测都错了。

小萌上班后就不让孟繁荣再种地了，不要再养奶牛了，太辛苦，那些根本就不是一个女人家干得了的。孟繁荣笑了，傻孩子，这也干不了，那也干不了，咋活呀，喝西北风啊？小萌说，都卖掉，上城里来。孟繁荣说上城里，说得轻巧，你刚上班几天，挣那么两个钱，我可不能现在就让你养活我。小萌劝了几次都不成，后来小萌说了实话，说其实这都是我们老板的意思，他看你太辛苦了，要在公司里给你找份工作。孟繁荣用鼻子哼了哼。小萌说，其实我们老板真的很善良。不久小萌又告诉孟繁荣，公司给她租了房子，这样母亲来了也有地方住了。孟繁荣一听就火了，说又给你高工资，又给你一个人租房子，你是他什么人哪？啊？觉得女儿忒不长志气，忒没出息，说房子再宽敞我也不去，你自己住吧！孟繁荣不去，一个是生女儿的气，一个是恨郭兴旺。都给小萌自己租房子了，这不是金屋藏娇是什么？当年追她不成，如今竟然又来追她的女儿，什么东西！夜里躺在床上，孟繁荣翻来覆去睡不着，越想越气愤，她决定上一趟城里。

孟繁荣是到了城里之后才发短信告诉女儿的，小萌很惊讶，你怎么不事先告诉我？走丢了咋办？你在车站等着，别动地方，我们去接你。孟繁荣说我要直接上你们公司，见你们老板。小萌说你见我们老板啥意思，你不是不想见他吗？孟繁荣说别废话。

孟繁荣见到女儿的时候，小萌上来一下子把她给抱住了，眼里涌出了泪水，说我的老妈，我可想死你啦！孟繁荣也忍不住把女儿的头搂在怀里，贴了贴女儿的脸，眼圈红了。车站门口人流滚滚，一辆面包车从人群里慢慢开过来，停在了小萌的身后。面包车是经过改装的，里面的座椅全部拆掉了，正好可以宽松地放下一辆轮椅，有两个人从车的后面吃力地抬了一辆轮椅下来。小萌说慢点慢点，然后指着坐在轮椅上的人说，妈，你看看他是谁？孟繁荣转头看了看，不认识。他就是我郭叔，我们老板。他听说你来了，高兴死了，一定要亲自到车站接你呀。坐在轮椅上的郭兴旺手里拿着一大束鲜艳的土豆花，远远地向孟繁荣递过来，笑着说，老同学，二十年没见啦！孟繁荣愣愣的。郭兴旺对小萌说，看看你妈，连我这个老同学都不认识了。你妈可是没多大变化，跟当年一样漂亮，就是混在人山人海里，我也一眼就能把她认出来。孟繁荣红了脸，方才认出坐在轮椅上的人果真是郭兴旺，说你这是……孟繁荣依然不大相信眼前的郭兴旺真的没了腿，用一种不解的眼神看着郭兴旺，说你这是演的哪一出儿啊。郭兴旺又扭头对小萌诉苦，瞅瞅你妈，对我始终就没个好印象。你看看我这像演戏吗？郭兴旺笑了，我这双腿呀，十几年前就捐献给国家啦！

原来郭兴旺高中毕业就选择了当兵，后来在部队的一次抗洪抢险救灾中负伤，被截去了双腿，成了一名一级残疾军人。转业后在国家的优惠政策帮助下，自主创业，成立了一家生产土豆制品的小厂。他的厂里用的都是退伍之后找不到出路的残疾军人。

孟繁荣第一次用充满柔情的目光，把坐在轮椅上的郭兴旺上上下下细细地打量着。在郭兴旺的印象里，孟繁荣从来没有这样看过他。小萌拉着孟繁荣的手，望着郭兴旺说，你看看我郭叔这些年，多不容易。孟繁荣的眼圈红了。小萌趁机说，我郭叔可是一直在等着你呢。郭兴旺被小萌这么一说，脸也红了，做出一副严肃的样子，小萌你瞎说啥。你看看我这样子，哪还有资格等人家啊！郭兴旺说的是真心话。郭兴旺这么一说，孟繁荣含着的眼泪就簌簌地流了下来。

寒 夜

这几年，怀旧似乎成为一种时尚。不少人把自己风华正茂，甚至还带有几分青涩的年轻时的照片，作为微信的头像，或者发到朋友圈里晒一晒，追忆下似水年华。我也翻箱倒柜，翻出一张三十多年前的老照片，是一张高中毕业时几个要好同学的合影。照片是黑白的，尺寸也不大，张利民和房振生站在我和车向前后面，手分别放在我和车向前的肩膀上。照片上方，黑色的背景上题了一行白字“兄弟般的友谊”，然后是 1979 年 7 月 14 日。记得当时给我们照相的老师傅照完后，问我们照片上写点什么字，我们几个纷纷想着不同的措辞，有说写“风华正茂”的，有说写“理想万岁”的，有说写“革命友谊”的。利民眼睛一亮，说有了，干脆就写上“兄弟般的友谊”。这句话是利民的口头禅，平常说话张嘴闭嘴都是“兄弟般的友谊”，他是从广播里学来的。当时的报纸上、广播里经常讲支援亚非拉什么什么，一讲到亚非拉的时候，总是用这句话来形容中国和亚非拉之间的亲密关系。我们三个拍手说好。

我看着这张发黄的老照片，看了很久。

车向前是同学当中跟我关系最好的，从小就喜欢舞文弄墨，上中学的时候经常偷看课外书，常见他跟在老师屁股后哀求，保证说就这一次，下次再也不看了。那时向前特别喜欢写诗，后来还在县报上发表过两首，被语文老师看到后拿到班级朗诵给大家听。老师扬着报纸问大家，你们知道写这两首诗的作者“车前子”是谁吗？同学们瞪大眼睛，老师眼睛看着向前，说就是车向前同学，咱们班未来的诗人！在同学们惊讶的目光里，向前红着脸趴在课桌上。从此大家就不再管向前叫车向前了，叫他“车前子”。

那时，班级里喜欢文学的同学还有照片上的另外两个人，就是站在我和向前后面的张利民和房振生，他们两个更喜欢情节引人入胜的故事，比如利民，常给我们白话“鲁提辖拳打镇关西”“关云长单刀赴会”什么的。利民喜欢英雄侠义。我们四个关系不一般，常在一起畅谈理想，憧憬未来。利民甚至说，将来他也要写一部像《水浒》那样的故事，打打杀杀，把天下的人都迷住。振生的理想是当个电影演员，准备考电影学院。振生长得浓眉大眼，符合演英雄人物的外形标准。振生心中的偶像是王心刚，小时候《侦察兵》被他看过无数次。而向前的梦想是当个诗人，后来许是受了振生的影响，还想当剧作家，写剧本，拍电影。甚至对振生说，将来我写剧本，你来演。我的理想跟利民差不多。我母亲喜欢听广播里播讲的评书，记得有一次，我站在地上，对坐在炕上一边听评书一边做针线活的母亲说，将来我也写本书。我们四个在一起的时间比较多，同学们戏称我们是“四人帮”。那时“四人帮”已经倒台有几年了。高考之后，我和振生考上了不同的师范学校，利民和向前啥也没考上。初时我们之间还经常通信，相互交流鼓励，向前还不断把他激情澎湃的诗作寄给我看，后来联系渐渐断了。

与利民、振生的联系是近些年才又多起来。利民本来对学习就头疼，高考落榜，也没补习，他爹的选择就是让他去当兵。利民的父亲是个老支书，“农业学大寨”的年代，干得红红火火，风生水起，粮食亩产“上纲要”“过黄河”“跨长江”，一年一个新台阶，多次受到上级的表彰奖励，手捧金灿灿的大奖状，胸戴红彤彤的大红花，社员爱戴，领导赏识。在我们红旗公社，可谓赫赫有名。上世纪八十年代，公社改称乡，大队改称村，利民的父亲就由大队支书改称村支书。其实叫啥都一样，关键是权力没变。作为一个“文革”过来的老干部，对军人从骨子里崇拜，所以利民的父亲嘱咐利民，在部队好好干，“枪杆子里面出政权”。他爹的临别嘱托是：不混出个人模狗样来，别他妈的回来见我！结果利民在部队也没混明白，主要是跟他的那个南方连长尿不到一个壶去。利民说那个狗日的连长忒他妈的计较，小心眼儿。豪侠仗义的利民咋看他都不顺眼。退伍回到农村，他父亲只好安排他先在村上当民兵连长。连傻子都能看出来，这是作为后备干部，准备接他老子的班。后来果不其然，没几年利民就当上了村支书。他爹私下跟他说，要不是急着把这个位子让给你，就我这身板，再干个十年八年没问题。他爹吧嗒吧嗒嘴，看样子还很留恋。本来，利民并没把他爹当的这个芝麻粒大的小官看在眼里，可是到了如今，念书不行，当兵又不行，还能干啥？别看村支书官衔不大，差不多是世界上级别最低的领导干部，却管辖着全村一千多口人、一两万亩土地，利民方才体会出他老爹为啥对这个芝麻粒大的官那么恋恋不舍了。利民当官，用他自己的话说，最大的优势就是能喝酒，酒量惊人，连续陪个两拨三拨客人，一点问题没有，脸不变色心不跳。乡上的书记乡长自不必说，就是乡上的普通干部，只要来了，利民也毫不怠慢。不像有的村支书，眼里只有乡上的一把手和二把手，根本不把其他干部当回事。利民不是。利民是这样，只要是上级领导，只要来到他这一亩三分地，哪怕是碰上，那就是有缘，就得喝酒。结果，利民在乡干部那里的口碑非常好，都说利民豪爽，仗义，工作能力强，有魄力。这说的是对上。对下呢，利民也不像别的村官那样飞扬跋扈，一手遮天。用利民自己的话说，他是爱民如子。这话肯定有点夸张，但利民说，只要老百姓有事找到他，他能办到的，坚决办；只要对老百姓有利的事，坚决办。比如修路，别的村，公路从屯中间一通就行了；而利民他们村，公路不但从屯中通过，通往各家各户的那一段也由村里出钱，买红砖，一直铺到各家各户的院门口。用利民的话说，差一点没铺到老百姓家的炕头上。不仅修路，各家各户的猪圈、牛棚、厕所，也全由村里统一规划，统一修建，整齐划一，外地参观的人见了，赞不绝口。这样一来，上上下下，方方面面，关系都搞得很融洽，工作干得有声有色。

还有一样，自打利民当上支书之后，上县里办事的回数也多了。今天找水利局，说村里的哪座桥被水冲坏了，让人家赶紧给修桥；明天找民政局，帮村里的孤寡老人要补助。要不就是哪个领导家办事请他来喝酒，反正是三天两头跑一趟县里，跑得很勤，联系很广。每回上县里办事，只要有空，都不忘找我喝酒。问我喜欢吃啥喝啥，尽管说，整得我心里热乎乎的。

再说振生，当年没有考上心仪的电影学院，跟我一样，考上的是师范，毕业回到乡下当了中学老师。虽然当演员的梦想破灭了，但这并没有使振生灰心丧气，振生把老师的工作干得也是相当出色，据说讲课像表演一样生动，深受学生的欢迎。尤其是女生，上课一个个精力贼集中，特别注意听讲，一双双充满渴望的眼睛，一眨不眨地盯着振生。振生就越发神采飞扬，二十几年之后终于当上了乡中学的校长。振生长得仪表堂堂，穿衣戴帽也比较讲究，总是衣冠楚楚风流倜傥的样子，当了校长之后腋下常夹个黑包。他跟利民一样，每次上县里来开会，闲暇时也同样找我出去喝酒。对我说，没啥事，上我们下面去走走，视察视察，别老高高在上的。我一笑，说岂敢。

有一样，无论是跟利民喝酒，还是跟振生喝酒，每次我都会向他们打听向前的情况。毕业之后他们三个因为在一个乡，联系肯定比我多。我离开家乡到外地念了几年书，毕业后在县里教书混饭，工作上不是很遂意，心气也不是很高，说白了就是有点消沉，跟谁都不大联系。没想到，说起向前，两个人都欲言又止，想说又不想说的样子，言语中颇有微词。利民干脆说向前是扶不起来的阿斗，气冲冲的。我不解，于是两人就分别把各自与向前的交往跟我大致讲了讲。

我们四个是一个乡的，那时叫红旗公社，我们都在红旗中学上学。我和振生来自不同的村，那时叫大队，而利民跟向前不但是一个大队的，而且是一个屯的，他们那个屯老名叫“六屯”。

据史料记载，清代经康乾盛世，关内生齿日繁，而东北地广人稀，自乾隆至道光，前后百余年间，清朝政府移民实边，屯垦拓荒，重振龙兴之地。我县境内，沿通肯河右岸，自南向北，设置村屯，从“头屯”开始，相隔十里二十里一个屯，一直排下去，排到利民他们那里，即为“六屯”。民间将朝廷设置的这六个屯子，称之为“六大官屯”(官府所设，非自然形成)。六屯在县城东北，距县城有一百二十华里，紧傍通肯河，是县域内的鱼米之乡。利民跟向前从小学到高中一直是同学，上学放学一块儿走，形影不离。利民当上支书之后，让向前当了会计。老百姓都知道，支书跟会计是穿一条裤子的，支书任何一丁点儿见不得人的账目，都瞒不过会计。通常情况下，支书有什么好处，绝不会落下会计。念书时学过大泽乡起义，至今还记着那句著名的话，“苟富贵，无相忘”，我和振生都称赞利民比陈胜够哥们儿。可是呢，向前干了没几年就下来不干了，后来听说是他自己不干的。对于此事，利民和向前各有各的说法。向前曾经在电话里跟我抱怨，说利民胆子越来越大。我问怎么个大法，其实不用向前说，我也能猜出个八九不离十。向前欲言又止，吞吞吐吐，最后说，你可别跟别人讲。我在电话里笑笑。向前就跟我大致讲了利民的一些事情，讲了大约有几十分钟。我后来归纳了一下，其中最严重的问题，大约有这么几个。头一个，是将村集体机动地的承包费年年不入账，用这笔钱直接核销村上的招待费和别的乱七八糟的花销。第二个是霸道。向前说，原来利民也不这样啊，你说当个小官咋变成这样了呢。向前说现在的利民，嘴臊，特别臊，满嘴脏话，张嘴就骂人。骂还不算，还动不动就伸手。老百姓忍气吞声，背后管他叫“张大巴掌”。第三个，利民的儿子头十年就开上了轿子，是全村第一个开轿子的，这两年又在哈尔滨给儿子买了楼房。向前说这个事时，声音比先前更小了，我几乎听不见。我说你大点声，我跟前没别人。向前稍稍放大了一点音量，你说他哪来的那么多钱？这不明摆着嘛。向前说他很替利民担心，多次劝过利民，利民不以为然，还反过来安慰向前，拍着向前的肩膀说，兄弟，你就把心放在肚子里吧，我们整这蛋壳那么点玩意儿，还不够人家大领导塞牙缝的呢。再说，我就是完蛋那天，也绝不连累你。我沉默不语，不知该说些什么。我心里真的整不准，到底是向前胆子忒小呢，还是利民胆子忒大呢？说实话，我对官场的事知之甚少。向前说，反正我是说服不了他。我说，于是你就宁可不当会计，也不愿随波逐流。向前无语。向前这个人，原本就有那么点书呆子气，认死理，看来习性未改。利民的说法呢？酒桌上，也没外人，依然是振生我们三个，利民也不避讳，语调尖酸，说这个“车前子”，思想境界越来越高，不拿群众一针一线。得了针鼻儿大点好处，就像个大贪污犯似的，整天提心吊胆，吃不好睡不香的。利民用嘲笑的口吻挖苦向前。但利民又说，有一样，向前这个人，胆小怕事，脑瓜皮儿比鸡蛋壳还薄，树叶掉下来都怕砸脑袋，虽然干不成大事，可也坏不了啥事。我马上附和，说平心而论，咱们几个，还是你最了解向前。

向前天性喜欢文墨，时不时还偷偷写几首短诗，投给地区的晚报，利民知道后很是不以为然。这是振生背后跟我说的。振生说，他们俩的事，咳。振生没有说下去。振生没有说下去，我也感觉得到振生其实是站在利民一边的。在利民看来，向前这个人，怎么说呢？不好说。利民嗞哈半天，看着我，很认真地说，老同学，你说说，像他这么幼稚的人，可咋整？利民将一杯酒直接倒进肚子里，然后是长长的一声叹息。看得出利民很为这个幼稚的向前发愁。

振生在乡中学当上校长的时候，向前早已辞了会计的职务，在家种地好多年了。振生就让向前把那几十亩地卖了，在学校给向前安排个活儿，冬天烧锅炉，夏天在水房子烧开水，打扫办公室卫生。振生应酬多，每天有酒喝，不是人家请他，就是他请人家，当然轮到他请人家，初时有两次还叫上向前，酒桌上介绍给大家。老师们知道了向前跟他们校长的这种关系，请校长喝酒的时候，往往要把向前捎带着叫上，向前死活不去，直到振生开口。向前红着脸，坐在那里抠手。向前背后跟振生说，往后你们再喝酒，可千万别再叫我。振生笑笑。老师们开大会的时候，几十号人坐在那里听振生讲话，有时振生因为学校的啥事不顺心，脸色不好看，声色俱厉，甚至口出粗话，一口一个“他妈的”。训斥年轻的老师更是不留情面，没人敢炸庙。学校评模啦，老师评职称啦，振生想给谁给谁。向前给各个办公室送水，门里门外常听见老师们议论学校，议论学校就等于是在议论振生。有一次向前听见老师们说某某老师是领导的红人，某某老师也是领导的红人，一个比一个红，红得发紫。老师们说“红得发紫”的时候，都会心地发出笑声。可是看见向前送水进来，立刻闭上嘴。向前不声不响，把水倒进暖壶，赶紧出来。刚出门，听见屋里的老师们接着议论。向前后来知道，被老师们议论“红得发紫”的老师，是两个女老师，年轻貌美。

没多久向前就回家不干了。这一次，依然是向前自己主动不干的。

两年前，县里大张旗鼓地搞招商引资，要编一本文艺方面的书，从各个方面宣传造势，我想到了向前，便跟他联系，可是手机里存的号码已经打不通，便将电话打给利民。然而利民却说他也好久没见到向前了，说不知道这个“车前子”整天瞎忙个啥，是不是趴炕上往出憋诗呢？我说，瞅你说的，他不干啥，指啥活着呢？利民说，他能干啥？一杠子压不出个屁，干啥啥不中。破手机成天关机，像个通缉犯似的，谁也不联系。我理解向前。我替向前辩解道，没混明白的人，大都是这种表现，不愿抛头露面，不愿跟人联系，我不也是吗。利民说，开玩笑你，你是全县最高学府的老师，又是作家，你要是没混明白，我们就更是白活啦！斗罢嘴，利民问，你怎么忽然想起找他？我知道利民早已不是过去的利民，对写作这类的虚事已经毫无兴趣，甚至还很鄙视，所以我没有跟他说编啥狗屁书的事，只敷衍说想他了。再问振生，振生也说有挺长时间没联系了，给了我个号，一打还是停机。我也觉得向前这家伙好生怪异，遂决定跑一趟六屯。

我先到乡中学找振生，然后坐了振生的车去找利民，利民知道向前的家。

六屯坐落在一块坡地上，背靠高岗，屯前一道沟壑，是个河汊子，眼下被冰雪覆盖着。到了近前，发现屯子里家家户户的房舍都挺像样，大多是近几年新盖起来的。唯有向前家的房子显得很不入时，人家的房子像大姑娘小媳妇，向前家的房子就是饱经沧桑的老头儿老太太了。跟一左一右一前一后的新房子比起来，有点新旧社会两重天的感觉。人家已经翻身得解放了，向前家还在水深火热之中。利民说，这几年，农村变化最大的就是房子。你看看，整个屯子，从东到西，没几家还住土平房了。我点头称是。如今农村盖房子，也不再是土木结构，清一色是那种高大起脊的砖瓦房，房顶是铁皮盖，也称彩钢。颜色上，有喜欢砖红的，有喜欢湖蓝的，前脸贴上雪白的瓷砖。家家的房顶上都安了太阳能热水器。向前家的三间土平房，估计少说有二三十年了，矮趴趴的，院子比街道低洼。看样子，一下雨，雨水肯定往院里倒灌。房檐上几缕枯黄的茅草随风摇曳。屋檐下一溜鸽子巢，一群鸽子，灰的、白的，在房顶上飞飞落落，咕噜噜叫个不住。正值初冬，门前的园子里散堆着金黄的玉米穗子，房顶的烟囱里冒着若有似无的白烟。门口的屋檐下挂着白霜，被门缝冒出的热气一熏，滴滴答答滴着水滴。利民下车，往院里走，院子里靠墙码着大垛的纸壳、矿泉水瓶子、旧家电的塑料壳子、废铜烂铁，乱七八糟。利民见了，说，这日子叫他过的。振生倒没说什么，只是皱了皱眉头，把腋下的黑包夹了夹。一条狗从屋里闻声出来，冲我们狺狺狂吠，利民从一旁的障子上拽根棍子握在手里，大声喊向前。屋里出来的不是向前，是个花白头发的妇人，见了利民，称呼大哥，是向前老婆。向前老婆穿着破旧，戴着围裙，两手湿漉漉的。利民问，向前不在家？向前老婆支吾说一大早就出去了，一面说一面把我们往屋里让。利民站在院子里，有点即刻打道回府的意思。我和振生进了屋。屋里有股很大的泔水味，凉飕飕的，没有热乎气。向前老婆忙着给我们拿烟倒水，说，他能忙啥，捡破烂儿呢。振生看了我一眼。捡破烂儿？我还以为他猫在家里写剧本呢。在哪个旮旯儿捡破烂儿，我咋一直没看着他？利民见我俩进了屋，只好也跟进来。向前老婆看着正低头迈进门槛的利民说，他赶着个毛驴车，早出晚归，怕人见了笑话他。

向前有两个孩子，属于超生，挨过罚。老大女儿已经出嫁，老二是儿子，比姐姐小七八岁，还在上大学。老婆身体不好，成天用药顶着。向前身板单薄，太吃硬的活儿干不了，看着像个文弱的书生。眼下的农村，不少人都是种完了地也不待着，到街里的建筑工地找活儿干，可向前不行，干不了。

向前家不但房子陈旧，屋内的摆设也看不到一样新鲜入时的。一个黑色立柜靠东墙立着，一看就是结婚时找当地的木匠师傅打的，油漆依然乌亮。立柜的两扇门上，镶着两块玻璃画，画的是山水花鸟，色彩依然艳丽，也是找当地的画匠画的。挨着立柜的南面，是一张油漆斑驳的写字台，上面本该放的是文房四宝，现在却堆满了杂七杂八的东西：暖壶、杯子、饭碗、药瓶子、药盒子。我听说向前还在写东西，可是遍寻屋内，没有看到向前还在写作的迹象。西屋的门上挂着锁。向前老婆见我推门，犹豫着不知从什么地方掏出把钥匙，嘟嘟囔囔解释说，我们家这个大傻子，真没法整，也不知道他这屋里有啥怕人看的。利民说，是不是金屋藏娇啊？向前老婆说，他要有那两下子就不是他啦！西屋本是儿子居住的房间，墙上还留着儿子写的激励自己的话，有“不为失败找理由，要为成功找方法”，有“只有一条路不能选择，那就是放弃的路；只有一条路不能拒绝，那就是坚持的路”，有“含泪播种的人，一定能含泪收获”等等，写了满墙。

现在儿子上大学走了，屋子空起来。跟东屋比，西屋还算规整，一规整，就显得有些空旷。靠西山墙是一台台式电脑，像是二手货。炕上一床铺盖，头朝里放着个枕头，枕头上被脑袋压出的窝儿还在，枕头旁堆放着几本过期的《新剧本》杂志，还有一沓装订成册的文稿压在下面。看样子，这便是向前看书写作的“书房”了。向前老婆埋怨说，他的这些破玩意，谁也不让动。还有就是外头那些鸽子，谁也不行碰，谁冲他要一个都心疼胆疼的。我说，怪不得老婆在家，这屋门还上着锁呢。振生说，写文章，养鸽子，小日子过得怪有情趣的。我拿起那沓文稿翻了翻，是个小品剧本，名字叫《寒夜》。我欣喜地说，向前真的写上剧本了。利民和振生都没吱声。向前老婆脸微微一红，没法整，成天瞎鼓捣写。你不让他写，挡不住。半宿半夜的，净写些得罪人的事。利民看了我一眼，我有些心虚，因为我也属于不务正业那伙儿的。我们屁股搭着炕沿，抽着烟，喝着水。向前老婆跟我们说，向前从学校回来，先是在街里的一家种子商店，给人卖种子化肥。开那家种子商店的范三，是向前当会计时认识的，范三说向前当过村干部，认识的人多，能多卖货，就请他去帮忙。可是向前干了一段，又不干了。他说那个范三为人不地道，卖的种子化肥不靠谱，你说他是不是个大傻瓜？你一个卖货的，管他真的假的干啥？人家给你开支就行呗。振生问开多少钱，向前老婆说，底薪一个月两千，另外多卖有提成。可向前不听我的，死犟死犟的，说不帮人干那缺德事，快气死我啦！这孩子上大学，每个月都得要钱，能待得起吗！后来又上一家工地干零活，干了几个月，工头也不给开支，向前跟那工头吵吵起来，被人家给打个乌眼青。几个月白干了，一分钱也没拿回来不说，末了还得自个儿花钱看病。

从向前家出来，利民直接把我拉到镇上一家叫“嘎嘎香”的小酒馆。利民的车还没停稳，“嘎嘎香”的老板娘就满面春风地迎了出来，热情地跟利民和振生打着招呼，两位领导可是有些日子没来了，今儿个这是……县里来了位大作家，利民指着我，转而指着振生，房校长请客。振生说，有你这父母官，哪里显得着我啊？我说，谁也不用，今天在下请两位大领导。利民哈哈一笑，拍了我一下，说净扯淡。

席间，我有意把话题往向前身上扯。我说，向前这个人，怎么说呢，还真有点书生气，有点小清高，不肯为五斗米折腰。利民哼一声，啥叫“不肯为五斗米折腰”？依我看，那叫不识时务！我马上意识到我说错了话，应声附和道，有那么一点。说起来惭愧，过去呢，你们俩没少帮他，而我呢，别说帮他，跟他联系都少。来，我替向前敬二位一杯，也希望二位能一如既往地帮助老同学。一杯酒见底，撂下杯子，振生用餐巾纸沾沾嘴唇，慢条斯理地说，要说向前嘛，也有长处，能够把自己的梦想一直坚持到如今。在这一点上，你们俩可比我们俩强多啦！振生看着利民，你说是不是？利民没搭腔。振生喝酒上脸，神采奕奕的，忽而很惆怅的样子，慢吞吞地吟诵道，如今我们深夜饮酒，杯子碰到一起，都是梦破碎的声音……听着很熟，却一时想不起来是谁的诗句。问振生，他也记不得了。

“嘎嘎香”听我们说话，一面给我们不停地满酒，一面絮絮叨叨地插嘴，你们说的是那个“车前子”车会计吧。唉，不该我说，他这个人啊，咋说呢……“嘎嘎香”把嘴撇了撇，还叫个“车前子”，我看应该叫“车傻子”还差不多。你说，咱们支书对他多好，比亲兄弟还亲，他可倒好，人心不足蛇吞象啊。大伙都猜，他是要把支书整掉蛋儿，他想当支书呢。利民照“嘎嘎香”的屁股结结实实拍一巴掌，老娘儿们家家的，不知道别跟着瞎嘚嘚！“嘎嘎香”又撇一撇嘴，这可不是我瞎嘚嘚，大伙都这么说。都混到这份儿上了，听说在家半宿半夜地还写啥剧本呢。那天晚上我见他赶着驴车从街上过，车上拉些破烂，见了我把头一低，像个要饭花子似的。

我没好眼神地白了她一眼，没言语，把杯里的酒一口干了。酒后，利民他俩还要拉我去唱歌跳舞，我怏怏不乐，说改日吧。

回到县里，我翻看向前的那个叫《寒夜》的小品剧本，题目下署名依然是“车前子”。《寒夜》是写几个农民告状的故事。早些年的农村，有不少农民背井离乡，出外谋生，但户口依然留在了本地。国家取消土地税并且给农民“地补”和“粮补”之后，这些人纷纷回来要地，村干部却以这些农户搬走多年，土地已经转包给了别人，租期未到为借口不给，而那些耕地其实都被村干部霸占着。这些农民联合起来告状，结果有的人被村干部收买，队伍被瓦解，带头人遭到打击报复。主人公是个有文化、有正义感的农村青年，不畏权贵，由于他带头告状，得罪了领导，惹祸上身，一个风雪交加的夜晚，在街头被人将头蒙上殴打，身体致残，差一点冻死在外头，却找不到凶手，几乎落得个家破人亡，反遭周围群众的冷落讥笑，没人敢出头为他说句公道话，甚至不敢与他接近。剧本反映了现实中的乡村，黑恶势力嚣张，某些乡村干部没有民主法治观念，视民如草芥，鱼肉百姓，横行乡里，导致干群关系紧张，社会矛盾尖锐。老实说，从技术层面讲，剧本写得还欠火候，但从中可以看出向前对乡村社会现状的忧思。

没过几天，向前突然打来电话，说他在门外。我问在哪个门外，向前说就在你们学校的大门外。

我们学校的校门平时紧闭，轻易不放外人进来，所以大门外常有些等待找人的车辆和杂人。我环顾四周，未见向前。这时，从一挂驴车上下来个人，冲我笑，我猜出是向前。说实话，向前不先冲我笑，无论如何我也认不出他。向前满面黧黑，手也粗糙，却有力道，握着我的手，半天不撒开。由于天冷，向前穿得厚厚实实，浑身显得臃肿而蠢笨，手里拿根赶驴的鞭子，另一只手里拎着个黑色塑料袋。我望着车上的破破烂烂，吃惊地说，你这是赶着驴车从家里来的？向前红着脸点头。这得起多大的早啊？向前说，昨天出的门，一面走，一面收破烂，两不耽误。说着将拎着的塑料袋递给我，河套鱼，正好碰上有人镩冰窟窿。我说，你看你。亲切地拍了拍他的肩膀，竟拍起一股灰尘随风而去。已经中午，我坐上向前的驴车，就近找了家小酒馆坐下。我很兴奋，要给利民和振生打电话，说他俩有车，一个小时就到。向前不让。在我的记忆里，向前本是白净面皮，眼睛也明亮清澈，如今满面黧黑，双眼浑浊，我心中暗叹光阴无情。酒馆里热，向前脱下没啥模样的羽绒服，摘下狗皮帽子，露出半头白发。两杯水酒下肚，向前的额头冒出汗珠，脸色暗红。我看着向前，说，怎么，这么多年，这是头一回上县里来吗？向前看了我一眼，把头低下了，他听出我的意思，不是，那啥……向前的表情有点尴尬。我看出向前似乎比念书时更厚道了，一句谎也不会撒。我说，都是同学，兄弟一样，不要想得太多。往后有啥事，尽管说。来县里就到我这儿，喝点酒，叙叙旧，不必这么外道嘛。向前点头。叙旧过后，话题转到向前的小品剧本上，我猜向前急三火四地赶来，十有八九是惦记取回他那个被我顺手拿走的小品剧本。我于是把对他那个小品剧本的看法赶紧说了，建议他再好好改一改。向前有些顾虑，那是头几年写的。别提了，有一次被编辑部退回来，我当时不在场，就被别人给拆开看了，结果有人就跟利民说了，说我写的是利民，而且把利民写得很坏，你说说。向前显得很无辜，也很懊悔。我说你这个剧本，确实反映了农村中比较尖锐的社会矛盾，写得不错，真的很不错。我认真地说。向前脸又红了，独自端起酒杯喝了一口。看得出，我越是夸他这个剧本写得好，他的内心越是不安。我知道他还在为利民着想，替利民担忧，于是我转了话题，其实，你过去的诗写得也不错，现在还写不写了？我前些年听说他还在写。向前挠挠脑袋，有时候也写几句。不怕你笑话，我把自己早些年写的诗，编了本诗集。我说是吗，出版了吗？向前又挠挠脑袋，腼腆地说出啥版，我自个儿打印装订了一本。

半年前，向前出事了。向前出事是因为他的那些鸽子。向前发觉他的鸽子好像一天比一天见少，问老婆，老婆也说不清楚，并且没好气地说，我一天天家里地里忙活，累得晚上扯猫尾巴上炕，哪有闲工夫给你看着它们哪。后来有一天，向前发现他的鸽子一下子少了十几只，向前就怀疑是被人给打死吃了。向前在“嘎嘎香”酒馆旁边的垃圾堆上发现了鸽子毛，就认准是那家酒馆打死了他的鸽子，便气冲冲地找上门去，与那个骂他是车傻子的“嘎嘎香”争吵起来。正光着膀子喝酒的“嘎嘎香”的胖儿子，嘴里骂你是不是作死呢，敢上我们家来找事？抄起个啤酒瓶子过来，一瓶子打在向前的脑袋上，一道血流迷糊了他的眼睛。若不是“嘎嘎香”拼命拉开，再挨上那小子第二下子，估计向前的小命就悬了。向前昏迷了一天多，缝了七八针，住了半个月院。据说，打完了人，“嘎嘎香”的胖儿子跟没事人似的，又坐回原地喝酒去了。

我知道信儿后到县医院去看他，向前气还未消，大声跟我说，他们为啥那么霸道，背后还不是有依仗吗？那个“嘎嘎香”的儿子就是个打手，不少人被他打过。我知道向前说的“依仗”是指利民，“嘎嘎香”的胖儿子其实就是利民手下的一个小喽啰，我示意向前小点声。向前梗着脖子说我不怕。沉默良久，向前的情绪平和了一些，那个《寒夜》，我想再增加些新内容，充实充实，你看呢？我吃惊地看着瘦弱的他。向前还告诉我，昨晚梦见鸽子了。提起那些下落不明的鸽子，向前依然止不住落泪。

我后来将那张老照片发给了向前，向前只是回复了一个流泪的表情。

小麦青来大麦黄

小芹的亲生父亲绰号“老北风”，是个胡子头儿，在旧时的东荒一带打家劫舍。后来关里的老八路上东北来建立根据地，剿胡子，“老北风”竟和老八路作对，称他们叫“八爪子”，有时黑夜就突然窜进哪个屯子，抓走土改、农会干部，在人背后横根扁担，把两条胳膊抻直绑在扁担上，从房上两个人悠起挺老高往地上摔，管这叫“穷人翻身”。后来那股绺子被打散了，据说“老北风”是在哈尔滨道外一家旅店被抓住，押回老家由群众处死的。

那时候，处死罪大恶极的匪首，啥刑罚都使，咋解恨咋整，有枪崩的，有刀砍的，有“点天灯”的，有零割肉的。“老北风”就是被绑在南碱沟的一棵老榆树上，任仇人你一刀他一枪地弄巴死了。那天，远近十里八村的百姓全都赶来看热闹，围得里三层外三层。“老北风”死了之后，人亡家破，妻离子散。

那年小芹十二，被人卖到潘秧子街上的窑子里。

我们那地方的老百姓管看病的大夫不叫大夫，叫先生，像陈花先生，像王大先生。找大夫看病不说是找大夫，说是找先生。

看病也不叫看病，叫找个先生扎咕扎咕。潘秧子街里有位看病好的门先生，一只耳朵，古道热肠，凡是上门求医问药，不看穿戴，不论贫富，态度都是一样，一视同仁，所以远近十里八乡，没有不知道门先生的。有病了也都愿上潘秧子街找门先生看。就一样，老婆死得早，没给门先生留下一条后。

一天，门先生来到大平房，见了老鸨，压着嗓子说，那个小芹……

老鸨恍惚认识门先生，脸上堆出笑来，说，还没接过客呢……斜着一双家雀儿眼上下打量门先生，打量门先生那只光秃秃难看的耳朵，打量门先生刮得黢青黢青的腮帮子，多少人都惦记着呢。撇撇嘴，咱小芹，给不到价钱可不能……好像连这个满脸雀斑的老鸨都没看上眼前一只耳朵的门先生。

我家缺个使唤丫头。

那少了这个数，你可领不走。老鸨伸出五个指甲染得艳红的手指头。

五、五百……？

做梦娶媳妇儿呢？五万（指当时在东北地区流通的东北币）。

门先生皱皱眉，你这是讹人呢，你这简直是胡子！门先生掏出事先准备好的两张五千元的紫票子，往老鸨的手里塞，说，一万，就一万，我多了没带。

老鸨眼皮一抹搭，顺手拿起个鸡毛掸子，掸柜盖上的灰尘，嘴里说，哪疙瘩凉快上哪疙瘩待一会儿去！

门先生狠狠心，从另一个口袋里又掏出两张也是五千元的紫票子，这回可真的没了，不信你掏掏兜。

老鸨依然不撒口，抹了猪血似的厚嘴唇一撇，嫌贵呀，贱的也有啊。有三十岁、四十岁的，买咱小芹一个，买那样的，能买三四个。

最后门先生咬咬牙，把四张五千元的紫票子和两张一千元的绿票子一并拍在柜台上，简直就是胡子！

那时候，两万二千元差不多能买两匹好马，外带一辆大铁轱辘车。

门先生气哼哼地走在头前，后面跟着小芹，穿过一条僻静的小巷回了家。

慢慢地，街坊邻居就都知道门先生家有了孩子，门先生认了个干闺女。知道小芹是死鬼“老北风”的闺女后，人们都猜这门先生和“老北风”八成不是一般的关系。

小芹进了门家，张嘴闭嘴管门先生都喊爹，像只小燕子，药房里跑来跑去听使唤。街上的人都感叹小芹命怪好的，这回算是跳出火坑掉进福堆儿里了。小芹会来事儿，早晨一起床，第一件事是先给门先生倒尿罐子，然后是给门先生烧洗脸水、扫地抹柜盖、点火做饭。看门先生一撂下饭碗，麻溜就把茶水端上来，再去捡桌子刷碗……这些活儿都忙活完，才站到门口去梳头，头发长长地披散着，阳光下像亮闪闪的瀑布。等看病的人上来了，小芹又开始忙活起来，一会儿门先生让小芹给病人倒杯热水喝，一会儿门先生又喊小芹给病人拿拿药。病人看完病要走了，门先生又喊小芹往外送送客人，送到大门外，支使得小芹脚不沾地。小芹嘴里响亮地答应着，脚上一溜小跑，带着风。到了晚上，抱柴火烧炕，铺床焐被，把晾衣绳上晾干的衣裳一件一件地经管回来，把尿罐子给门先生拿回屋里。有时候半夜小芹睡得糊里糊涂的，门先生还喊小芹给他倒水喝。

小芹长到十四五，出息成水灵灵的大姑娘了，两根麻花似的大辫子黑黝黝地发亮，辫根儿扎绿头绳，辫梢儿扎红头绳，辫梢儿在屁股蛋子上摆来摆去。刘海儿齐眉，眼睛像汪水，嘴似花骨朵。看病的人见了，眼睛恭维地看着门先生，嘴上啧啧地夸着小芹，夸小芹勤快，夸小芹水灵。门先生呢，笑都藏在皱纹里。嘴里时常哼着小曲，听出是二人转的味儿，可说不上是二人转里的什么调儿，“靠山调”“胡胡腔”“红柳子”“打枣”“四平调”“羊尾巴调”……听不懂是哪一出。

正月里来闹元宵，
光阴似箭催人老。
……
二月里来龙抬头，
多少相思多少愁。
……
三月里来三月三，
洞宾洛阳戏牡丹。
……
五月里来是端阳，
小麦青来大麦黄。
……

七月里来七月七，

天上的牛郎会织女。

……

门先生兴致好的时候，能一气儿唱到十二月。药房里，抓药的，看病的，串门儿的，一天比一天人来人往地热闹，谁瞅着都是那么的红红火火，贼拉兴旺。

夜里，小芹独自睡在小里屋。小芹累了一天，累得胳膊腿都酸，躺下就睡着，睡着梦就一个接着一个。水坑边儿捉红蜻蜓，捉一个飞一个，捉一个飞一个。眼瞅要捉住了，却一脚踩进水坑里，“妈呀”叫一声，小芹惊醒了，睁眼看见门先生光着身子站在床跟前。

小芹心扑腾扑腾跳，翻身坐起来，以为天亮了，一面穿衣裳一面问，爹，你咋起这么早？

门先生往外退着，支吾说，我好像听见你哭，你瞅我这耳朵。还早着呢，才半夜。

常言道：一家女，百家求。小芹到了婚嫁的年龄，给小芹说媒的左一个又一个，磨光了门先生家的门槛子。媒婆们嘴咋那么巧，先是夸小芹，夸小芹杨柳细腰如花似玉赛貂蝉，夸小芹心灵手巧温柔贤惠胜过七仙女。你说，得啥人家才能配得上门先生这样的人家？得啥人才能配得上咱小芹？两个媒婆碰到一块儿，嘴丫子冒白沫也不停嘴，叽叽喳喳，叽叽喳喳，像两只家雀儿打仗，你说她保的不好，她说你保的不如她保的，都夸自个儿保的人家是百里挑一。一个说，西门里开烧锅的史小个子家的二小子，个子长得比他爹高半截，比他爹可精明多了。一个说，南门外开车马店的马老倭瓜家的老小子，长得膀大腰圆的，也仁义，见人不笑不说话，像他爹，依我看，可比老史家的二小子强百倍……

门先生越听心越烦，说，瞅瞅你们，闹不闹停？有病来看病，没病都给我滚犊子！

也不知门先生抽的是啥风，脸子成天拉拉着，媒人来一个骂出去一个，来一对骂出去一双，连给小芹保的是啥人家也不打听。那往后，小芹的媒人都没了影儿，谁也不敢再上门给小芹提亲。药房里一下子冷清不少。只剩下门先生和小芹两个人的时候，两个人一天一天也不开口，门先生不跟小芹说话，小芹也不跟门先生说话，好像互相赌气似的。

农历三月里的一天，有人来请门先生看病。门先生前脚刚走，后脚家里就失了火。幸亏接门先生的马车还没走远，门先生远远地见了，心惊肉跳，认定是自己家失了火。马车蹚起一路尘烟往回疯跑，门先生进院，邻居们正急着跑来救火。门先生拨开众人，疯一样扑到门前，浓烟从门缝儿、窗户缝儿往外冒。门先生呼喊着小芹，问人看见小芹没有，都摇头说没看见。有人告诉他说小芹好像在屋里。门先生说快、快、快救人。没谁敢进屋。眼瞅着火苗飞舞，舔着房檐，谁敢进？门先生喊着小芹，谁也拦不住，自己冲进屋，从炕上拽过被烟呛昏过去的小芹，趔趄着抱出来。眉毛差一点被燎光，脸上、手上也烧起了水泡。

门先生闲下来的时候，偷眼看着小芹，一面想，这孩子，别看她一天到晚不蔫声不蔫语儿的，性子怪刚烈的，像她爹。罢了，罢了。

转眼间，小芹已是半老徐娘，门先生也已是白发苍苍。

一日两个人正吃饭，吃着吃着，饭碗就从门先生的手里滑落下来，掉到地上，碎了。小芹一惊，以为门先生发脾气。门先生没有言语，只有口水从歪着的嘴里流出来。门先生病了，是中风。

接下来的日子，小芹便整天伺候卧床不起的门先生。除了煎汤熬药，还帮门先生洗脸、刮胡子、穿衣裳、抓虱子。帮门先生翻身，一天要翻几回，每翻一回身，小芹都累出一身汗。这还不算，还要端屎端尿。常见小芹远远蹲在门前的园子里一阵一阵地呕。

没想到，在小芹的精心照料下，门先生的病竟奇迹般地好转了，能搀着下地了，能呜啦呜啦地说话了。

忽然有一天，躺在炕上的门先生嘴里呜啦呜啦地说，小芹，你知道我这耳朵咋剩一个的吗？

小芹愣着一双眼，咋整的？

你爹干的好事儿！

小芹吓一跳，我爹干的好事儿？

我日你爹八辈儿祖宗！门先生眼里闪着凛冽的寒光。

小芹问，到底咋回事儿？

那年深秋，门先生去王家围子给人看病，病人就是那个屯的土改干部，姓杨。他们用马车贪黑把门先生接去。那晚是月黑头，秋风刮得路旁的大树和庄稼叶子唰啦唰啦响。刚进屋，“老北风”那伙绺子就把院子围住了，把门先生几个捆了撂马上，马就疯跑。跑了好大一会儿，“老北风”他们把门先生几个扔到地上。一看是荒草丛生、乱坟遍地的南碱沟，心就凉了半截，胡子专门在这儿祸害人。“老北风”他们把门先生几个分别绑在几棵大树上，完了就把姓杨的和另一个农会干部的裤子扒下来，拿刀割下边，管这叫“劁人”，被劁的人就爹一声妈一声地惨叫，连狼听见都得被吓跑。轮到门先生了，门先生吓得浑身直筛糠，跟“老北风”说，我可不是农会干部，我是给他们看病的先生，我姓门，潘秧子街的门先生。“老北风”点头，说好像听说过。你是先生，给人治病，按规矩我们不该收拾你。可今儿个得让你长点记性，看你往后再给“八爪子”看病！说着唰地一刀，门先生的一只耳朵就飞了出去，门先生一下疼昏过去。等醒过来，那俩人已经死了。

小芹听呆了，半天没回过神。门先生眼睛定定地盯着天棚，半晌说，我听说你被卖到窑子里……

小芹半天才明白过来是咋回事，明白过来的小芹，眼泪在眼窝里汪着。汪着汪着，哗啦流下来。小芹抹着眼泪说，我感激爹，爹要是不把我从窑子里买回来，我如今活不活着都难说。爹的大恩大德，我这辈子也报答不完。

门先生听小芹这么说，脸上一阵红一阵白，脑瓜扭过一边，你别感激我，当初我可不是想救你……

小芹说，这辈子跟爹做伴儿，也怪好的。

一天，门先生坐在门前晒阳阳儿，让小芹蹲下来，说我给你薅白头发。门先生的一双手骨瘦如柴，青筋凸起，也不稳，明明看见了一根白头发，阳光下一闪一闪，却捏了几捏也捏不着，薅下来一看是根黑头发。再一薅，还是一根黑头发。小芹甩了一下散乱的长发，再薅一会儿，你还不把我薅成秃瓢儿。

门先生就张着嘴乐，说，老了，眼也花了，手也颤了。仰脸看着小芹，小芹，跟你商量个事儿。

啥事儿？

你找个好人家吧。

小芹苦笑了笑，咱家不是好人家？心里说，都这个年龄了，眼瞅三十的人了，还能找着啥样的人家？

你、你可还是个黄花闺女呢。

小芹的眼泪就挂在瘦削的腮上。小芹心里想，你说我是黄花闺女，可谁还能把咱当成黄花闺女待啊？

我走了谁伺候你呀？我得伺候你一辈子。

门先生张着嘴，没吱声。

那晚，门先生让小芹把他的炕多烧点柴火，烧得热点。门先生说他夜里怎么老是冷，问小芹冷不，冷也多烧点。

小芹给门先生往上盖了盖被子。

小芹躺在被窝里，胡思乱想，想到后院卖豆腐的王老五家的贵福子，如今人家孩子都十多岁了……想到被乱刀砍死的父亲，心里一阵难过，眼泪淌下来。又一想是他害死的杨干部他们，还割了门先生的一只耳朵，心里又恨他……想到那天自己被门先生从窑子里买回来，忐忑不安地跟在门先生身后往家走，这一晃都快二十年了……快要亮天了，小芹睡着了。

第二天，小芹醒得很晚。小芹起来，看见门先生硬邦邦地躺在炕上。

门先生喝了大烟。

素面朝天

一

谷雨跟立春好上不到半年就把婚订了。好是偷偷摸摸好的，订婚则是大张旗鼓订的。原打算年底冬闲的时候就结，没想到，那年快到年底的时候，大约是十月末，国家突然恢复了高考制度。谷雨和立春两个人都已经在生产队干了小半年农活了，也都参加了高考，结果，立春考上了，谷雨没考上。

立春要上城市上大学了，心里又兴奋，又有点舍不得谷雨。像抱窝的母鸡恋蛋，天天晚上都把谷雨招呼出去。屯后的柳树毛子里，树正落叶，厚厚地铺了一地，像棉毯，往上一躺，暄乎乎的，比躺在炕上还舒服呢。再就是场院里的羊草垛，扒出个草窝往里一偎，热乎着呢，草也喷儿香。立春招呼谷雨，用不着进谷雨家的屋，只在谷雨家的房后，用鞋尖嗵嗵踢几下后墙，谷雨就火急火燎地出去了。哪怕正吃着饭呢，也马上撂下饭碗，边走边扑拉着嘴角的饭粒。坐在炕边吃饭的母亲嘟哝着出去，把谷雨没关严的门再关一下。

谷雨抽空上供销社买回来几团白毛线，要给立春织条白围脖。谷雨的想法，一呢是留个纪念，二呢是想把自己的对象打扮得比谁都精神。立春本来就很白净的脸，再给雪白的围脖一衬，会显得更带劲儿。一般人织围脖，都选比较深些的颜色，或蓝，或灰，要不就是酱色，抗脏，不用总洗。白色的，啥人能伺候过来？立春干净，又勤快，现在又考上大学了，只有立春配得上戴白围脖。完工那晚，谷雨要亲手把围脖给立春围在脖子上。谷雨将围脖抖开，两手像要给立春敬献哈达的姿势，立春则引颈承受，头几乎抵在谷雨的腹下。谷雨脸就发烧，把立春的头往后轻轻一推，嘴里嗔怪着，好好的不行？谷雨把围脖在立春的脖子上只轻轻缠了一道，然后一头搭在背上，一头荡在胸前。搭在背上的要短，荡在胸前的要长，甚至围脖的穗子要垂过膝盖，这样走起路来，围脖在胸前一飘一荡，动感很强，风度就出来了，人会显得青春潇洒朝气蓬勃。年轻人围围脖大多采用这种围法。年纪大的，则是另一种围法，注重围脖的实际功效，不讲好看不好看，把围脖在脖子上围了一圈又一圈，围得严严实实，就怕透风。谷雨给立春仔细打扮完，前后左右端详一番，发现后面跟前面的长短比例还不太满意，便将立春的头扳低下来。立春就听话地把腰弯成比九十度还低，像地主挨斗的样子。谷雨就笑了，把后面的围脖往前面又捯了捯，心里说，立春本来长得就像个城里人，这回可更像啦！不由得啧一下嘴，像是夸自己的小弟弟那样啧着嘴巴。论年龄，谷雨还真比立春大那么一点。谷雨是农历三月的生日，立春则是腊月。趁着谷雨为立春摆弄围脖的当儿，立春双臂环住了谷雨，将谷雨的身体紧抱怀中，让谷雨的胸脯紧贴在自己的心口上。谷雨的身体柔软温润，散发出迷人的气息，立春不由得陶醉，痴迷。谷雨喘不上气来，说你要勒死我呀，一面仓皇地挣扎。谷雨的脑袋刚及立春的下巴，立春的嘴巴被谷雨的头发撩拨得麻酥酥的。立春低头用嘴巴寻找谷雨的嘴巴，谷雨把嘴巴藏起来，紧贴在立春的胸前，让立春无处下嘴。谷雨说，好好的，再这样，我回家啦。立春小声央求，让我亲一下，就一下，行不行，就一下。谷雨迟疑的工夫，立春的嘴已经将谷雨的嘴捉住了。星星在云缝中若隐若现，羊草在黑暗里散发芬芳。立春似乎要把所有的青春能量都宣泄在谷雨的嘴巴上。谷雨头一阵一阵地发晕。立春攥着谷雨发烫的手，送进自己的衣服里面，让谷雨的手在自己滚烫的身体上摩挲。谷雨的手并不柔软，硬硬的茧子刮拉着立春的皮肤。一会儿，立春扳过谷雨的耳朵，小声说我也想……手企图也伸进谷雨的衣服下面。谷雨推开立春的手，正色道，你咋不知害臊？推开立春坐起来。立春望着谷雨，怯怯的，只好把强烈的冲动压回身体里。谷雨见立春那里没了动静，感觉自己刚才的话有点重了，转而哄立春，说好饭不怕晚，饺子只有过年的时候才能吃。到时候，我给你包你最喜欢吃的羊肉馅饺子。立春复又抱住谷雨，说我现在就想吃饺子。立春摇晃着谷雨，我想吃饺子，我想吃饺子……谷雨打了立春一巴掌，还没过年呢！立春说，啥时候才能过年哪？谷雨说，等你毕业，等我们结婚。立春说，那还得等多长时间哪！立春的身体蒸腾着热气。谷雨说等不了你就找别人，上了大学，啥样女人没有？立春说，你看你，说啥呢！我这辈子也不会再找别人，海枯石烂心不变！

立春把谷雨的手摁在自己的胸脯上。听立春这样发誓，谷雨突然伏在立春的怀里哭了。

立春上学走的第二年，谷雨就收到了立春与她分手的信。立春说，谷雨，对不起，我毕业要留在城市……你别再等我了。下辈子，我一定娶你……谷雨虽然早有心理准备，但还是跑到屯外的柳树毛子里狠哭了一场。第二天照样上生产队干活，头不梳，脸不洗，不怕脏，不怕累，人家歇气儿她也不歇。立春和一个家在省城的女同学处上了对象，尽管那女同学长得远不如谷雨，但那女同学保证，毕业后能把立春留在省城。

知道谷雨跟立春的婚事黄了，原本暗中早对谷雨垂涎已久的小青年们便争先恐后托人上门提亲，生怕晚一步就捞不到手似的。没承想，一个一个都遭到了谷雨的拒绝。小学校长的儿子，大队支书的儿子，大队会计的儿子，全碰了一鼻子灰。谷雨说她这辈子也不嫁人啦。就都呸呸地骂谷雨，说谷雨是清鼻涕，叫人给甩啦！可不是，说不定，早被立春给玩啦，装啥嫩！两年之后，谷雨嫁到城里去了。那户人家是个当官的，答应给谷雨落城镇户口，给谷雨落供应粮，给谷雨安排工作。结婚前果然一一做到了，谷雨方才答应结婚。谷雨在县里的第一百货商店当售货员。这以前，能在公社的供销社当个售货员谷雨都不敢想。屯里有人上县里的“一百”买自行车时找过谷雨，回去说，谷雨比以前白了，身上有股好闻的雪花膏香味。见了屯里人，拉着手不放，眼圈先红了。

进了城里，有了工作，一穿戴上，谷雨一下子变了个人，要模样有模样，要腰条有腰条，要气质有气质。往柜台那儿一站，当月的销售额大幅度攀升。只是话少，不爱笑。可能是初来乍到，什么都不熟，环境不熟，人也不熟，业务也不熟。常常是一个人呆呆的，眉锁愁云。别的售货员，胳膊肘拐在柜台上，脑袋顶着脑袋，叽叽喳喳，叽叽喳喳，忽然就笑，眼睛远远地看过来，再叽叽喳喳，再咯咯地笑。谷雨就把脸转向一边。谷雨猜到她们在说什么。她们一定是在笑话她，长得不缺鼻子不缺眼睛的，你说，怎么就嫁给了那么个人呢？

谷雨的男人，叫赵清明，江湖人称赵瘸子。清明有工作，而且很好，怎么说呢，想干啥干啥。这种工作干腻了就再换一种，高中没毕业就上了班，换了无数个单位。最初，清明的理想是当个警察，警察抓坏蛋，神气得很。他爸看着他，摇摇头，就你这腿脚？把清明安排在了粮食局。那时候粮食口是个令人眼红的好地方。清明就三天两头到下面粮食局所属的粮库混吃混喝要这要那，玉米啦，小麦啦，黄豆啦，葵花啦，弄出去卖掉，捞点外快。清明的父亲听到反映，给他换了个地方，又把他安排在物资局。县里的物资局，管着全县的煤炭、木材、电料五金什么的，很实惠。那时候物资紧张，找清明弄煤票、弄木材票的人很多，事后就请清明喝酒。清明的酒量，就是这时练出来的。清明这个人，有一样，讲究哥们儿义气，所谓路见不平拔刀相助。尽管自己腿脚不好，但打起仗来生死不怕，敢下死手，所以街头的小混混都惧他。单位的领导也不敢招惹，他想啥时上班就啥时上班，想啥时下班就啥时下班，自由得很，领导连个屁也不敢放。后来干脆给他放假，工资照发。这对清明来说，既是好事，也是坏事。这样一来，清明整天无所事事，就出入饭店、电影院，哪儿有事都落不下他。街里的人都认识他。谷雨商店的售货员们，背后都叫他赵瘸子，当面呢则亲切地叫他清明哥。娶谷雨之前清明已经离过两次婚，两任媳妇没一个经得住打。清明好酒，整日醉醺醺的。不喝酒时见人还客气，能拿正眼看你。喝了酒，看谁都是藐视，充满敌意，一言不合，轻则出言不逊，重则拳脚相加。路上远远地过来，就差鸣锣开道行人闪开了。街里人都知道他是县里赵副主任的儿子，不敢惹他，连警察也绕着他走。谷雨嫁给清明前，对清明大致有些了解，家人都反对，唯独谷雨点了头。不知道的，说谷雨是为了进城，图人家的财势。知道的，说谷雨这是作践自己呢。叹息着，说谷雨，何必呢，这辈子不就完了吗？转而就骂立春。归根到底，是立春毁了谷雨。然而，出人意料的是，结婚之后，清明居然对谷雨格外地好。许是已经打跑了两个媳妇的缘故，也许是清明真的浪子回头，真的喜欢谷雨，反正是结婚好长一段时间，两口子都是恩恩爱爱的。清明整天不离谷雨的屁股后，在谷雨的柜台里起腻，撵也不走。谷雨怕人说闲话，怕领导批评，连推带哄的，叫清明上外边溜达溜达。清明说，我这不是心疼你嘛，一天一天站着，腿都站肿啦。把谷雨按在凳子上坐着，他替谷雨卖货。清明当然不知道商品的价格，有买货的，就一样一样地问谷雨，袜子多少钱一双，肥皂多少钱一块，毛巾多少钱一条……问得谷雨都嫌麻烦了。结果呢，一个月下来，一点货，数谷雨柜台的营业额最少。挨了领导批评，说有的人班不好好上，耽误了工作。谷雨哭了一鼻子，不让清明再去，说你若是再去的话，我就不干啦！清明只好不再上谷雨的柜台去帮忙。月底点货，谷雨的营业额果然上来了。原来，很多顾客，尤其是男的，认识清明的，一见清明在，就远远地躲了，根本不敢上谷雨的柜台前来买东西。其实，清明说是帮谷雨卖货，实际上是有点不放心谷雨。谷雨长得漂亮，有些男的一到谷雨的柜台前就挪不动步，磨磨蹭蹭不愿走，把拿在手里的货挑来挑去，就是想多看谷雨两眼。在东西拿来拿去的过程中，还有机会碰一碰谷雨的手。一天，清明突然问谷雨，那些流里流气的小子，不买东西也成天上你那柜台前去转悠，干什么？清明虽然不再上谷雨的柜台去了，但清明暗地里监视谷雨，偷偷趴在门缝儿往里看。谷雨涨红了脸，看着清明，你去问他们，我咋知道？清明说，你愿意搭理他们！谷雨说，他们来买货，我不搭理人家行吗？谷雨知道清明是不放心自己，瞅你那点心眼儿！你若是怕别人看我，明天我戴上口罩卖货。谷雨说完笑，清明不笑。清明说，我看行。清明知道，在这个地面上，敢打他老婆主意的人还没生出来。但自己的老婆整天嬉笑着一张脸跟别的男人说话，他心里不舒服。清明干脆叫谷雨别跟男人说话。谷雨说，不说话怎么卖货？除非你把我嘴缝上。清明就打了谷雨一个嘴巴，骂谷雨是贱货。

清明却又喜欢显摆自己的老婆，下馆子，看电影，都带着谷雨，不去都不行。跟清明好的几个哥们儿，一个个好胳膊好腿的，老婆却都不如谷雨长得好。清明就美，给哥儿几个介绍，这是你们嫂子。几个哥们儿就点头叫嫂子，却又笑。清明一瞪眼，说严肃点。谷雨比清明的几个哥们儿年龄都小。清明说小也是你们嫂子，你们得尊重你嫂子！几个哥们儿就连连称是，说当然，当然，哥艳福不浅哪！谷雨红着脸。清明说，往后你嫂子在外面有谁敢欺负她，你们知道了，明白该咋办吗？几个人又连说明白，明白，谁敢欺负嫂子，废了他！清明也笑了，说那是，那是，谅也没人敢。不过知道有句古话叫啥吗？几个哥们儿挠着脑袋，互相看。清明说，叫色胆包天。几个人全啊一声，说听说过，听说过，啥意思？几个人又挠脑袋，其中一个恍然大悟，说就是见了美人不要命。其他都说对，对，见了美人不要命。清明说，所以嘛，防人之心不可无啊！几个人齐夸清明对嫂子真好。走在大街上，清明一定要挎着谷雨的胳膊，昂首挺胸的。只是，清明的步伐不是那么太利索。谷雨得随着他，走得快了，清明跟不上，很难保持一致。谷雨要慢慢地，随着清明。碰见熟人，清明就会手在后面拍着谷雨的屁股，向人炫耀，这是我的小宝贝！看见那些贪婪淫邪的目光，清明就会勃然大怒，冲人家骂，看啥？看眼睛里拔不出来！

清明自己可以带着谷雨逛商店，看电影，下馆子，在大街上旁若无人地溜达，可谷雨自己出去，清明却不高兴。谷雨真的好像是清明淘到的一件宝贝，清明把这个宝贝揣在兜里，自己想看时呢就掏出来欣赏欣赏，看够了，再揣回兜里。别人怎么可以随便看他的宝贝呢？清明给谷雨讲过一个“铁裤衩”的故事。那是夜里，清明累过之后，搂着谷雨，在谷雨的耳边给谷雨讲，这样谷雨可以一字不落地听进耳朵里。说有个男人，娶回个如花似玉的媳妇，男人爱得要命，每天跟媳妇亲热不够。屯中的男人们见了人家的漂亮媳妇，直咽口水。那男人每天出去干活，对家里的媳妇不放心，后来就想出个好办法，上铁匠铺给媳妇做了件铁裤衩穿上，再上了锁，钥匙挂在男人的腰上。谷雨听了不乐，推一把清明，明天你也做一个回来！清明说，我可不是那小心眼儿的男人。谷雨撇下嘴。清明真恨不得给谷雨也做个铁裤衩穿上。不但穿上铁裤衩，脸上还要戴上个面罩。戴上面罩还不够，戴上面罩，别人还能看到谷雨窈窕的身材，看到谷雨丰满的屁股，清明恨不得给谷雨从上到下罩上个麻袋。所以，清明不让谷雨穿太合体的衣裳裤子，衣裳裤子一合体，谷雨那好看的地方就都显露出来了，山山水水，明明白白，别人就更得垂涎三尺了。那时时兴一种瘦腿肥裤脚的“喇叭裤”，青年男女都喜欢。男的穿上，裤裆鼓个包，雄赳赳的，很男人。女的一穿，屁股箍得绷紧，圆滚滚，屁沟看得清清楚楚，很女人。清明喜欢看别的女人穿这种把屁股兜得紧绷绷的裤子，却不许谷雨穿，跟谷雨说，啥玩意，不好看！好像是穿这样裤子的女人都不怎么正经似的。谷雨说，你叫我穿，我也不敢穿。谷雨不喜欢那种裤子。谷雨是真的不喜欢，不像清明。谷雨站柜台的时候，衣裳的外面从来都是再罩上一件深蓝色的工作服，胸前印着白色的“一百”两个字。工作服很肥大，一穿上，山水模糊，谷雨就不像是谷雨了。

后来有一天，清明拎了把菜刀，把“一百”的主任给砍成了残废。清明不知听谁说的，说“一百”的主任曾经把谷雨叫到他的办公室里去过两次。清明进了监狱，被判了五年。

本来在这个家里，经过谷雨的辛勤努力，婆媳关系，姑嫂关系，亲戚关系，方方面面吧，都搞得挺和睦的。公爹当官，基本上早晨出去就是一天，不怎么着家。晚上不管啥时候回来，谷雨都把洗脚水烧好了。一年过那么一个生日，谷雨老早就想着，叫清明张罗。婆母有腰腿疼的老毛病，阴天下雨就好犯，谷雨有空就过去给捏捏膀子捶捶后背，弄得婆母嗨哟嗨哟的，好受得不得了。小姑子耍脾气不吃饭不上学躺在床上不起来，谷雨就给包饺子，连小姑子来事时穿的裤衩子谷雨都给洗。谷雨走进这个家，真把公婆小姑子当成自己的亲爹亲妈亲妹妹一样对待。作为这个家庭的一员，谷雨是做在前，吃在后，也就是人们夸奖雷锋的那句话“吃苦在前，享乐在后”，却从没背后跟清明抱怨过一句。谷雨性情平和，又勤勉，虽说来自农村，却是知书达理，所以一家人对谷雨也都认可。自从清明蹲了监狱之后，赵家人对谷雨就不像从前，谷雨的处境一下子变得十分艰难。赵家人不从自己儿子的身上找原因，把一切都归罪到谷雨身上，认为谷雨是祸水、丧门星，才惹出这等是非。一说起监狱里的清明，婆婆就哭，就数落谷雨。

在外面，谷雨学会了低着头走路。街面上，认识的也不跟她说话。过去了，却在背后指点着说，喏，她就是赵瘸子媳妇。屯子来的，叫人玩够给甩了，才嫁给赵瘸子。百货商店那些站柜台的售货员，一个个站在自己的柜台前，看着谷雨走进门，女的都撇嘴，然后，一个看着另一个。跟谷雨好的，只有那么一个半个。有两回星期天商店关门点货，谷雨的柜台都差了账，就是卖的钱数跟剩下的货对不上账，货少了，钱也没有。这种情况，不是谷雨卖丢了东西，就是钱被谷雨揣兜里了。百货新换的领导自然要找谷雨，谷雨自己也不知道是咋回事，只是哭鼻子，只能自己掏钱补上拉倒。后来，跟谷雨关系不错的陶姐偷着告诉谷雨，再上厕所啥的，跟我说一声，我给你照顾一眼。谷雨红着眼睛感激地看着陶姐。

谷雨越来越不愿意回那个家了。那段回家的路，被她走得很漫长。谷雨不是怕回家干活，谷雨是不愿看赵家人的脸色，不愿听赵家人那些难听的小话。可是谷雨每天除了上班之外，却又不能离开家半步。就是下班晚回来一会儿，婆婆都要拉着脸子，没好声地盘问一番，咋这咱才回来？不是又跟领导谈工作了吧？这个家是越来越不招待见呀！家里的母鸡把蛋下在外面，婆婆拎根棍子撵着母鸡打，一面骂，你个养汉老婆，把蛋下在谁家了？鸭子贪恋外面的水洼，进院迟了，婆婆也骂，上哪儿跑臊去了？公公虽然不说什么，但面色凝重，也没了往日的和蔼与慈祥。越来越难伺候，洗脚水不是凉了就是烫了，菜不是咸了就是淡了。一天谷雨的小姑子逛商店回家，跟妈汇报，说看见嫂子跟个男人站柜台那儿有说有笑的，也不卖货，连她从眼前过都没看见。你说，啥话说得那么热乎？小姑子没影儿的话这么一说，婆婆的气就更大，咬牙切齿地骂道，这个小养汉老婆！我儿子才进去这么几天，她就守不住啦！谷雨回来，婆婆直接质问谷雨，今天会哪个野汉子了，又是秧歌又是戏的？谷雨回答不上来，谷雨没会什么野汉子。谷雨分辩说，我成天站在柜台那儿，一天一天不动个地方，上哪儿找野汉子去？婆婆说，那就不行野汉子去找你？谷雨说，我没野汉子！谁有谁知道！婆婆紫着脸，你不用嘴硬，等抓住你，看我不把你撕烂！叫我儿子蹲监狱，你在家找野汉子，臭不要脸！指示谷雨的小姑子，看着她点，别再给咱家整出啥丢人现眼的事啦！那样的话，叫你爹那张老脸往哪儿搁呀！

谷雨实在是无法忍受赵家这种侮辱与虐待，最终与还在监狱服刑的清明离了婚，也算跟赵家做了个了断。离婚的时候，赵家先是不允，后来提出了条件，说谷雨，你离也行，当初为你落户、吃供应粮、安排工作，花了不少钱，你得把这个钱掏出来！谷雨就倾其所有，还不够，还借了债，给了婆婆两千块钱才算了事。

谷雨几乎就是光身从赵家出来的。谷雨想要女儿，赵家不允。赵家人不许谷雨回去看孩子。谷雨想女儿的时候，就远远地朝婆家的门口望上一会儿。

二

立春大学毕业之后，果然在省城站下了，先是在一个中学当了一阵子老师，不久调到机关。这些当然都是立春岳父的功劳。立春的岳父据说是个比县太爷还大的干部。虽说在衙门林立官员如云的省城不算个啥，但立春的岳父拥有实权不说，主要是活动能力强，社会能量大，关系网多。在许多人眼里，立春有这样的岳父做靠山，前途无量，都向立春投来钦羡的目光。连许多资格较老的同事都对立春礼让三分，见了立春面含微笑，点头招呼。立春给人的印象是朝气蓬勃，阳光向上，白衬衫扎在裤带里面，春风得意马蹄疾。有的老同志看着立春，啧啧连声，说这个小伙子，将来错不了。立春也会来事儿，眼睛里有活儿，对谁都表现出一副谦恭的样子，到单位，打水、扫地、抹桌子，样样活儿都抢着干，不让老同志动手。上岳父家更是勤快。其实岳父家也没什么活儿可干的，不像农村，也就是蹭蹭地板，倒倒脏水，吃完饭捡桌子刷碗。丈母娘笑着说，这都是女人干的活儿。立春也不在意，说在家干惯了。立春说他妈身体不好，农村活儿又特别多，所以在家的时候，他就啥活儿都帮妈干。立春这么一说，丈母娘就不光是笑了，觉得立春这孩子，真孝顺。背后跟老头子夸立春，说咱闺女有眼光，找了个好对象。叮嘱丈夫，你可得抓紧提拔他。背后也嘱咐自己的女儿对立春好点，别总像个小孩子似的不定性。立春的对象长得不怎么样，有点黑，一脸雀斑，像苍蝇拉的一层屎，性格也没谷雨柔和，趾高气扬的，为人颇有几分乖张，所以母亲不放心。但立春对媳妇百依百顺，绝对服从领导，媳妇叫他往东他不敢往西，媳妇叫他打狗他不敢打鸡，因此博得了对象家人的好评，都夸立春人好，到底是农村出来的孩子，就是朴实厚道。丈母娘背后交代立春，我们家老丫头，从小惯坏了，任性，啥事不依着她不行，作起来没完。她想要天上的星星，她爸都想法给她摘来。没办法，大了也改不过来。啥事你让着她点。立春点头。然而结婚不到一年，俩人便时不时吵架。立春的媳妇人长得不好看不说，优越感还极强。当初看上立春，也就是看上立春的长相，并没有看上立春的出身。骨子里根本就瞧不起立春，更瞧不起立春的家人。平时跟立春说话的时候，动不动张嘴就是，瞅瞅你们家那帮“山炮”！立春也不恼。立春的父母身体不好。母亲有心脏病，父亲有气管炎。母亲的心脏病不总犯，父亲的气管炎却只有夏天会好点，平时咳嗽痰多，尤其是一到冬天更甚。农村人轻易舍不得花钱看病，顶多到公社的卫生院看看，抓点药就不错了。立春却非让父亲进城来看病。领着父亲上省城最好的医院，找最好的医生，进个黑屋子里用机器看肺子。父亲不用立春掏钱，但立春按着父亲的手，坚决不让父亲掏钱。立春知道父亲兜里的钱攒得有多不容易。如今自己挣钱了，为父亲花点是应该的。可这样一来，立春的媳妇就不高兴了，也不陪立春去，回来也不问问公公的病看得咋样，重不重，就好像与她一点关系没有似的。立春的父亲就急着回家。立春的父亲走了之后，立春媳妇在他盖的被子上发现好几个蠕动的活物，把立春媳妇恶心够呛，将那被衬扯下来直接扔进了垃圾箱。对立春说，瞅瞅你爹，牙不刷，脚不洗，身上还有虱子，恶心死人！立春说，你不知道农村人的苦，干活累个臭死，回家吃口饭，倒头就睡，哪还顾得上刷牙洗脚的。一说刷牙洗脚，立春媳妇就把嘴捂上了，好像又闻到了立春父亲的臭脚丫子味儿。立春见状，又说，你没生在农村，你若是生在农村，说不定比谁都埋汰，脚丫子一年都不会洗一回的，不吃屎就不错了！立春是在埋怨媳妇的懒惰。立春媳妇打立春一下，你才吃屎呢！你们屯子人都吃屎！立春说，没有我们农村人给你们城里人种粮食，你连屎都吃不上！立春媳妇捂着嘴，跑卫生间干呕去了。平时顿顿饭都是立春做，父亲来了，立春哄着媳妇给父亲做饭，这样不是显得媳妇贤惠孝顺嘛，也证明自己在这个家中有地位。哪知道媳妇根本不给他那个面子，父亲来跟没来一个样，天天睡到太阳照屁股了才起，刷牙，洗脸，梳头，搽呀，抹呀，光打扮自己那张脸就得工夫了。等立春把饭做好，还要叫媳妇吃饭，给媳妇把饭盛上，筷子横在碗上。吃完饭，饭碗一推，捡桌子刷碗，都是立春的事。立春下班之后，又是上市场买菜，又是择菜，又是做饭，手忙脚乱，狼狈不堪。立春的父亲回家一说，立春的母亲，还有兄弟姐妹，都说活该，是他自己找的。

过年的时候，媳妇不但不与立春一道回家看望父母，干脆也不让立春回家，嫌农村条件不好，又脏又冷，火炕也睡不惯，澡也不能洗。连个浴池也没有，上哪儿洗澡去？说一想到农村人身上的虱子、跳蚤，身上直起鸡皮疙瘩，你说怎么待？立春没办法，只好跟父母撒谎说单位值班，离不开。父母也知道是咋回事。

其实，立春“气管炎”的毛病从打他跟媳妇一处对象就落下了。立春媳妇原来并不知道立春在农村有对象，而且都快要结婚了。念书的时候立春媳妇喜欢偷着翻立春的东西，主要是想看看，除了她之外还有没有别的女同学给立春写个情书啥的，结果就发现了谷雨的信，夹在一本旧小说里。这一发现，令立春媳妇柳眉倒竖七窍生烟。立春的媳妇，那时候还不能算是立春的媳妇，只能叫立春的对象，揪着立春乌黑漂亮的头发骂立春，你一个“山炮”，竟敢脚踩两只船？你的良心大大地坏啦！立春解释，说这信还是跟你处对象之前写的，不信，你看看日期。立春的对象很委屈，我给你的，可是纯洁的初恋哪！你给我的是什么？这不公平！立春无可奈何，说我会加倍地爱你还不行吗。立春用手梳理着被揪乱的发型。立春的对象把谷雨的信撕得粉碎，白花花地扬在立春脸上。骂完了立春，又骂谷雨，村妇，骚货，婊子，所有对女人最具污辱性的词汇都被立春的对象毫不吝啬地赠送给了谷雨。立春的对象在班里放话，以后谁胆敢染指立春，我跟她势不两立！从此每天跟在立春的屁股后，或者她把立春领在屁股后，寸步不离。因此有人把她叫成立春的跟屁虫，也有人说立春是他对象的“小跟班”。反正咋说都行，都是一回事。发现哪个女生跟立春笑着说句话，立春的对象就拿眼睛剜人家。结婚之后，立春媳妇三天两头就上立春的单位去查岗，看看立春跟单位里的女同事有事儿没有。立春的单位里当然不乏花朵一般的女人。开始的时候，她们不知道立春有这么个刁蛮泼辣的媳妇，见着立春立刻绽放了一张张笑脸，波光潋滟，风光旖旎，在立春面前争奇斗艳。立春的媳妇像条鼻子敏感的猎犬，很快嗅出了丈夫身边的危险气味。有几回，在立春单位的走廊里就高声叫骂，谁敢黏糊我们家立春，在我们家立春跟前放臊，看我不把她的脸撕烂！立春单位的女人，年老的，年少的，脸色个个都很尴尬，把办公室的门嘭的一声关严，小声骂立春的媳妇是精神病、臭婊子。叫媳妇这么一闹，在单位谁都不敢跟立春接近，弄得立春像个孤家寡人。

也有例外。坐在立春对面的张茉莉，是个刚毕业的大学生，爱好写诗，身材高挑，心高气傲，据说已经谈过几次恋爱，男友换了多个，一直寻找不到理想的白马王子。张茉莉说话快言快语，瞥立春，你啥眼光啊！立春自嘲道，情人眼里出西施呀。张茉莉一点也不拐弯，还西施呢，就是一泡稀屎！立春被张茉莉一说，脸上挂不住，半真半假地对张茉莉说，可惜与你相见恨晚哪。说完望着张茉莉，心想人家说的不错，自己的老婆跟眼前的张茉莉比起来，可不就是一泡稀屎。看人家张茉莉，不肥不瘦，婀娜多姿，走路如风摆杨柳，自己的媳妇走路把个胯骨使劲扭，也扭不出人家的韵味。张茉莉鼻子哼一声，压低嗓音，伸过头说，呸呸呸，什么“情人眼里出西施”，你是看上稀屎她爹了吧！张茉莉揭穿立春的老底，立春脸红到脖子，换了别人，立春早就恼羞成怒了。立春佯装生气的样子，说你这人，跟你说话真没劲，净说真话。张茉莉也冲立春妩媚地一笑，跟你说着玩的。后来某一天，张茉莉将一张纸条悄悄推过来，上面写的是："我事事村，他般般丑。丑则丑村则村意相投。则为他丑心儿真，博得我村情儿厚。似这般丑眷属，村配偶，只除天上有。"立春不大懂，对张茉莉说，你写的？张茉莉说，我？这是支元散曲。立春说，啥意思？张茉莉笑而不答。立春说，讽刺我？张茉莉说，好玩。

立春的媳妇也不知怎么很快就知道了张茉莉跟立春传纸条的事，肯定是有人通风报信添油加醋，立春媳妇杀气腾腾地来找张茉莉算账。两个女人是针尖对麦芒，立春媳妇指着张茉莉的鼻子骂，臭不要脸，勾引我们家立春。骂张茉莉是"养汉精""大破鞋"……一口气骂了一大堆砢碜话。张茉莉骂立春媳妇是"村妇""泼妇"，她还说，谁稀罕你们家那个立春，你当好玩意儿，给我洗脚都不配！没骂上两句便动起手脚。女人打仗，用的是巧劲，不是挠就是撕。你看男人骂人，动不动就是"我揍死你"。女人没这么骂的，女人都骂"我撕烂你什么什么"。立春媳妇和那个张茉莉，差不多都是一个师傅教的，歪着头，闭着眼，朝对方乱抓一气。结果，要么抠下几条子肉丝，要么薅下一大绺头发。被人拉开，俩人都是披头散发的。立春媳妇没占到便宜不肯罢休，扯住那位张茉莉的衣襟不放，往领导的办公室拖拽。一面嚷，我看你们领导管不管，青天白日在你们眼皮底下搞破鞋！领导脸色不好看，过后批评立春生活上要检点，并语重心长地说，你可不能现在就胡来，年纪轻轻的，别做出对不起你岳父的事，对你自己的前途影响也不好。立春很冤枉，却又无法申辩。事后，多数人还是站在立春媳妇的立场上，不知道张茉莉给立春的纸条上写的啥，认为张茉莉未免有些风骚，毕竟破坏人家家庭嘛。立春虽然被媳妇的行为气破了肚皮，但对媳妇又无可奈何，回家被媳妇罚跪半夜，不许上床。第二天上班，脸上挂着彩。白衬衫也脏了，裤子也皱了，不敢抬头看对面。张茉莉见状，骂立春狗屎糊不上墙。

立春对媳妇的百依百顺忍气吞声终于有了回报，立春当上了处级领导。须知这个级别，在别人需要熬上十年八年，而立春仅仅用了两三年的时间。这可以看作是岳父家对立春的补偿，立春虽然在家里低三下四，但在外面这回却可以昂首挺胸春风满面。岳父呢是想在自己退下去之前，抓紧把立春安排好，打好晋级的基础。处级干部若是在下面的县里，那可了不得，一个县里也扒拉不出几个。家乡人听说立春当了处级干部，对立春家的人都刮目相看了，甚至觉得当初立春抛弃谷雨就是英明正确远见卓识，没人再骂立春没良心、坏肠子。那阵子，人们蹲在墙根晒阳阳的时候，闲谈的话题都离不开立春当官。屯里从没出过这么大的干部，立春是开天辟地头一个，都说立春家的祖坟埋得好。有人因此穿凿附会，说某年某日，亲眼看见立春家的祖坟冒出一股青烟。

从打结婚那天就已经准备好离婚的立春，正式提出与媳妇离婚，是在立春的岳父退了二线之后。立春的岳父本来还没到退休的年龄，但没想到上级突然让他提前退到了二线。所以立春岳父的很多打算还来不及落实，这其中就包括把自己女婿的行政级别再提个一格半格的。岳父的退居二线，对于立春来说既是件坏事也是件好事。坏事就是立春的岳父对立春的前程再也发挥不了多大作用，今后要靠自己去打拼了。好事就是，立春从此可以无所顾忌地提出与老婆离婚。一想到跟老婆离婚，立春就像只即将飞出笼子的鸟，心情无比轻松舒畅。提出跟媳妇离婚那天，立春事先喝了半斤烧酒。否则立春一见到老婆，好比耗子见了猫，两腿习惯性颤抖。立春的媳妇在家里闹还不够，还上立春的单位又作又闹，把立春办公室的门玻璃砸了，办公桌上的东西一股脑儿划拉到地上，再跳到立春坐的沙发上蹦跳。骂立春是白眼狼、野心家，当初根本就没看上她，看上的是她爸，因为她爸有权。没有她爸，他能留在城里？门儿都没有！现在老头子一退下来，没用了，他就想把她给甩喽！他妄想，做他的白日梦去吧！众人也不知该咋办好，观望也不是，回避也不是。立春媳妇天天上立春的单位来闹，就是不给立春出离婚的手续。立春没办法，气得也不回家，晚上睡在办公室的沙发上。立春不回家，媳妇就天天夜里来敲门，敲到立春开门为止，跟立春挤在沙发上睡。立春媳妇揪着立春的耳朵警告立春，你就是跑到天涯海角，钻进耗子窟窿，我也能把你逮回来！你也不掂量掂量，孙猴子还能跑出如来佛的手掌心！立春只好跟着媳妇回家。

三

清明出来之后，第一件事就去找谷雨要求复婚。那时候谷雨所在的百货商店已经黄了，承包给了个人，原来的职工可以租赁柜台，条件比别人优惠，不愿租的，就算自动下岗了。谷雨借钱租了一节柜台卖服装。初时就上些儿童服装，还有大人的内衣内裤，袜子什么的，也用不了多少底子钱。谷雨见到清明的时候，愣了一下，接着眼圈就红了。清明比原来瘦了，好像是来之前特意刮了胡子，腮帮子黢青、光洁。谷雨说，你出来了？清明说没出来，探家。清明说完坏笑了一下。谷雨不知道清明已经提前出狱了。谷雨不解，说，监狱还可以探家？谷雨知道当兵可以探家，当兵一年两年了，想家了，部队给战士探亲假，让战士回家看望看望父母，没听说蹲监狱的还有探亲假。谷雨从清明的脸上看出清明说的不是真话。清明也不用谷雨让，大咧咧一屁股坐在柜台里边的凳子上。一个人过得挺自在呗？清明知道谷雨跟他离婚之后，始终一个人过。但跟没跟别人扯，清明心里没底。像谷雨这么漂亮的单身女人，能没人缠？再说，能守得住？谷雨把脸扭过去。清明知道谷雨跟他离婚并非谷雨的本意。清明对谷雨啥样，谷雨知道。从打跟谷雨结婚之后，清明脾气改了不少，对谷雨还是挺好的。谷雨虽然并不爱清明，但也不恨清明。谷雨是实在忍受不了公婆以及小姑子的气。说白了，谷雨是不想受他们的怀疑和侮辱。谷雨想要清清白白地做人。谷雨说自在，自在死啦！清明瞪起眼，说你啥意思。谷雨说，啥意思，一个人，想跟谁跟谁，谁也管不着呗！其实谷雨说的是气话。清明的父母一直认为儿子进监狱，就是因为谷雨，始终认为谷雨不守妇道，不然儿子怎么会无缘无故地砍人呢。谷雨也恨清明，清明这一砍人，一进去，弄得谷雨浑身是嘴也说不清了。满街里人都议论她，说她搞破鞋，跟着单位的领导，叫瘸子逮住，把领导给砍了。谷雨埋怨清明，你当时就不该那么冲动嘛，不分青红皂白的，你为啥砍人家？清明瞪眼看着谷雨，你说什么？你再说一遍！他狗娘养的不惦记你，我能砍他？算他走运，只砍掉他一条胳膊。清明随手把自己的狗皮帽子拍在柜台上，柜台的玻璃稀里哗啦碎了。谷雨瞪着他，是不是又喝猫尿了？有人听见玻璃粉碎的声音齐向这面张望。清明用眼横了一横。清明说，这些年，谁欺负你了，跟我说，我收拾他！谷雨说没人欺负我，就你爹你妈你妹妹欺负我，你收拾去吧！清明冲谷雨的脸上啐一口，放屁！临走，清明把狗皮帽子夹在腋下，手摸着青魆魆的光头，对谷雨说，啥也别说了，我都打听了，这些年你过得也不易。愿意跟我恢复的话，老子不嫌弃你。明天给老子个痛快话！临走，清明冷不防凑到谷雨的脸上亲了一口，谷雨推他一把，差点把清明推倒。

从此清明天天来缠谷雨，坐在谷雨的柜台里不走，往死抽烟，呛得谷雨直咳嗽。有时还整来几个哥们儿在谷雨的柜台上打扑克，赢饭店。清明输了，就朝谷雨要钱。每次都喝得醉醺醺，扶着墙走，有尿了就往商店的墙根上滋，白汪汪一堆泡沫。谷雨劝清明出去找点活儿干，说你总在我这儿算咋的呀，也影响我的生意呀。清明说影响你啥生意，影响你接客了？谷雨就推清明，滚犊子！不说人话！清明也不恼，说连个老婆也没有，晚上回家，被窝冰凉，你就可怜可怜我好几年没老婆搂的滋味吧。你要是回去，我立马出去干活。不然，我就天天在你这糗！谷雨当然没有答应跟清明复婚。谷雨看出来了，清明这几年的监狱算是白蹲了，没多大改变。

有天夜里，清明拎瓶白酒，找到谷雨的租屋来，在外面敲门，喊谷雨，我是清明。谷雨不给清明开门，说这咱了，你来干啥？清明说，我来找你有话说。谷雨说有啥话明天上商店说。清明不干，说就得今晚说。又砸门，谷雨依然不开。谷雨不敢给清明开门，谷雨怕清明，尤其是喝了酒之后的清明。清明就用酒瓶子砸碎了谷雨的窗玻璃，弄得左右邻居闻声出来，不知发生了啥事。谷雨只得开了门，放清明进来，一面说，你干什么这是？清明一手拎着酒瓶子，一手拎着猪头肉、猪蹄子，叫谷雨把桌子放上。清明拉谷雨跟他一块儿喝酒，谷雨不肯。清明翻他一眼，独自喝起来，喝了半瓶，被谷雨抢下来。谷雨怕他喝多。谷雨跟清明商量，说行了行了，喝好就行了呗，还非得喝多不可？清明看着谷雨，一把抓住谷雨的胳膊，说今晚不走了，就在你这儿住了。谷雨说，臭美！清明说你不让我住，我就还喝！说着抓过酒瓶子，谷雨说你喝，你喝，你喝吧，喝死拉倒！清明抱住谷雨，谷雨挣不脱，攥紧拳头砸清明的脑袋，越砸清明的头越往谷雨的怀里钻，求谷雨，说好几年哪，我天天想你。你让我住一晚，明天我领女儿来让你看。

第二天清明果然将女儿领来让谷雨看，女儿已经五六岁，见了谷雨有些生分。谷雨抱住女儿，哭起来。清明见状，说，谷雨，看在孩子的分儿上。清明落下了眼泪。

清明凭着在监狱里学会的瓦匠手艺进了一个建筑工程队，没几年就自己组织了一伙人，承包建筑工程，清明成了包工头，屁股后跟着两个光头光膀子的小兄弟，腋下夹着的狗皮帽子换成了黑皮包，成了县里有头有脸的人物，当上了县政协委员，经常出入县里领导的办公室。后来清明的工程越干越大，最后竟发展到了省城和沿海地区。屁股下的座驾越换越好，身边的女人也越来越多，人背后都说赵瘸子的女人跟他的钱一样，谁也不知道有多少。人们干脆不叫他赵瘸子，叫他神瘸子。谷雨就再次跟清明离了婚。

四

其实，谷雨心里一直装着立春。尽管这么多年，谷雨一直恨立春，极力想把这个薄情人的影子从自己的记忆中抹得一干二净。但说来也怪，谷雨越是想抹掉立春，立春的影子却越是顽固地扎根在她的内心深处。可以说，这么多年，立春一刻也没在谷雨的心中真正消失过。谷雨嘴上不说，但心里始终关注着有关立春的消息。如果说谷雨身上像章鱼一样长着触角的话，那么有一根触角是始终伸向立春的。谷雨回乡下，听说了立春的婚姻生活并不快乐，心里很矛盾，又解气，又心疼。做梦也经常梦见立春。梦里的立春还是从前的样子，依旧穿着那件洗得发白的仿制军装，脖子上围着谷雨给他织的那条长长的白围脖。谷雨说，都啥年头了，谁还戴这样的围脖？立春说这么些年，他一直戴着。谷雨就哭了。谷雨依然像个姐姐那样领着立春，立春听话地跟在身后，挨个百货商店走，谷雨想给立春买件时兴的西装。谷雨梦里逛的不是现在的商场，依旧是过去的百货商店。逛完“一百”逛“二百”，逛完“二百”逛“三百”，县里的几个百货商店都逛遍了，试了一件又一件，就是选不出适合立春穿的。本来挂在那儿看着挺好看的，往立春身上一穿，不是肥就是瘦，要不就是土了吧唧。最后挑了件带格子的西装，很洋式的，谷雨很欢喜，总算找到了，许多年前我就想让立春穿上一件带格子的西装，就想让立春像个城市人，可立春却不穿。立春说，这像个啥？花里胡哨的，像华侨。谷雨说像华侨还不好，总比你这绿不绿黄不黄的好看。把立春身上那件旧军装扒下来扔掉，亲手帮立春把西装穿上，立春转过脸，立时变了样。谷雨喜欢得不行，帮立春前抻抻，后拽拽，忍不住一下子抱住立春的后腰。谷雨对着立春的后腰低声说，你还想不想吃饺子？立春转过脸，惊喜万分，你说啥？让我吃饺子？立春就急迫地解谷雨的裤带。谷雨按住立春的手。谷雨扬起脸，说不是那样的饺子，是素馅的。把嘴巴送给立春。谷雨被立春吻得喘不上气来，往外推立春，推不开。谷雨睁开眼，亲她的人却不是立春，变成了满脸胡子的清明。细看又不像清明，青面獠牙，张着血盆大嘴，谷雨吓醒了。窗外一只猫在一声一声地叫，谷雨的心怦怦跳。

立春来找谷雨，是在他们分手快二十年的时候。其实这么多年，立春不可能没回过县里。每次回来，立春心里都很想看看谷雨，却又不敢。这一次，立春下定了决心，可是事到临头依然是心怀忐忑，既想见，又怕见。在县城车站，关于是走是留的问题，立春犹豫了很久，最后一咬牙，一跺脚，把回省城的车票退了。立春在商场里转悠半天，远远见到谷雨身影的那一刻，立春的心忍不住怦怦跳了两下，这让他想起了他跟谷雨的第一次约会，等在房后柳树林里的立春见到谷雨身影的时候，他的心就是这么剧烈地跳动的。立春不敢往前走，站着稳一稳心神，远远地看着谷雨忙这忙那。虽然看不清面庞，但立春还是能看得出谷雨的清瘦。立春的心就猛地一疼，忍不住扑上前去。谷雨对走近柜台的人说，师傅，买点啥？立春衣着光鲜，并不像谷雨梦里见到的样子。立春激动得涨红了脸，隔着柜台去握谷雨的手，一面磕磕巴巴地说道，谷雨……你好！谷雨愣了一下，本能地往后闪开，一脸戒备地盯着立春。谷雨认出立春的时候，浑身不由得发抖，两腿软得站不稳，一屁股坐了下去。立春以为谷雨是心脏病发作了。

立春对于谷雨来说是个薄情人、负心汉、陈世美。当初为了留在城市，为了前途，不要了谷雨。为此立春思想斗争了很久。但立春并没有把谷雨真正忘掉。每次回家，立春都忍不住要向家人打听谷雨的状况。知道谷雨婚姻生活不如意，立春心里依然很痛苦。被媳妇打得人仰马翻的时候，躺在沙发上翻来覆去睡不着的时候，立春就会长久地缅怀那段短暂的时光。房后的柳树毛子，场院里的羊草垛，屯头的庄稼地，这些留有他与谷雨体温的地方让他永生难忘。还有那条带着谷雨身上迷人气息的白围脖，还有谷雨说过的“让他等着吃饺子”那句令人无限神往的话，以及说出这句话时谷雨那娇羞妩媚的神态，都会一一浮现在眼前。立春很珍惜这些记忆，时时温习。随着时光流逝，脑海中的记忆犹如一本发黄的相册，而每一次打开，也像打开了一个尘封多年的五味瓶，酸甜苦辣咸，五味杂陈。有时候，立春真的想把从前的时光再重新过一遍，真是那样的话，立春相信自己绝不会再犯年轻时的错误。可是人生毕竟不是演戏，可以先排练，再演出。人生没有彩排。立春也不相信有来生。但立春清楚自己和谷雨还有下半生，也就是说，今生还有弥补的机会，只是立春不知道谷雨肯不肯给他这个机会。他心里十分明白，作为一个被人抛弃的女人，谷雨同所有的女人一样，一定恨死他这个负心人陈世美了，恨不得吃他的肉，喝他的血，千刀万剐，一辈子都不想再见到他。可是呢，立春不同于谷雨，立春不是这种心情。随着韶华流逝，人到中年，立春内心对谷雨的那种歉疚与日俱增，简直到了令他坐卧不宁寝食难安的地步。有一天，立春突然产生个想法，当面向谷雨忏悔，求得谷雨的宽恕。这个愿望与他内心的那种歉疚一样，一天比一天强烈。如果谷雨想打他骂他，扇他几个耳光，啐他一脸唾沫，让他给她下跪磕头，咋样立春都愿意，只要能疗治她内心的创痛，只要她能宽恕自己。对于这次见面，立春做了各种各样的设想，谷雨会不会仇人见面分外眼红，发疯一样扑上来挠他的脸，抓他的头发？或是当着众人发泄久埋心中的怨恨，朝他的脸上吐唾沫，跺着脚骂他是陈世美。抑或是一见到他，谷雨干脆掉头就走，说我从来就不认识你。立春最后想，无论发生哪一种情况，我死活都要见一见谷雨。

此时，立春就站在谷雨的身旁，关切地望着浑身颤抖的谷雨。立春说，你……病了？谷雨呢，虽然在梦里不知多少次梦见立春，跟立春亲热，但如今见了立春，谷雨的脸立刻变得冰冷起来。谷雨的冰冷让立春手足无措，语无伦次，立春说谷雨，你骂我吧。谷雨不吱声，连看也不看立春，只是哆嗦。立春又说，谷雨，你打我吧。谷雨还是哆嗦。立春说，你别气成这样。我犯了罪，不可饶恕，我这次来，就是向你赔罪的。谷雨的身体稍稳了一些。立春说，你这些年受的苦，遭的罪，我都听说了。都是我造的孽，我罪该万死，天打雷劈！谷雨说话了。谷雨说，不怨你，是我自己的命不好。嫁给清明，也是我自己愿意的。谷雨越是这么说，立春的心里越是难受。立春说，其实你不知道，这些年，我的心里，无时无刻不在想着你，想着我们在一起的日子。谷雨用鼻子哼一声，谷雨不相信立春说的是真心话。可是立春说着说着眼圈红了，立春说，这些年，我真的一直想着你呀，一直在谴责我自己，我是个浑蛋！不信，你扒开我的心看看……谷雨心就一下子软了，脸再也绷不住，泪水无声地顺着谷雨青白的两颊淌下来。立春用手替谷雨擦眼泪。

立春拉着谷雨下馆子，说咱们今天得好好喝一顿。谷雨不肯。立春说，你就给我一个赎罪的机会吧。硬拽上谷雨，给谷雨一杯一杯地倒红酒。谷雨本来不喝酒，什么酒都不喝。但谷雨那天却不由自主地喝了好几杯红酒。谷雨的脸不一会儿就红了，比红酒还红，像一朵桃花在立春面前绽放。谷雨手扶着头，头有些晕。立春见状，知道谷雨原来不胜酒力。立春把谷雨送回家。谷雨红着一张脸，躺在床上呼呼睡去。立春坐在一边望着，望着望着，忍不住在谷雨的脸上亲了一下。谷雨没反应，立春就再亲一下。谷雨依然酣睡不醒，立春就遏制不住地亲起来。谷雨发出轻微的呻吟。谷雨的呻吟令立春春情大发，立春便将手伸进谷雨的衣下，解谷雨的衣扣，再解谷雨的腰带。谷雨被立春剥得只剩一件内裤的时候，谷雨的呻吟停止了。谷雨睁开蒙眬的双眼，一下将立春从身上掀下去。立春复又扑上来，在谷雨的身上乱咬，口里喃喃道，谷雨，我爱你，我真的爱死你啦……谷雨已经清醒，猛地推开立春，坐起来，双手护在胸上，说，你爱我什么？谷雨眼睛一下子红了，一头扑在被上呜呜地哭起来。立春望着哭泣的谷雨，束手无策，身体慢慢凉下来。谷雨说，我这块臭肉，别脏了你的嘴！立春想拉谷雨的手，命运让我们做不成夫妻，那我们就做个情人吧，我真的爱你！谷雨推开，说你放屁，你这是吃着碗里的，望着盆里的。拿我当啥了？当婊子是不是？谷雨把立春推出门外。

立春无奈地走了。立春生气地想，谷雨呀谷雨，都什么年代了，你的思想怎么还是这么守旧呢？我喜欢你，你喜欢我，我们在一起彼此欢悦，这就够了。至于那个所谓的夫妻名分，有什么意义呢？我跟我老婆是夫妻，可是我们在一起，有快乐吗？然而立春的想法，谷雨不接受。无论立春在电话里怎么开导，谷雨说那是你们城里文明人的思想，我是农村人，思想落后，跟不上形势。你要想跟我好，就得跟我结婚，就得陪我一生。做你的情人，偷偷摸摸的，你喜欢来就来，不喜欢来就不来，厌倦了就把我像穿旧的衣裳一样扔掉，我不干！立春叹息，说你呀，你四下瞅瞅，如今像你这样的人还能找着几个？挂了电话，心里怨谷雨古板，一条道跑到黑，真是个死脑筋！

后来，还是从屯里人的嘴里，谷雨知道，立春背着家里的老婆，在外面养了个刚参加工作的女大学生。养了没多久，那女的又被另一个比立春官更大的领导包养了。立春知道后，两人翻了脸，那女人冲立春要二十万青春损失费，否则就把他俩的事告诉立春的老婆。立春手里没多少闲钱，家里的钱都掌握在老婆手里。为了安抚住那女的，立春挪用了公款，给了那女的八万，那女的不满意，真的告诉了立春的老婆。那个母老虎闹到单位，并且将立春赶出家门。立春要离的时候，她偏不离。现在立春倒霉了，她一脚把立春给踹了。立春闹了个鸡飞蛋打，虽然保留了公职，但行政级别撤销，变成小白人一个。多年的努力，毁于一旦。屯里人对此议论纷纷，多数惋惜立春丢了官。谷雨的母亲知道了立春的事后，也感叹不已，对谷雨说，看着没，你就别再惦记着他了。想不到，连立春这样的人都这么花心啦，城里人哪，有什么好！按母亲的意思，城里人不如乡下人厚道，干脆找个农民，起码谷雨不会受气。谷雨听了母亲说立春的事，突然发了火，以后别再跟我说他，恶心！谷雨嘴上如此说，但眼泪却止不住地流了下来。

五

有天晚上谷雨回家，拐进一条僻静的街巷时，黑暗里有个男人在冲着墙根撒尿，谷雨低着头贴边走过去。那人可能见谷雨是个女的，顿生歹念，突然从后面拽住了谷雨，一把抱住谷雨的脑袋，把谷雨的脑袋夹在腋下，然后低头亲谷雨的嘴。酒味呛得谷雨喘不上气来。谷雨想尖叫，可是嘴被那人的嘴堵着，声音发不出来。谷雨就用手挠那人的脸。那人将谷雨的脑袋往墙上撞两下，谷雨就被撞晕了。那人往下扒谷雨的裤子。谷雨头嗡嗡的，拼命连喊带打，不知是手还是脚，打在了那人的裆上，那人叫一声，骂着，弯腰捡起一块砖头，打在谷雨的头上……

谷雨在医院昏迷了一天才醒过来，住了一个礼拜的院。谷雨出事后，清明来看过她，在谷雨的床头坐了一会儿，摸了摸谷雨的脑袋，给谷雨开付了医药费，临走扔给谷雨两万块钱。谷雨望着夹着黑皮包的清明，在他的背后叫了声“清明”，清明转回身，看着谷雨，说，还有事？谷雨却又慢慢摇一摇头。清明拍拍谷雨的脚说放心吧，我也是扔下四十奔五十的人了，再不会瞎胡闹啦，不用惦记我，缺钱吱声。立春是过后很久了才知道谷雨出事的，埋怨谷雨当时没告诉他，撂下电话就从省城赶了过来。谷雨见到立春，把脸拧一边去。立春站在那里，没了往日的风采。半天，谷雨低着头，并不正眼看立春，说，最近还好吧？立春似乎老了许多，一脸惨淡，话也少，喃喃道，还行吧。立春不敢看谷雨，把眼睛虚虚地看向窗外。也是半天，立春说，我离婚了。谷雨说，你离不离婚，跟我有啥关系？立春张了张嘴。

谷雨忽然就想起了小时候。一到五月节，早晨太阳刚冒红，她就被妈喊起来，跟几个十多岁的孩子上甸子去采艾蒿。草地上的露珠亮晶晶的，打湿了半截裤脚，脚脖子凉瓦瓦的。艾蒿的叶子是素白的，远远望见一片白色的植物，孩子们就齐往那儿跑。艾蒿浓郁的香味混合着青草的气息，扑面而来。孩子们忍不住张大鼻孔深深地呼吸着。艾蒿采回来，泡在盆子里洗脸，老人说祛灾邪。祛不祛灾邪谷雨不管，谷雨只喜欢艾蒿那股浓郁的香气，一路上放在鼻子上闻了又闻。在那群采艾蒿的孩子里，就有立春，尖着嗓子咋呼。那时候多好，天真无邪，一点烦恼也没有。谷雨叹口气。

谷雨从打青春年少时被立春抛弃之后，就再也没有心思打扮自己。初时头也不梳脸也不洗，咋难看咋造。即使后来心情好一点了，也不像别人那样买化妆品化化妆。谷雨从来不化妆，就那么素面朝天不施粉黛，顶多搽点雪花膏，省得脸干。别人说谷雨这是讲究自然美。谷雨淡淡地笑，解释说，你说我这人就是怪，一点也不喜欢现在这些各种各样的化妆品，就喜欢小时候搽的雪花膏。那股香味，我永远忘不了。

跟谷雨一块儿卖服装的小雪被丈夫抛弃了，精神和身体都出了毛病，上了教堂几次之后，回来也撺掇谷雨去信主，说一信，真的啥烦恼都没有了。谷雨后来真就跟着小雪上了几回教堂。“野地的花，穿着美丽的衣裳；天空的鸟儿，从来不为生活忙。……”谷雨一个人时就用嗓子眼儿小声哼唱跟小雪学会的歌。

除了爹妈对谷雨的婚姻大事着急之外，也有好几个谷雨的姐们儿，总是劝谷雨，说你眼眶就那么高，就没有一个你能看得上的？她们给谷雨介绍了一个又一个，叫谷雨处处，不处咋能知道人家好不好？谷雨一个也不处。条件不好的，谷雨不愿意，条件好的，谷雨也不同意。谷雨说条件好的，没有几个可靠的。这就难了。谷雨是想找个条件又好又可靠的，对爱情忠贞不贰，能跟她白头到老。所以，谷雨轻易不点头。谷雨想好了，没有相当的，她宁可一辈子不再嫁人。

立春自从出事之后，也算经历了人生的大起大落，已过不惑之年的他，似乎把世事才看得明白一些，什么地位、金钱、美女，一切都是过眼云烟。如今让他终生不能忘怀的，唯有他与谷雨的初恋，是那样真实美好，那样令人神往。立春回县里看谷雨的次数越来越多。不过每次吃过饭喝过酒，不用谷雨撵就走，从不要求在谷雨这儿过夜。谷雨也发现了立春的变化，变得沉静淡定，不像原来那么势利那么浮躁了。后来有一天，立春终于正式提出要跟谷雨结婚。谷雨看着立春。立春说，我说的是真的。谷雨扭过脸。立春扳过谷雨的头，看着谷雨的眼睛，谷雨却把眼睛看向窗外。窗外，秋风秋雨愁煞人。立春就再把谷雨的头扭过来。立春恳求着，好谷雨，下半生，我保证让你幸福，你就答应我吧！谷雨拨开立春的手，立起身。立春一下跪了下去，跪在了谷雨的脚下，抱住谷雨的双腿，仰望着谷雨，眼珠泛红。谷雨把手轻轻放在了立春的头上，一股暖流霎时涌遍立春的全身……

就在谷雨准备跟立春结婚的时候，一天立春兴奋地告诉谷雨，他要官复原职了。立春本以为这是双喜临门，喜上加喜，谷雨听了一定会高兴的。可是立春想错了，立春从谷雨的脸上一点也没看出高兴。谷雨不但不高兴，谷雨还把一脸高兴的立春盯着看了半天，看了半天之后也没说什么，只是微微地叹口气。之后谷雨便放缓了结婚的脚步，提出推迟婚期。立春大惑不解，看着谷雨，说为啥呀。谷雨摇摇头，懒得跟立春解释。立春便发誓，谷雨半听不听。谷雨望着窗前萧疏的树木发呆，树上橘黄的叶子正一片一片地飘落。

天天向上

一

刘振邦是红旗小学的民办老师。什么都教过，教算术，教语文，教自然，还教过美术和音乐。教算术呢就是教学生背一一得一，一二得二，加减乘除；教语文呢就是学学拼音，认认汉字，读读课文，造造句子；教音乐吧就是唱唱歌，唱《学习雷锋好榜样》《我爱北京天安门》什么的。刘老师脚踏风琴会个半拉架，但是在孩子们的眼里，刘老师可是个非常了不起的老师，什么都会，连孩子们没怎么见过的脚踏风琴都能鼓捣得那么好听。上音乐课的时候，孩子们争先恐后地跑到办公室去抬那台破旧的脚踏风琴，然后扯着脖子红头涨脸地跟着刘老师唱。农村小学的老师们，怎么说呢，个个都是拳打脚踢，什么都能教，什么都能对付，今年教这样，明年兴许就去教那样了，老师们把这叫作“时刻听从党召唤，越是艰险越向前”。

农村小学的老师家里都有几亩园田地，后来分田到户了，地就更多，老师们基本上是一面教书一面种地，这样仅靠星期天是不够的，农忙的季节老师们就要耽误工作，扔下课程去干自己家里的活计。老师们不但自己耽误工作，很多时候还要搞一点儿特权，就是用自己班级的学生给自己家劳动。孩子们还小，太需要体力的活儿干不动，但老师们总能给他们找到合适的活计。比如，春天种苞米、种葵花的时候就用孩子们，大人在前面刨坑，孩子们胳膊上挎着小筐，跟在大人的身后往坑里点种，点种的身后还跟着个孩子往坑里一把一把地撒农家肥，施肥的身后呢还要有个孩子再将一个一个土坑培上踩实。点种，施肥，培土，这些农活是从小生长在农村的孩子们都会干的。禾苗出来之后，孩子们还要给老师家的地里薅草，薅黄豆地的草，薅土豆地的草，薅草的工作从春天一直持续到秋天。只要庄稼地里的草不断地长，孩子们就要不断地薅。尤其是夏天雨水丰沛，喝饱了水的草撒着欢儿地长，几天不见便超过了庄稼。超过庄稼肯定是不行的，影响庄稼的生长发育。黄豆秧已经没过孩子们的肩头了，在它们的队伍里，常常混杂着茁壮的稗草，不仔细找不会发现它们的存在，它们像个奸细一样生长在黄豆中间，孩子们的任务，就是要把这些奸细从革命队伍中除掉。老师跟在孩子们的身后，检查孩子们劳动的质量。干到前面的同学，趁老师没注意，便把黄豆地当成了打鬼子的战壕和地道，玩起了游击战。一个孩子用土坷垃当手榴弹投掷另一个孩子，然后快速地伏下身体，将自己隐蔽在茂密的黄豆垄里。被袭击的孩子一时摸不准敌情，却发现不远处黄豆叶子在微微晃动，便确定了敌人隐蔽的具体位置，也捡一把土坷垃当作弹药，悄无声息地接近目标，猛然间弹如雨下。正当双方交火激烈之时，无论是“鬼子”还是“八路”，一下子都成了老师的俘虏，被老师薅住耳朵，每个人的屁股上都挨上一脚，这场战争方才平息。老师不许学生乱闹，怕学生踩坏了庄稼。秋天的时候，孩子们还要帮助老师往回收粮食。在秋收的工作中适合孩子们干的活儿也不少，像起土豆、扒苞米、捡豆荚、打葵花，孩子们样样都能干。大人用犁杖将垄犁开，白花花的土豆从黑油油的土里翻滚出来，孩子们的工作就是负责将这些土豆捡到筐里，倒在一堆，等着用马车拉回家去。所谓扒苞米，就是事先将一垄挨着一垄的苞米秸秆割倒，隔几步放一铺子，隔几步放一铺子，一铺子连着一铺子，像铁路的枕木一样一直伸向遥远的前方。孩子们的工作就是将一铺子一铺子苞米秸秆上的苞米穗子扒光了皮，从秸秆上掰下来，金黄的苞米装满了马车。捡豆荚的时候，孩子们像一群四散的羊，在割过的黄豆地里搜捡着落在地上的豆荚。打葵花则不同了，打葵花的时候，孩子们团团围坐在从地里拉回来的葵花堆上，每人手里一根短木棒，在秋天的阳光下，用力敲打着葵花硕大的圆盘，把油黑成实的葵花子从圆盘似的葵花脑袋上敲打下来。每次劳动前老师都做战前动员，老师说，谁在劳动中表现突出，少先队发展队员的时候就先发展谁，谁就可以带上鲜艳的红领巾。为了早日戴上那鲜艳的红领巾，孩子们在劳动当中都积极肯干，不怕苦，不怕累，自己干完还要争先恐后地帮助别人，发扬雷锋精神。

那个年代，老师这种职业一向是被人瞧不起的。尤其是民办教师，连大队的赤脚医生也不如，连供销社的卖货员也不如。大队的赤脚医生谁都不敢得罪他，高兴了去给人家看病，还要在人家喝两盅；不高兴的话，叫你先回家等着，左等不来，右等不到，需要请上一遍又一遍的，三顾茅庐也不一定能请得动呢。供销社的卖货员用得着的时候也不少，比如买个紧俏商品啥的，就必须走卖货员的后门。老师就不行了。上学不需要走后门，又不用上好班级，又不用占好位置，又不用特殊照顾，什么都用不着求老师，所以老师一点用处也没有。老师唯一令社员们羡慕的地方，就是有那么多既不用花钱又不用管饭，可以随便支使的小劳力。

刘振邦老师有点与众不同。刘老师不像别的老师那样动不动就将学生领到自家的地里去干活。春天种地，夏天薅草，秋天收获，都不用。地再荒，活再忙，也不用。刘老师家的地，一般都是他自己利用周六周日放假的时间，或者是一早一晚的时间侍弄。人们常常看见刘老师在太阳落山了，天色已经黑到分不清苗和草的时候，才扛着农具，骑着自行车，一路吹着口哨回家。当然刘老师家的地也不像别人家的地侍弄得那么整齐茁壮，用社员的话说，刘老师是个“二五子”庄稼人，庄稼活儿干得不咋地道，其实刘老师主要是没把时间和精力用在庄稼上。孩子们看见他们的老师起早贪黑很辛苦，上班下班都是匆匆忙忙的，经常穿着劳动时穿的衣服来上课，裤脚还一个挽着一个半挽不挽的，就上了讲台，就给学生们讲课。孩子们在下面看着他们老师的穿着忍不住发笑。孩子们觉得他们的老师不像别的老师，上班穿戴得那么整齐干净，衣服是衣服，裤子是裤子，他们老师的白衬衫的领子被脖子磨来磨去磨得乌黑，袖口被农具磨来磨去磨成了毛边儿。

深秋的某一个假日，刘老师跟老婆、孩子上自家的地里扒苞米。苞米秸秆是老婆自己一个人割倒的，但是苞米穗子还长在秸秆上，还没有来得及扒。旁边别人家的苞米不但早就割倒了，而且扒完了，此刻金黄闪亮的苞米穗子已经一筐一筐地装上了马车，正准备往家拉。甚至还有的人家苞米穗子已经拉回家去了，剩下枯黄的苞米秸秆正在等待打捆，下一步就是将捆好的苞米秸秆拉回家去当烧柴了。可刘老师家的苞米昨天才刚刚割倒，连一穗也没有扒呢，苞米秸秆一铺子连着一铺子，几乎是等距离地横躺在垄上，一眼望不到尽头。刘老师走进地里，一面跟旁边干活的人们打着招呼，他们笑着说你可真稳当啊。也有人高声跟刘老师说，那么些学生呢，咋不使唤呢？老师不是都使唤学生干活吗？刘老师尴尬地笑笑，我教的学生太小，干不了啥活儿。其实刘老师教的是五年级，五年级是小学最高的年级了，五年级的学生在小学已经算是最大的学生了，但刘老师不好意思说是自己不想使唤学生。刘老师跟老婆、孩子每人一铺子苞米，各扒各的。刚刚哈腰扒上没几铺子，没想到刘老师班级的孩子们一下子来了一大帮，有好几十。孩子们决定利用放假的时间来帮他们老师扒苞米，却又事先不敢跟刘老师说。刘老师有一点尴尬，刚刚说完他教的学生太小，干不了啥活儿，这怎么一下子都上来了？刘老师一脸的不高兴，你们怎么来了？谁让你们来的？去去去！刘老师挥手往回撵孩子们，这点活儿，还不够我自个儿干的呢，用得着你们吗？孩子们看出刘老师是跟他们开玩笑，你看我，我看你，没有一个肯走的。都说家里的苞米已经扒完了，不需要他们。刘老师去推这个，这个嘻嘻地跑开了，去推那个，那个也嘻嘻地跑开了。结果哪个也推不走，最后没办法，说，那你们家里知道你们出来干啥吗？学生们拉着长声齐答，知——道！都说是家长让他们来的。

扒苞米的季节，天气已经冷了，一早一晚需要穿上厚衣服了。可是有的孩子穿得还是很单薄，多数人都没有戴手套，一个个小手冻得通红。刘老师和老婆、孩子都把自己的手套让给没戴手套的孩子们戴，可是孩子们推来推去谁也不好意思戴，都乐着说不冷。孩子们用手扒着苞米，一点也不耽误用脑子，刘老师提议说，咱们大家背诵古诗好不好？孩子们依然拉着长声齐答，好——于是就像唱歌一样由一个孩子起头，背“锄禾日当午，汗滴禾下土。谁知盘中餐，粒粒皆辛苦”，背“离离原上草，一岁一枯荣。野火烧不尽，春风吹又生”，背“一道残阳铺水中，半江瑟瑟半江红。可怜九月初三夜，露似珍珠月似弓”，背“独在异乡为异客，每逢佳节倍思亲。遥知兄弟登高处，遍插茱萸少一人”，背“李白乘舟将欲行，忽闻岸上踏歌声。桃花潭水深千尺，不及汪伦送我情”……孩子们几乎把一年级到五年级学过的古诗都背完了，刘老师又起头，让孩子们唱歌，唱《学习雷锋好榜样》，唱《我爱北京天安门》。孩子们稚嫩的声音在原野上回荡。旁边地里干活的人听见了，伸着脖子朝这面张望，心说这个刘老师，可真能整景。

平常，老师们除了用学生给自家干活之外，还经常带着自己的班级去给校长家干活。校长不是班主任，没有班级，可是那个小个子校长家的农活儿，没有一样不是学生们给干的，因为全校的班级，全校的学生，都是校长的班级，都是校长的学生。而且干活的时候，小个子校长连自己家的地都用不着去，只需吩咐一声，哪样哪样草又长高了，老师们比给自己家干活还积极，还认真。刘老师的脑子里想不到应该主动去给小个子校长家的地干活，不但自己想不到，就是小个子校长亲自找到他们班级头上的时候，刘老师也不像别的老师那样爽快地答应。刘老师的不爽快，让小个子校长多少有些尴尬，小个子校长马上就说算了算了，还对刘老师笑笑，回头找别的班级去了。可是呢，小个子校长笑在脸上却恼在心里，隔三岔五就笑呵呵地安排刘老师的班级铲学校的操场，淘学校的厕所，抹学校的平房，伺候学校的校田地。然而无论怎么干，都得不到一句表扬，小个子校长跟在后面总能找出一堆毛病来，这儿没干好，那儿没干好。期末评模的时候也轮不到刘老师和他的班级，刘老师评不上劳模，他的班级评不上先进班级，好像刘老师永远都是个落后分子。小个子校长说，学生嘛，就是要经风雨，见世面，不能做温室里的幼苗，我们培养的是又红又专的社会主义接班人。这是在拐弯儿抹角地批评刘老师，只重视学生的学习成绩，不重视学生的劳动锻炼与思想改造。终于有一次刘老师忍不住和那个小个子校长吵了起来，吵得面红耳赤，吵得整个学校都听见了。

寒假之后，刘老师就被调走了，从他家所在地的红旗小学，调到了一个离家偏远的曙光小学。刘老师每天照旧骑着破自行车上下班，路上寂寞的时候，就一路吹着口哨，口哨声在树林里，在旷野上，听起来有些单调。

二

在这所只有百十个学生的曙光小学，刘老师遇上一个叫于海洋的好学生。于海洋聪明好学，学习成绩很好，刘老师为此感到些许安慰，真像是看到了黎明的曙光，对这个学生倾注了许多心血。但于海洋有个很成问题的家长，动不动就让于海洋在家帮他干活，连个假条也不让同学捎来。于海洋每次旷课，派同学是找不来的，派去的同学在于海洋家的门前绕来绕去不敢进屋，他们也跟于海洋一样怕于海洋的父亲。于海洋的父亲喜欢骂人，不但骂学生，连学校和老师也捎带着一块儿骂，什么学、学校？什么老、老师？简直是他妈劳、劳改农场！于海洋的父亲说话口吃，跟谁说话嘴里都是不干不净，嗓门又高，火气又冲，像打架似的。这种时候只有刘老师硬着头皮亲自出马，下班之后骑上破自行车去家访。于海洋见了老师，躲在黑影里不敢出来。于海洋的父亲连句招呼也不打，对刘老师的到来一点也不欢迎，也有没瞧得起的意思。倒是于海洋的母亲见了刘老师，热情得有点慌乱，又让刘老师坐，又让刘老师抽烟，又让刘老师喝水。坐吧却又没有个像样的地方，连个凳子也没有，只能让刘老师坐炕沿上。抽烟吧，也没有洋烟，只有于海洋的父亲平日抽的叶子烟，还不会卷，拿过烟笸箩，叫刘老师自己卷。刘老师拘谨地摆手说不用不用。于海洋的父亲脱鞋上炕，盘腿坐在炕头上，拿起筷子，于海洋的母亲把酒壶端上桌子。于海洋的父亲拿筷子敲着饭桌子，愤愤地说，上什么学上、上学？不上那个，家里活儿还没干、干完呢。刘老师半天不知道说什么，屁股搭在炕沿上，像是专门来听训话的。一时冷场。倒是于海洋的母亲打破僵局，冲刘老师笑笑，他说话就那么大嗓门，你别见怪。问刘老师当几年老师了，家里几口人哪，孩子多大了，刘老师一一回答。于海洋的父亲又用教训的口气说道，家有二、二斗粮，不当孩、孩子王。干点啥不比、比这强。于海洋的母亲白了于海洋的父亲一眼，你看你，说啥呢。又冲刘老师笑。于海洋的父亲说，就是嘛，你问问刘老师，起早贪黑的，一年挣、挣多少钱？刘老师不好意思地说，挣啥钱，不挣钱，跟社员一样，挣工分。于海洋的父亲撇撇嘴，你看看，还不一定能赶、赶上社、社员挣得多呢。于海洋的母亲又白他一眼，那也比你们社员强。你看看人家老师，哪个不穿得利利索索的。谁像你们，穿衣裳都穿不出好样来。于海洋的父亲说，那、那倒是。刘老师有些讪讪的，我今天主要是为于海洋上学的事儿来的。孩子还得好好念书，不念书能有出息吗？于海洋的父亲用鼻子哼一声，念书也出息不、不到哪儿去！刘老师心里很清楚，于海洋的父亲压根儿就没把孩子的念书看得多么重要。于海洋的父亲认为于海洋跟其他的农村孩子一样，念也念不出啥名堂，即使能念出个名堂家里也供不起，早晚得下地干活。于海洋的父亲之所以现在让儿子念书，只不过是将一匹小马驹放在马群里养大，养到能出力干活的时候，就会毫不犹豫地给它套上夹板。所以于海洋的父亲根本没把学校当成学校，更没把老师当成老师。孩子是我自己的，我愿意让他念书他就念书，我想让他下地他就得下地，啥时候念书啥时候下地，老子说了算。刘老师摇头说，你这话就不对了。念书怎么能没出息呢？于海洋学习非常好，是班级学习最好的学生，将来考个全公社第一，甚至考个全县第一也说不定呢，一定能成为国家的栋梁之材。黑影里的于海洋则埋怨道，我的作业本都让他给撕了抽烟啦！于海洋的父亲喝下一口酒，也没啥菜，就是大葱蘸大酱，将一棵大葱碧绿的葱叶三下两下缠绕在洁白的躯干上，嚼出老牛吃草一样大的动静，汗珠从额头上亮闪闪地滚落。他冲黑影里的于海洋只是瞪了一眼，他的主攻方向是儿子的老师。他说，栋梁？栋梁是啥、啥意思？刘老师以为于海洋的父亲真的不懂，指着屋顶解释说，栋梁就是房屋的梁柁，你们家的于海洋将来能成为梁柁。你看看你家这个房子，是檩子重要，还是梁柁重要？于海洋的父亲瞥了一眼刘老师，意思是刘老师太小看他了，他怎么会连梁柁和檩子哪个重要都不知道呢？我倒是想让他当梁、梁柁，不是小看你们，就你们这些老、老师，能把他培养成梁、梁柁，我都大头朝、朝下走道。刘老师脸热了热，厚着脸皮说，能，一定能。于海洋的父亲不屑地撇了下嘴，你教这么些、些年书，教出几个考上大、大学的？到头来还不是都回家种、种地！在我们那里的农村，考上大学乃至中专的确实是凤毛麟角，大多数学生连高中也考不上，也念不下来，很多家庭的孩子勉强念完初中，看看孩子也十六七岁了，身体长到能应付农村的活计时，便纷纷辍学回家了。但刘老师马上就找到了反驳于海洋父亲的理由，他举了几个他知道的例子，说自从七七年高考恢复以来，几年的时间里，胜利大队的李文举考上了地区中师，光荣大队的张伟东考上了齐齐哈尔铁路学校，前进大队的徐双燕考上了地区卫校，富强大队的李文录考上了双城农校……刘老师如数家珍，于海洋的父亲又拿鼻子哼一声，你看看你看看，一年还考不上一、一个呢。轮到咱家，那得多大的雨、雨点子？刘老师说，你又错了。你们家于海洋，要我看，将来肯定会超过他们，能考上大专，一定会给咱红旗公社争光的。于海洋的父亲对刘老师说的大专什么的弄不明白，在他的心里反正都是大学，没啥区别，都难考。再说，就是考上了也不一定能念得起。于海洋的父亲就停下很响的咀嚼，给刘老师算一笔账，于海洋现在才上、上小学，还要上初、初中，还要上高、高中，还要考大、大学，这得多、多少年？你看看我这个家，我拿个屁、屁供他？于海洋的父亲固执地将脑袋摇得像个拨浪鼓，表示他死不同意于海洋一直念到那么久。刘老师说，等于海洋考上大学了，你们家就会发生翻天覆地的变化。你看看人家考上学校的孩子，落城镇户口，吃供应粮，挣国家的工资，一辈子都是国家的人。眼前的困难是可以克服的，这可是关系到孩子一生命运的大事。于海洋的父亲有点烦了，半天没说话，喝了一口酒，答应等割完了地就让于海洋上学。刘老师说等割完了地，这些天的课程不耽误了吗？于海洋的父亲说耽误就耽误，没有商量的余地。后来刘老师想来想去，想出一个办法，就是利用晚上的时间给于海洋补课。于海洋的父亲知道之后，皱着眉头说，你这是图、图个啥呢？刘老师说，图啥？你说图个啥？于海洋的父亲眨巴眨巴红眼珠，也没说出刘老师究竟图个啥，就说，补可是补，我可不领你这份人、人情，连烧酒都、都没有！

于海洋家里困难得连张写字的桌子也没有，连把椅子也没有，刘老师和于海洋两个人只好趴在炕沿上，将热烘烘的火炕当成课桌，讲数学、讲语文，在于海洋父亲震耳欲聋的鼾声伴奏下，一直讲到很晚。返回学校的路上，刘老师把自行车骑进了道旁的水沟里。

后来于海洋到公社中学上初中去了。刘老师担心于海洋的家里不会让于海洋把书念下去，一再叮嘱于海洋一定要念书，无论到什么时候，无论遇到什么困难，也要把书念好。并且特意将一个蓝色塑料皮笔记本赠给于海洋做纪念，扉页上亲笔写了“好好学习，天天向上”的留言鼓励他。结果呢，刘老师的担心最终还是应验了，于海洋只在初中念了不到两年，他父亲就不让他上学了。刘老师听说后去过于家做工作，可于海洋已经跟别人到外面干活去了。刘老师心里又是惋惜，又是气愤，忍不住跟于海洋的父亲大吵了一顿，骂他浑蛋。

三

有一年暑假，刘老师的班级有个学生在甸子上洗澡淹死了，不但刘老师受到公社中心校的通报批评，并在全乡小学教师大会上做了检查，连他所在的学校也受到了点名批评。领导的态度是，虽然学生不是在学校出的事，但这也说明学校和老师平时对学生教育不够，并且重申，如果再有类似事件发生，刘老师的民办老师肯定是当不成了。

从此，刘老师成了惊弓之鸟，一到夏天，一到周六下午和周日放假的日子，刘老师都是提心吊胆的，总怕学生到野外洗澡出事。星期一早晨的头一件事，就是检查班级的男生放假时是不是在野外洗了澡。刘老师检查的方法很简单，撸起你的袖子，然后拿手指甲在你的胳膊上划一下，如果能划出一条明显的白道道来，不用说，肯定是在野外的水泡子洗澡了。对于这些违犯纪律的学生，别的老师大都是采取体罚的方式，扇耳光子，掐脸蛋子，薅耳朵，踢屁股。刘老师从来不这样。刘老师最厉害的办法，就是将当天的作业留得比别的同学多两倍、多三倍。这是学生们很害怕的。中午最热的时候，也是孩子们最喜欢下水洗澡的时候，这个时候，刘老师在家里待不住，一定要骑上自行车，到甸子上去转一圈儿，看看有没有学生在泡子里洗澡。

学生当中有个叫李春生的，是个调皮捣蛋大王，父亲是大队的支书，学校拿他一点办法也没有。旷课是家常便饭，只要班级一有啥劳动，李春生准旷课。即使不旷课，参加劳动了，还不如不参加，因为李春生参加劳动的时候，多数是搞破坏，损坏公物，糟蹋庄稼，故意把苗薅掉，把草留下。李春生不参加劳动反倒是件好事。他经常躲到厕所去抽烟。书包里整天藏着弹弓，见鸟打鸟，见鸡打鸡，见狗打狗，看人不顺眼也打，打了便藏起来，趴在壕沟里，躲在树后，让你挨了打都不知道是谁打的。男生都怕他，连老师们也都尽量不去招惹他，怕他晚上用砖头砸自己家的玻璃。就是这个李春生，动不动就领着几个伙伴去甸子上洗澡，你越不让他洗他越是洗得欢。有一天几个学生正在水泡子里表演着各自的拿手好戏，玩狗刨的，肚皮朝上浮在水上打漂洋的，也有不怎么太会水的，技术不熟练，把自己的单帽吹得鼓鼓的像个气球，放在肚皮下抱着扑腾。等他们发现刘老师站在岸边的时候，什么都来不及了，一切表演都戛然而止。李春生捏着鼻子蹲在水里不露头，他想用这种方法躲过刘老师的眼睛。但这种方法最多也只能在水里憋个一分半分的。刘老师眼看着李春生蹲到水下，一分多钟不见上来，有几分担心，冲着水面喊，李春生，快点出来！李春生并不出来。李春生在水下朝刘老师相反的对岸游过去，对岸有茂盛的草丛，李春生想钻进草丛。刘老师看得见水下李春生游动的波纹，便先于李春生到了对岸，想等李春生刚刚冒头的时候便一举将其捉拿。李春生身体滑溜溜的，结果刘老师没有捉到李春生。不但没有捉到李春生，反而没能躲开李春生突然砸过来的一把稀泥，穿着白布衫的刘老师立刻变成了一只花斑豹，浑身绽开着大朵大朵的墨梅。李春生站在水中，双手拍着屁股笑。刘老师怒不可遏，那几个光屁股的小学生害怕了，哆嗦着走到刘老师面前，只有李春生泡在水里不肯上来，一副幸灾乐祸的样子。我叫你们洗！我叫你们洗！刘老师的大巴掌在每个孩子的屁股上狠狠地拍了两下。孩子们的屁股还是湿漉漉的，巴掌拍上去，发出十分响亮的声音。刘老师对李春生说，你上不上来？你不上来，我现在就去找你爹去。刘老师知道李春生怕他爹，刘老师敛起李春生放在岸上的衣裳，推起自行车，做出要去找李春生他爹的样子。李春生只好硬着头皮爬上岸来。爬上岸的李春生依然牛烘烘的，一面走，一面拨拉自己往下滴水的小鸡子，看着刘老师脸上的泥点子像抽筋似的笑。刘老师照李春生的屁股狠狠一巴掌。李春生歪着脖，冲刘老师喊叫，你他妈敢打我？李春生没想到刘老师居然连他都敢打。李春生手指着刘老师的鼻子，你看我告不告诉我爹！刘老师举过头顶的手停在半空。李春生见状，越发嚣张，嘴里不干不净地骂着，你就是泡臭狗屎！狗老师！刘老师的眼睛突然变红了，好小子，连你个小孩伢子也瞧不起老师是不是？连你都敢骂老师？刘老师的巴掌像狂风暴雨一样落在了李春生黑瘦的屁股上。一巴掌一个红掌印，一巴掌一个红掌印，一个又一个的红掌印重重叠叠，李春生的屁股眨眼便像个发面馒头似的肿了起来。可李春生的嘴却始终没有被打住，刘老师打一下他骂一句，刘老师的巴掌接二连三地打下去，李春生的嘴就像炒豆一样不停地骂。刘老师说，我今天豁出这个民办老师不当啦！刘老师越打越凶狠，越打越疯狂，已经收不住手，似乎要把多年积郁的愤懑全部发泄在李春生的身上。一旁的几个小学生都吓呆了，谁也不敢上前拦阻。直到刘老师自己打累了，方才罢手。仿佛耗尽了毕生的气力，一住手，刘老师就瘫软在草地上了。刘老师气喘吁吁，脸色煞白，他把衣裳扔给李春生，去吧，向你爹告状去吧！

挨了一顿痛打的李春生，此后对刘老师还真的有点畏惧了，轻易不敢再去洗澡，不敢在刘老师跟前嘚瑟，不敢像从前那样调皮捣蛋。但不敢是不敢，明面不敢，背后敢。李春生把自己班级教室的窗玻璃打碎，钻进教室，在黑板上画了很丑的小人儿，小人儿的脸上点上点子，旁边写了“刘麻子，臭狗屎”，把稀泥摔在小人儿的脸上，摔得满黑板都成了麻子。把墨水瓶当作手榴弹远远地投向教室后面的“学习园地”，墨水瓶砰的一声爆炸了，洁白的园地上炸出一大朵蓝蓝的菊花。班级的学生课桌是非常简易的那种，是刘老师领着学生们自己搭的。学生从家里抱来葵花秸秆，搬来土坯，刘老师领着学生，用土坯垒起两面的桌脚，然后将葵花秸秆盖在上面，再抹上黄泥，就搭成了课桌。李春生一跳便跳到课桌上，在课桌上蹦啊跳啊，结果就把一张一张的课桌跳烂了。再搭，再跳烂。再搭，再跳烂。

多年以后李春生当兵去了，后来曾给他当年的小学老师刘老师写过一封信，虽然字写得歪歪扭扭，但表达的情感是真实的。李春生在信里终于承认了当年的错误，说那回将班级破坏得一塌糊涂都是他自己干的。说当初不听老师的话，不好好学习，到了部队才感到没有文化的痛苦。表示自己今后一定听老师的话，“好好学习，天天向上”。信写了半篇，表达的意思有些前言不搭后语。刘老师看过，心中生出几分快慰，几分感慨，把信颤抖着拿给别人看，嘴上说，这臭小子，瞅瞅这字划拉的。

四

无论是暑假还是寒假，开学前，老师们都要比学生提前一周上班。老师们提前上班是为了学习，而且不是在自己的学校学习，是集中到公社中心校去学习。新学期要有新气象。全公社的老师都集中到一起，就显得这个学习格外重要，不能稀里马虎的。那时“文革”虽然早已结束，但“文革”的遗风仍随处可见。比如老师们天天学习，学什么呢，当然首先是学习政治，政治第一，政治挂帅，无论干什么都强调要把政治放在首位。学习的内容大多是报纸社论，或者是上面的文件精神，之后每位老师还要写学习的心得体会，还要贴在墙上。然后才是业务学习，就是要开学了，提前备备课，把人们的心收回来，从自留地上收回来，从家务活上收回来，重新恢复老师的角色。

刘老师所在的小学离红旗公社中心校有五六里地，那天半道下起小雨，刘老师跟几个老师骑着自行车在林间小道上穿行，这样，茂密的树叶可以为他们遮挡一下淅淅沥沥的雨滴。老师们边走边说笑，骑着骑着，不知是谁发现他们当中那位年轻的女老师没有跟上来。树林的两边是庄稼地，起初他们还以为女老师可能是故意落在后面解手呢，就慢下来等。可是左等不上来，右等不上来，只好让一个年轻的老师掉头回去找，那老师去了不一会儿便远远地传来呼喊声，刘老师和另外两个人不知道发生了什么，返回去一看，发现女老师连人带车子摔倒在地上。女老师脸色苍白，裤子被血染红了。原来是她的自行车撞在了一棵树上，自行车车把上挂着拎兜儿，里面装着个玻璃瓶子，打算开完会顺便上供销社给家里装点酱油，结果玻璃瓶子磕碎了，玻璃碴子正好扎在大腿根上，鲜血像小河似的汩汩流淌。几个人手足无措，一个是不知该怎么施救，一个是因为是女老师，不好下手。眼看女老师的脸色越来越白，此时，最好的办法是先把女老师的大腿根赶紧用啥扎住，控制流血。可是男老师们想到了应该这么做，却都在犹豫。还是刘老师临危不乱，他解下自己胶鞋上的鞋带，女老师的大腿粗，一根鞋带不够长，便将两根鞋带接成一根，在靠近女老师大腿根上使劲勒住，把冒血的血管扎紧。然后刘老师又把女老师抱着放在自行车上，一下没抱动，又抱一下，又没抱动，就冲一旁发愣的几个老师喊，干啥呢你们，都啥时候了，还不好意思？快帮我一把！那几个男老师方才醒过神来，抓着女老师的两个脚脖子，抬起女老师的两条大腿，共同把女老师放到自行车的后座上，刘老师在后面把着，几个人一起推着自行车往公社卫生院跑。路不好，自行车后的女老师几次要被颠下来。自行车不能直接推进医院的屋里，最后还是由刘老师将女老师背进屋。女老师裤子上的血把刘老师背后的衣服也染红了。事后，年轻的女老师再见到刘老师的时候，未曾说话脸先红了，连招呼都是低着头打的，不敢看刘老师。女老师脸一红，刘老师也显得有些不自然，解释说当时情况危急，顾不了那么多。刘老师不解释还好，一解释，连旁边的人也笑了。女老师不在的时候，有人让刘老师谈谈当时是咋想的，有没有啥私心杂念。刘老师说，说实话，当时嘛，心都直哆嗦。人命关天哪，谁不害怕呀！这话传到女老师的耳朵里，女老师感动得眼睛湿润了，好长一段时间见着刘老师又想表示感谢，又不知道该怎么说，结果弄得反而别别扭扭的。

不久地区的报纸把刘老师救人的事登了出来，添枝加叶的，说刘老师平时思想怎么怎么积极，学雷锋，做好事，关心学生，帮助同志，所以关键时刻才能挺身而出奋不顾身，把刘老师说成了舍己救人的英雄。老师们拿着报纸在办公室里念，这回倒把刘老师臊成了大红脸。那年刘老师破天荒地被评上了先进个人，那是一个崇尚英雄的年代。

年轻女老师的舅舅在县里当领导，后来民办老师转正的时候，女老师背后曾主动找到刘老师，问刘老师用不用她去找找她舅，意思是走走她舅的后门，肯定管用。女老师无疑是想找一个机会报答刘老师。刘老师脸红了，支吾着说那样不好吧。开玩笑说那样一来，我这“舍己救人”不是显得太功利主义了嘛。

五

公社运动会年年都在公社中学广阔的操场上开，时间基本是在五月末六月初。主席台用木板搭建，背北朝南，蒙上苫布，像过去唱样板戏搭的戏台子。台上放一溜学生课桌，再蒙上毯子，搁几个麦克风，摆几个茶杯，便是主席台了。大会的召集组、宣传组、奖品组都在台上工作。台上放了几个大纸壳箱子，里面装着毛巾、袜子、牙膏、香皂、线衣、线裤、背心、床单等等各种各样的奖品。大喇叭高高地绑在主席台两边的柱子上，一大早就开始播放慷慨激昂的歌曲，隔着几里地远就听见了，人们从四面八方向着歌声会集而来。主席台上方年年都悬挂着“红旗公社春季体育运动大会”的横幅。这个季节，春种已经结束，夏锄还没开始，农民稍微有那么一点空闲。再者，天气热了，运动员穿个背心短裤都可以了。

说起来，我们那里的运动会，比过去的庙会热闹。首先是人多，人头攒动，人山人海，把个平日空旷的操场围得里三层外三层；加上彩旗飘扬花枝招展，号角齐鸣鼓乐喧天，加上各种各样的宣传板标语牌，加上卖冰棍卖汽水卖麻花的吆喝声此起彼伏，就更显得热闹非凡。各代表队——基本上是以学校为主体，每个大队算一个代表队，都有自己的位置，地上事先钉块牌子，写着某某队某某队，前面摆放几张桌子。各队都摆几张桌子，就将偌大的运动场圈了起来，好似围栏一样，免得后面的人一挤，便挤进了场内，场内就乱了。桌后坐着老师，学生们则席地而坐。各队入场之前，先在场外将队伍整理好。别看平时松懈，一到正式场合，人的精神头就上来了，精神抖擞，斗志昂扬，臂也摆起来了，腿也抬起来了，胸也挺起来了，头也甩起来了，不管平时多么邋遢的人，这时候都郑重起来，一脸的庄严与豪迈。跟平时完全不一样了，换了个人似的，看着令人发笑。旗帜在前面引导，整理好的队伍便“一二一”“一二一”地入场了。走在队伍前面的大都是一个身材姣好的女学生，青春靓丽，双手举着一块牌子，牌子上面写着某某代表队。后面便是醒目的标语牌和宣传板，由年轻力壮的大小伙子抬着，每四个人抬一块，看着就有点像抬轿子。风大的天气，风在前面把大块的标语牌、宣传板使劲往后推，你虽然看不见风的手，但你完全可以感受到风的力量，因为牛一样强壮的几个青年已经将腰弯成了一张弓。标语牌和宣传板上的内容大同小异，基本上都是运动员掷铁饼、投铅球、跳高、跳远等一些宣传画，或者是“发展体育运动，增强人们体质”“提高警惕，保卫祖国”等等。哪个代表队制作得新颖、鲜艳、丰富多彩，说明准备得充分。准备得充分呢，就说明当地的领导对体育事业的重视。大会的第一个项目就是检阅，检阅运动员的精神风貌。检阅的时候，广播里播放着激动人心的《运动员进行曲》，运动员个个精神抖擞，步伐矫健。整齐划一的服装，尽量别出心裁，不跟别的代表队雷同。但主要也就是在颜色上有区别，红背心蓝裤衩比较流行。什么东西，只要一多，齐刷刷的，就好看。有的代表队，白衣白裤白鞋白手套，像一群大白鹅被赶进了会场，让人眼睛发亮。也有的代表队服装不怎么讲究，比较陈旧，杂七杂八的，运动员也就没多大精神，有一种抬不起头来的感觉，像一支丢盔卸甲的散兵游勇，看着挺寒酸的。这是说服装。好一点的队伍，都要有鼓乐队，由小学生组成。一群小男生，白手套，黄铜号，扬着脖子，多少年都是那么一支曲子，叫“五音号”：嘀了嘀了嘀，嗒了嗒了嗒；嘀了嗒，嘀了嗒，嘀了嘀了嗒。单调乏味，千篇一律。但小时候一听这号声，就知道要开运动会了，心情就莫名其妙地激动。接下来是一群打鼓的女学生，鼓是那种挎在胸前的军鼓。号声一落，鼓声响起：梆梆，梆梆，梆梆梆梆梆梆。令人振奋，有点坐不住了，就想上场跟着队伍走一阵正步。不管是好是赖，过来一队，观众哗哗鼓一气掌，评论一番，过来一队鼓一气掌。

检阅的时候，刘老师班级的学生们眼睛盯着浩浩荡荡的队伍，在队伍里面寻找自己的老师。刘老师每年都参加运动会。刘老师比较擅长长跑，只要下场，基本就能得奖。运动会奖品最大的项目就是万米第一，奖品是一台“永久”牌自行车，这在那个年代，差不多赶上一个民办老师一年的工资了，所以令许多人眼红。很多人来参加运动会都不说是来参加运动会，都说是来推“永久”自行车的。刘老师连续跑好几年了，也没能推回那台自行车，刘老师始终不死心。

第一个比赛项目是百米。年年的百米冠军都是薛兔子。薛兔子跑完百米之后，每每要在场内兜上半圈，意犹未尽的意思，展示展示体育名将的风采。红背心蓝裤衩，红背心压了绿边，蓝裤衩压了红边。薛兔子因为跑得快，高中一毕业就被公社供销社要去了。广播里播送着赞百米运动员的稿件：“像划破夜空的闪电，像一支离弦的箭……”

然后是二百米、四百米、八百米、一千五、三千、五千……还有拔河、铅球、铁饼、标枪、跳高、跳远，项目挺多。最好看的还数接力，往往能掀起全场的高潮。“接力，接力，你接我递。接过的是火种，传递的是友谊。”有调皮的小学生则小声压着嗓子喊，跑接力，要注意，别把肠子抻冒气。

几乎所有的代表队，除了参加比赛项目之外，都有团体操表演，有的还有小型秧歌队。十几个打扮得花枝招展的女学生，比赛期间抽空到场中央扭一阵子，像一只只漂亮的蝴蝶翩翩起舞。孩子们盼望运动会，除了看热闹，大多是冲着麻花啦、汽水啦、冰棍啦这些吃喝来的。开运动会的时候，家里都舍得给孩子几毛钱。孩子们吃饱了喝足了，就使出吃奶的劲来为运动员呐喊助威。

下午的时候才进行长跑。三千米、五千米都在场内跑圈儿。二百米跑道上，五千米要跑上二十五圈。万米就不行了，没法记，记着记着，记乱套了。所以万米都往外发，跑到五福大桥，来回二十里地。大喇叭里喊了几遍，参加万米的运动员请马上入场！参加万米的运动员请马上入场！各队早就做好准备的万米运动员便陆陆续续上场了，足有三四十人，估计多数都是奔“永久”自行车来的。这些运动员都是散兵游勇，没有统一的服装，穿得杂七杂八，一上场就抻胳膊劈腿的，做着热身活动。学生们在人群里找到了刘老师，白背心，蓝裤衩，脚上穿双干活穿的黄胶鞋。不过刘老师的白背心已经不是那么白，后背上洗出了蜂窝似的窟窿眼儿，像鸡鸽的。蓝裤衩也不是我们常见的深蓝，再压上白边，而是褪了颜色，蓝不蓝，灰不灰，既肥且大，松松垮垮，就像是从长裤上临时剪下来的。屁股后面用白粉笔临时写上个号码。学生们见了刘老师这种不正规的样子，一个个低头捂嘴笑。

跑万米的时候，有胸前佩戴红布条的裁判员一路骑自行车跟着，手里拿着个三角旗，还有一辆救护车，车里坐了穿白大褂的女医生。号令枪一响，万米运动员们呼呼啦啦地开跑，你拥我挤，但都不像跑百米那样一上来就冲刺，都知道要留足了力气在后面。刘老师则几步蹿到前面，成了领队。先绕运动场跑一圈，挥着手，很悲壮地跟观众道别，然后场子的西面，人群闪开一个豁口，万米运动员们便雄赳赳气昂昂地冲口而出。刘老师班级的几个学生骑了自行车跟在后面。运动员沿着一条柏油马路一直往西跑下去，跑到五福大桥，被早就等在那里的工作人员在肩膀上盖上红戳，再掉头往回跑。身上盖了红戳方能证明你跑到了指定地点，没有犯规。刘老师头十里地一直跑得颇轻松，跑在前面。渐渐有些体力不支，并且不住地回头看，怕被人撵上。回头看的时候，发现他的学生跟在后面，就朝他们点一点头。脸不像平常那样青黄，红红的，汗水在阳光下一闪一闪。一个骑车子的裁判紧跟在后面，挥动着三角旗，示意学生们跟刘老师保持距离，怕学生用自行车带刘老师。这类事以往时有发生。学生便远远地跟着。其实即使学生真的要用自行车带刘老师，依刘老师的性格也绝不肯的。这一点，刘老师的学生们比谁都清楚。他们只是出于关心他们的老师，又特别希望他们的老师跑第一，拿冠军。他们跟在刘老师身后，是想给老师点鼓励，甚至想看看他们的老师年年到底是怎么跑的万米。他们对他们的老师年年参加万米长跑感到非常钦佩，非常自豪。指着跑在前面的刘老师对人说，那是我们老师。有的学生手里拿着葡萄糖瓶子，里面装着井里打来的凉水，冲刘老师摇着，意思是问刘老师喝不喝，他们看见刘老师身上的背心和短裤都湿透了，觉得刘老师一定很渴。刘老师用手比画着，让学生把毛巾用水洇湿了给他，然后一边跑一边接过湿毛巾，把湿毛巾叼在嘴里。刘老师的嘴干干的，但却不能喝水。这时候，后面一直紧跟着他的一个运动员追了上来，刘老师认识，知道他就是去年的万米冠军。红背心，蓝裤衩，白球鞋，剃着光头，肩膀上搭条白毛巾，体格健壮，气也喘得比刘老师匀。那人跟着刘老师，刘老师快他也快，刘老师慢他也慢。刘老师就有些警惕，知道那人是个有长跑经验的，在等待时机，最后关头再超他而去。刘老师一刻也不敢放松，嘴里叼着的白毛巾一甩一甩的，像狼叼着一只鸡。路两边的树木向身后闪过，刘老师脚上的黄胶鞋拍打在柏油路面上，啪嗒啪嗒的，越来越沉重。而那个跟在他身后的运动员，脚上的回力鞋弹性好，几乎毫无声息。学生们远远地给他们的老师加油，说老师，“永久”牌自行车在向你招手呢！刘老师会意地笑笑，点点头，咬紧牙关，有一阵速度又如从前一样快起来，一下就把身后的那个人甩下十几步。学生们一阵欢呼。汗水在刘老师的脸上，脖子上，后背上，小腿上，汪洋恣肆，亮亮地闪光。每当刘老师慢下来的时候，学生们就给刘老师加油鼓劲，学生们高呼，胜利一定是属于我们的！刘老师疲惫的脚步就又有了力量，就又快上一阵。

长跑需要的不仅是体力，也在考验着一个人的耐力和毅力。多数人是眼瞅胜利就在眼前的时候，可脚下却连半步也迈不动了。刘老师第一个跑进运动场的时候，运动场上欢声雷动，全体起立，向凯旋的运动健儿欢呼，向刘老师欢呼，学生们摇动鲜花，还有人跑着送来汽水。广播里播放着激昂的乐曲，朗诵着赞颂运动员的诗歌：“运动场上红旗飘，运动健儿逞英豪……”刘老师绕着运动场又跑了一周，慢慢减速，身体歪歪扭扭的，有些支持不住。学校的老师赶紧跑进场内，扶住刘老师，不能让他马上停下来，搀着他在场上又遛了一会儿。

第二天上学，学生们都在谈论着运动会，谈论着他们的老师有多厉害。连老师们也在办公室里对刘老师说，明年再去推回一辆自行车。刘老师脸色有些苍白，摇摇头。据说，刘老师回家之后，吐了两口血。

六

每到学期末，上面都要下来检查工作，教师进修校的教研员们也都下来听课。这些教研员平时待在城里不愿下乡，但学期末了不下来不行了，需要开展教研活动，组织各种各样的公开课、观摩课，搞点教学研究，评选教学先进等等。刘老师教的班级，教学成绩从来都是名列前茅。教一年级吧，一年级的成绩好；教五年级呢，五年级的成绩也好。不管教哪个年级，只要刘老师一教，成绩肯定上去。所以刘老师是大家公认的好老师，都说刘老师的课讲得硬，班级也管理得像样，对学生要求严格。这次上面要求两位老师出课，上面这样要求，明显带点竞争的意思，教育大练兵嘛，是骡子是马，拉出来遛遛。也是督促老师们上进，提高教学质量的一种手段。于是学校首先安排了教学经验丰富的刘老师，另外安排的则是一位年轻的女老师叫朱晓丽。安排刘老师是理所当然的，在大家的意料之中，可是安排朱晓丽跟刘老师一块儿讲课，却是出乎大家的意料，老师们都觉得有点可笑。朱晓丽当老师没两年，缺乏教学经验，教学水平谈不上好。但朱晓丽有些社会背景，她未来的公公是公社的党群书记，所以高中毕业没考上大学，即被安排到学校当了老师，而且一来就备受学校领导的关怀。朱晓丽本人也蛮有工作热情的，干啥都积极，上进心强，平时经常跟领导交流沟通，汇报思想，说自己是教育战线的一名新兵，需要领导多多指导和帮助。朱晓丽的积极上进，更是深得领导的欢心。不管什么人，一旦在领导心目中留下了好印象，工作就顺利了，前途就光明了，比如朱晓丽，大会小会受到表扬，说你看看人家朱晓丽。这个也是朱晓丽行，那个也是朱晓丽好，老师们背后笑说朱晓丽身上的虱子都是双眼皮。

现在学校让朱晓丽讲课，怕老师们有意见，教师会上校长特意解释，说安排朱晓丽讲课，主要是想培养新人，给新教师锻炼的机会。再说朱晓丽的课讲得也不错，课堂气氛活跃，教师讲的少，学生回答的多，体现了以学生为主体，教师为主导，具有创新意识。老师们在下面撇嘴嘀咕，说朱晓丽讲得再好也不实用，一考试就露馅儿。也有的老师向着领导，站在领导的立场上说话，说考试归考试，讲课归讲课，一码是一码。现在人家上面就是来听课的，又不是来考试的。人家领导就喜欢新颖，谁整的花样多就认为谁整得好。好比喝酒，你不按领导的口味上菜，花多少钱不也白扯吗。

刘老师一向沉稳扎实，不事张扬，讲课风格也是如此。一句一句，一课一课，处处落到实处。再加上对学生要求严格，作业必须按时完成，讲过的知识必须掌握。堂堂提问不说，隔三岔五就小考一把，不及格的学生把做错的题做五遍十遍都不止，背不下来的课文，脸冲墙站着，多咱背下来多咱拉倒。否则什么体育课、活动课，你只有看别人欢天喜地地出去玩，急死你。要说刘老师的招数也没什么特别的，只是刘老师天生一张万年不乐的脸，又比别人多长了几颗黑麻子，平时本来就没个乐模样，一板起脸来，就更瘆人，学生们看了都害怕。以往有人听刘老师课的时候，刘老师都是赶上哪课就讲哪课，很少特意准备哪一课，或者选一课好讲的，备得滚瓜烂熟，到时候专门讲那课。刘老师从来不干这种事，认为那是弄虚作假，对那些搞花架子的公开课似乎有些不屑。刘老师骨子里多少是有些自负的。他认为自己的教学功底深厚扎实，许多课可以拿过来就讲，事先连看一眼都不用，可谓驾轻就熟。所以刘老师接到讲课任务之后并不怎么着急，像是身经百战的将军，大战在即依然临危不乱。朱晓丽就不同了。朱晓丽在接到讲课任务之后先是急出一脑门儿的汗，会后找到小学校长，极力想推掉，说恐怕自己讲不好，讲砸了锅，可就给学校丢脸了。小学校长鼓励了一番，说没问题的，讲好讲赖都没问题的。当然了，凭你的能力，一定会讲好，学校是信任你的。再说，多少人想讲还讲不上呢，这可是给你一个锻炼的机会，你要好好把握。小学校长说这话时，一面还辅助以眼神和表情，就是一种偷偷暗示什么的眼神，意思是你这小丫头，怎么不明白领导的良苦用心呢。朱晓丽就感激地冲小学校长羞涩地笑笑，表示领会了领导的好意，知道这是领导向着自己呢。是想让自己在上级领导面前露露脸，扬扬名，给上级领导留下一个深刻的印象。校长看朱晓丽脸上有为难的表情，就说多向老教师请教。朱晓丽点头。校长还专门指派了一名有经验的中年女老师帮助朱晓丽备课。那女老师很听领导的话，非常认真地指导朱晓丽，帮朱晓丽挑了一篇适合讲公开课的课文，叮嘱朱晓丽课备得越熟越好。朱晓丽就开始起早贪黑地备课。朱晓丽按中年女老师的指导，首先把生字生词弄明白，段落大意弄清楚，中心思想弄准确，又是翻《新华字典》，又是查《汉语成语小词典》，又是翻阅教学参考书，办公桌上堆了一大堆。接下来中年女老师指导朱晓丽，如何精心设计导言，导言一定要新颖，过渡语要巧妙自然。还有教法，教法更重要。有人听课跟没人听课肯定不能一样，一定要搞点新花样，让人家一看，看出你有创新，吃别人嚼过的馍没有味道。朱晓丽试讲了一遍，中年女老师当时就指出朱晓丽的教态不行，脸上太板，太严肃，还亲自做了个示范。告诉朱晓丽教态要这样，指着自己的脸，要自然大方，要亲和。千万别紧张，一紧张，就什么都忘了。朱晓丽这面备得差不多了，中年女老师又指导朱晓丽备学生。朱晓丽不解，女老师就告诉朱晓丽，光自己备好了课哪行，一定要备学生。备学生就是要让学生跟自己配合好，别到时候一问三不知。于是中年女老师就让朱晓丽把要讲的课提前告诉学生，头一周就开始让学生预习，把准备提问的问题写在小纸条上，发给张三李四去背。朱晓丽说这样能行吗。朱晓丽的意思是说，这样不是弄虚作假吗？让上边知道了咋办？中年女老师笑笑，说你问问，哪个老师出公开课不是这么出？我们一直都是这么讲的。朱晓丽就一切按中年女老师的指导去做，背后告诉学生，有人听课的时候，你们要踊跃回答问题，并且指名要哪几个学生到时一块儿站起来，抢着回答，造成一种学生争先恐后回答问题，学习热情高涨的假象，同时也活跃了课堂气氛。这是听课的领导和专家们最看重的一个环节。朱晓丽让大家抢着回答问题，当然到时候只能让事先安排好的学生回答。那些被点到的孩子，便胸有成竹地站起来，滔滔不绝地背诵。也有出错的时候。一个是因为老师紧张，点错了学生的名字，那个问题本该由张三准备的，老师却点了李四，李四站起来滔滔不绝地背了一通，答非所问，驴唇不对马嘴，弄得满堂笑声。也有的学生因为紧张，平常本来背得很熟的，可是一站起来，那么多目光看着自己，一下什么都忘了，脑子里一片空白，好比演员忘了台词。朱晓丽就担心到时出现这种情况，所以一再告诫学生，必须把自己回答的问题记熟，并且演习了一遍又一遍，像排练节目一样。朱晓丽忙活了好些天，忙活到最后，突然听说上面听课的时候，出课的老师讲哪一课并非自己决定，而是采取抽签的办法。认为这样才公平合理，才可以避免弄虚作假，才能看出教师的真正教学水平。朱晓丽傻眼了，找到学校领导，在领导面前竟然委屈地掉了眼泪，说这么一来，这段时间的心血不是白费了吗。小学校长安慰了一番，结果抽签的时候，朱晓丽居然恰巧抽到了自己精心准备的那一课。老师们都撇着嘴说朱晓丽运气可真好。

朱晓丽的课果然受到了上面领导的肯定，给予了高度评价，说朱晓丽的课新鲜活泼，师生互动，讲练结合，课堂效果好。听课的领导还当堂出题，对学生进行了随堂测验，结果领导当堂出的题学生们也事先就做会了，对知识掌握得自然是非常好。而刘老师的课虽然讲得扎实老练，板书也写得规整，按部就班，但基本是老一套，缺乏新意，课堂气氛沉闷等等。再说，刘老师的教态也不行，总像学生欠他多少钱似的。老师们笑，刘老师自己也笑了。领导走时说，一定要把朱晓丽的教法在全县中小学推广开去。手指着各位老师，你们是近水楼台先得月，更应该多向朱晓丽学习。老师们低头抿嘴笑，说一定一定。于是就响应上级领导的号召，一个一个夹着书本去听朱晓丽的课，说是向朱晓丽学习新的教学方法，把朱晓丽弄得哭笑不得。最后还是校长出面替朱晓丽解围，说朱晓丽还是一名新教师，很多地方需要大家的帮助，欢迎各位有经验的老师听课指导。领导这么一说，谁都不好意思再去听课了。

七

民谚说“三春不如一秋忙”。一到秋天，社员们把地里的庄稼忙活着收回来之后，接下来就是打场了，一面打场，一面给社员分东西，分烧柴，分口粮。口粮也就是大粮。分口粮是绝对按户口，按人口，丝毫不能马虎。民办老师家的口粮归生产队管，不管你这个民办老师在不在当地教学，一家人的口粮均由户口所在的生产队分给。民办老师和他们的老婆孩子是着实看了不少人家脸色的。队长的脸色，社员的脸色，都得看。队长也好，社员也好，心里都有个小九九，心里话，你又不在我们队上干活，又不教我们家孩子，凭啥跟我们一块儿分口粮吃？很多时候，生产队分口粮时一开始也没人通知民办老师家里，直到人家分得差不多了，点点账本上没剩几家没来领了，才没好气地打发人去通知你。被派去跑腿的社员，嘴里嘟嘟囔囔的，说还他妈的遛老子跑趟腿。民办老师家的狗见家里来了陌生人，也看不出人家的脸色啥样，傻了吧唧地一个劲儿狂吠。跑腿的社员正没处撒气呢，顺手摸起地上的砖头瓦块一顿穷追猛打，狗一面逃一面回头咬。跑腿的社员在外面咣咣敲民办老师家的窗户喊，分粮啦，分粮啦！咋还在家待着，等着人给送呢？赶紧去吧，再不去可就没有啦！后来一到分粮的时候，民办老师家属们天天都精神紧张，时刻盯着队上的动静，嘱咐在外面玩耍的孩子，看队上分粮了回来告诉一声。耽误了，看你爸回来不打死你！孩子就像个侦察兵一样，偷偷趴在场院的墙头上往里窥探。发现社员一个个从场院往家扛粮食的时候，就像发现了什么重大敌情一样，飞跑着回家报告，大人就赶紧拿着麻袋去。去是去了，却不敢往跟前跟人家社员挤，只能在后面慢慢等着。等轮到你了，喊户主的名字了，民办老师的家属们也像社员的样子，把麻袋嘴张开，等着人家拿斗量了往里倒，可是等着等着，人家却把粮食倒进了旁边社员的口袋里。民办老师家属们脸通红，还不能生气，只能说不忙，你先来。等到最后，分到的粮食已经是风口下半头的，没有风口上半头的成实。民办老师在外地教学的，一般一个星期才能回来一次，回来了也不一定赶上分粮食，所以往回领粮食的重任就只能落在民办老师家属们的肩上了。人家社员都是一麻袋一麻袋地往回扛粮食，走路带着风。轮到民办老师的家属们，不是妇女就是孩子，连半麻袋也扛不动，只能用很小的面口袋，一点一点地倒腾。眼看着天色暗下来了，云层也越来越厚，人家社员都要收工回家吃饭了，民办老师的老婆急得满脸淌汗，后背都湿透了，骂着不着调的孩子，语调带着哭音。生产队长实在看不过，方才无可奈何地唉一声，留下几个社员晚回去一会儿，用下巴指一指，皱着眉头，叫他们给扛着送回去。妈拉巴子的，这些个驴马烂子！队长手里拿把扫帚，一面往一块儿划拉着粮食，一面骂骂咧咧的。

刘老师家的情况要比别人好一些。刘老师无论到哪儿，人缘都不错，见了谁都主动打招呼，见了社员也是。过年的时候，社员们一个接一个地上刘老师家，求刘老师给写个对子，写个福字，刘老师连红纸都搭上，不用社员自己备纸。甚至有的社员不认字，连贴都不会贴，把对子贴倒了，上下联贴颠倒了也不知道，把“肥猪满圈”和“金鸡满架”贴错地方的也有。所以有时候刘老师写完了，还要上门去帮着贴上。生产队有啥事，刘老师也都积极参加。有一年冬天生产队成立文艺宣传队，夜晚排练文艺节目，唱样板戏，社员们知道刘老师会拉二胡，就请刘老师去给伴奏。其实刘老师的二胡拉得也不是怎么好，就是能拉出个曲调，也不怎么会识谱，一般的歌只要会哼哼，就能拉出来。刘老师夜晚没事的时候，常常摘下墙上挂着的二胡拉上一会儿。刘老师经常拉的曲子也就是那么几首，要么是《天上布满星》，要么是《扬鞭催马运粮忙》。社员们能从刘老师拉的曲子里听出刘老师的心情好还是不好。《天上布满星》被他拉得悲悲切切，《扬鞭催马运粮忙》则拉得喜气洋洋。生产队缺少像刘老师这样的文艺人才，所以排练节目首先想到了刘老师。刘老师也不谦虚，队长亲自张嘴请他，刘老师马上就答应了。社员们排练的节目多是样板戏，排练最多的是《智取威虎山》《红灯记》《沙家浜》，有排练整场的，从头到尾排下来，这得需要很多这方面的人才，人才不够就从外面借。也有的只排其中的某一场，像《打虎上山》《智斗》等等。再就是表演唱《八月桂花遍地开》《学习小靳庄》什么的。刘老师不仅拉二胡，社员们有不明白的地方，也问刘老师，刘老师就忍不住给指点指点，社员们一看刘老师说得挺对，就按刘老师说的演，这样一来，刘老师差不多又成了导演。那一年生产队演出的文艺节目很受欢迎，人们都夸刘老师有两下子，路上碰见刘老师，老远就先打招呼。尤其是生产队分东西的时候，大伙都忘不了刘老师家，赶上刘老师不在家，队长就分派年轻力壮的社员，一样一样地给送到家去。社员们也都毫无怨言，见到刘老师，笑着说你们家的啥啥还是我给扛的呢。刘老师就千恩万谢的，记着拿一卷子学生的试卷送给人家当卷烟纸。

八

刘振邦老师在当了多年的民办老师之后，终于盼来了一次转正的机会。像刘老师他们这些民办老师，平时不但工作吃苦耐劳，而且小心谨慎，很怕工作和说话上有什么不妥的地方，被人家领导抓住小辫子，找碴儿拿掉。所以都特别服从领导，领导安排干啥就干啥，一点价钱不敢讲。不好教的班级，不好管的学生，公办老师们没人愿意教，便落到民办老师的头上，想躲也躲不过。劳动也是，往往是最脏最累的活儿安排给民办老师的班级去干。比如，铲操场、抹平房、淘厕所，民办老师的班级轮到的永远是淘厕所。民办老师们之所以默默地承受，无私地付出，心中都有一个共同的信念，就是“多年的大道熬成河，多年的媳妇熬成婆”，梦想有朝一日能够转正。

所谓转正，就是由原来的民办性质转成公办性质，挣工资，吃皇粮，属于国家干部，这是民办老师们梦寐以求的。其实民办教师转正年年都有，政府每年都有一定的指标，将一批干得年头多、工作表现好的民办教师转为公办教师。只不过转正的具体方法比较简单，基本上就是根据个人的工作表现、工作业绩，即劳模当得多、奖状得的多。当然还有一项最主要的就是政审。政审必须过关，否则工作表现再好、业绩再突出也白扯。这次又要有一批民办老师转正，据说全县只有几十个名额，县城多，乡村少，上边只给红旗公社一个指标。红旗公社中小学民办教师加起来，总共有好几十人，这无疑意味着竞争将是相当激烈。民办老师们听说这个消息之后都很振奋，个个摩拳擦掌。因为这次转正的办法跟以往有所不同，这次的办法是通过文化知识考试，教小学的老师也要考初中和高中的课程，这叫“要想给学生半桶水，教师自己得有一桶水”。对于大多数人来说，考试是最令人头疼的事，可对于刘老师来说却是件好事，有利于发挥他的长项，对此刘老师胸有成竹。况且这次文化水平考试，也等于是一次对全乡所有民办老师文化知识水平的大检验、大比拼，是骡子是马，这回要见个分晓。平时说这个老师水平高，那个老师水平高，那都是说，都是凭印象，这回才是动真格的，白纸黑字，真凭实据。一想到成绩公布的时候，自己的名字高居榜首，刘老师不免有些激动。刘老师上班下班都在自行车车把上挂个黄帆布拎兜，里面装着初中和高中的语文、数学、物理、化学，还有政治课本，夜里一整就整到半夜十一二点钟。家里的活计也都推给了老婆孩子，仿佛又回到了当年参加高考的时候。

跟刘老师在一个学校当民办老师的李爱民，年纪没有刘老师大，当民办老师的年头也没刘老师长，喝点酒之后好说实话，跟刘老师说，我要是像你教课教得那么硬，年头干得那么长，早转他妈正啦！刘老师打着哈哈，那是那是。其实，你也不是教得不好，你是不往好了教。李爱民趔趄着上前拍刘老师的肩膀，还是刘大哥了解兄弟啊！

李爱民是个白字老先生，传授的错误简直数不胜数，平常说话把“农民”叫“能民”，把“学生”叫“淆生”，把“热爱祖国”说成“夜耐祖国”……曾经把一个叫“朱月坡”的学生念成了“朱肚皮”。那是新学期开学头一天，李爱民在讲台上背着手走来走去，望着一个个陌生的面孔，李爱民事先没有准备学生的花名册，于是他灵机一动，让学生们自己把自己的名字写在一张纸上，然后交给他。学生们写完，李爱民把讲桌上那沓长短不齐的纸拿起来开始点名，并说点到谁谁站起来。点着点着，本来板着面孔的李爱民扑哧乐了，乐得不像样，学生们莫名其妙，不知道老师为啥乐那样。李爱民一面乐一面冲下面喊“朱肚皮”，喊了好几遍也没人答应，李爱民就急眼了，拍着桌子喊，谁叫“朱肚皮”，给我麻溜站起来！老半天，才见一个小个儿男生在一片笑声中红着脸站起来，李爱民上去就给人家一个大耳刮子，你聋啊？这么老半天才站起来？那学生嗫嚅着说，我不叫朱肚皮。李爱民看着那几个字，说，你这不明明写着朱肚皮吗？那你叫啥？那学生说，我叫朱月坡。原来是那个学生自己把个“坡”字写分家了。李爱民歪着脖子冲下面喊，笑啥笑？憋回去！李爱民把朱月坡又一顿骂，瞅瞅你这破字写的，跟他妈老蟑爬的似的。别说我不认识，你们看看谁能认识？李爱民哗啦哗啦地举着那张纸，连刘老师也不一定能认识。李爱民还真的拿办公室让大伙认。那之后，李爱民干脆管朱月坡不叫朱月坡，就叫朱肚皮。连学生们也都喊朱肚皮。

李爱民好喝酒，几乎天天喝，经常脸红红的，嘴里喷着酒气，侧侧棱棱地进了教室，然后让学生们自习，他则趴在讲桌上呼呼睡觉。不喝酒的时候，懒得讲课了，也让学生们自习，他自己则一边抽着烟，一边看没收的学生的小人书。他自己班级的学生简直成了他家的小劳力，一丁点儿活儿都要让学生给干，从春种到秋收，点种、间苗、薅草、追肥、捡麦穗、起土豆、扒苞米，没有一样活儿不是学生给干的。体罚学生是家常便饭，动不动大巴掌就上来了，学生背后都叫他李大巴掌。一般老师体罚学生都是体罚男生，不怎么敢动手打女生，可李爱民不管那套。李爱民体罚女生的办法是薅女生的辫子。李爱民薅着女生的辫子往起拎，常常薅着女生的辫子就能把人给拎起来。拎得小女生的脚也跟着往起跷，不跷头皮疼得受不了。你越跷李爱民就越往高拎，直到将女生的脚离开了地面，女生揉着头皮哭。领导都不敢深管他，因为李爱民有依仗，李爱民的姐夫是乡长。

李爱民原本肚子里没啥墨水，现在突然听说转正要考文化知识，慌了手脚，现上轿现扎耳朵眼儿，天天拿着教材找人问题，问语文，问数学，问物理化学，连政治也上公社中学去找政治老师，求人家给他押几道题，几乎什么都要问别人，李爱民一下子变得谦虚好学起来。老师们则暗暗地你看看我，我瞅瞅你，嘴上什么也不说。刘老师心中则有几分暗喜，不住地称赞这次民办老师转正采取考试的方法，是上级的一项英明正确的决策，说民办教师转正早就应该采取考试的方法，欣喜之情溢于言表。听的人反响不一。平时工作干得好，业务水平高，却没啥社会背景的，就赞同刘老师的说法，附和着说可不是吗，早就该好好整顿整顿了。而平时工作干得不咋的，业务能力也一般，跟领导关系却不错的就不愿意听了。本想等有了机会，活动活动，走走后门，现在怕是没了希望，本来就恼火，于是反唇相讥，说刘老师，这回你妥了，咱们全公社谁转不上，你也能转上。你文化水平高，业务能力强，你不转正谁转正？咱们红旗公社的教育事业，可就靠你啦！刘老师被人家一讽刺，方才有些清醒，觉得自己是有些高兴得晕了头。不过刘老师暗想，都像你们这样的人当老师，简直就是误人子弟嘛，再这样下去的话，农村的教育早晚要毁在你们这些人手里。其实刘老师对农村教育这种糟糕的现状，多年来一直有着一种隐隐的忧虑，总想凭着自己的努力改变点什么。可是又常常觉得自己的力量太微不足道了。这次通过考试的方法转正，让刘老师似乎看到了一线希望，不仅看到了自己的希望，也看到了农村教育的希望。有人小心地提醒过他，用不用事先找找人，送送礼？人家可有不少人都在活动呢。刘老师坚决地摇摇头。

考试之后刘老师天天盼着考试成绩出来，刘老师觉得自己答得还是比较满意的，首先是考场上一点也没紧张，不像有的人那样，一进考场手哆嗦得连笔都拿不住。题答得也挺顺手，基本没有卡壳的时候，该答的都答上了。出来之后，老师们都跟刘老师对答案，结果都没有刘老师答得好。那个坐在他前面的李爱民，开考没多久就开始抓耳挠腮，不时地回头朝他的卷子上扫，眼睛贼溜溜的。监考老师发现了，头两次没吱声，只是走过去，不动声色地把刘老师答完的卷子扣上。李爱民干脆拿出烟来抽，监考老师严肃地说，考场不准抽烟。李爱民站起来，那我上外面抽一口。说着往外走。监考老师伸手拦着，你是不是老师，老师怎么还不懂考场的规矩？监考老师都是县里派下来的，不认识李爱民。李爱民横了监考老师一眼，把烟夹在耳朵上，干脆趴桌子上睡觉。

可是等考试成绩一公布，令所有人都感到意外的是，李爱民居然考了全公社第一，比刘老师分数还高，也就是说，刘老师居然没考过李爱民。很多人都摇着脑袋，刘老师更是不能相信。李爱民乐坏了，逢人便讲，说自己这一段时间可下了不少功夫，跟刘老师没少学知识，几次拽刘老师下馆子，感谢刘老师对他的帮助。一开始刘老师感到特别羞愧，觉得特别没面子，自己这不是徒有虚名吗？关键时刻怎么连个李爱民都考不过呢？一脸灰溜溜的，抬不起头。嘴也起泡了，牙也疼，捂着腮帮子。转不了正自然上火，更让他上火的是考试没考好，该露脸的时候露了屁股，这不是丢人现眼吗？刘老师自己跟自己生气，恨不得扇自己两个大嘴巴。可是慢慢地，老师们的一些风言风语让刘老师的脑子多少有些清醒，也觉得问题不像自己想的那么天真。刘老师相信大伙说的是对的，现在看来，李爱民那段时间跟刘老师复习功课只不过是做做样子，掩人耳目而已。或者说考试本来就是走过场，玩这帮民办老师呢。刘老师就由自责上火转为生气愤怒，认定这里面肯定有啥见不得人的勾当。一个可能是考试成绩根本就不好使，靠的还是走后门。要不就是人家事先买通了评卷老师，在卷子上做了手脚，多给打了分。刘老师想撺掇几个老师一块儿上上面去找找，可是那些人背后说得起劲，一说去找领导，都打了退堂鼓，摇着脑袋，说找也白找，还得罪了领导，以后更没好果子吃。再说，考好考赖，自己心里也没底，万一真的是自己考得不如人家呢？

刘老师骑着自行车上了公社文教组。办公室的外屋有几个人，看报纸的，喝开水的，埋头写字的。刘老师说明了来意，说他想问问这次考试的事。听见问，一个花白头发的老同志从里间的屋里出来，马上有人端着杯子离开让座，刘老师认出他就是文教组的组长，也就是主管全公社中小学教育的最大领导了。刘老师把他的来意对文教组长说了一遍，文教组长说，转正的事？什么转正的事？刘老师有些激动，这次民办老师转正，是不是肯定根据这次的考试成绩？屋里的人听刘老师这么问，就笑了，有人说，不根据这次考试成绩，费那么大劲干啥？当然是根据考试成绩了。文教组长一直盯着刘老师，觉得刘老师的话里有含意，就等着刘老师往下说。那如果这次考试成绩有舞弊现象呢？也可以作为转正的依据？屋里的人听刘老师如此说，皆一脸惊骇，身子都坐直了，看看文教组长，再看看刘老师。你的意思是说，咱们公社这次考试，有舞弊现象？什么舞弊现象？你掌握确凿的证据吗？刘老师就支吾着，我只是猜测。屋里人的腰又塌了下去，脸也沉下来，摇头说净瞎说。刘老师说，我怀疑有个别老师的分数不对。刘老师没有直接说出他怀疑李爱民的分数不可能超过自己。文教组长“哦”了一声，像是明白了刘老师的来意，你的意思是想查查分数？刘老师点头。于是屋里的另一个人马上说，查分数你得上县教育科去查。其他人也笑了，这一次是笑刘老师找错了衙门口。说民办老师转正归县教育科管，考试也归教育科管，要查得上县教育科查。刘老师连“哦”了两声，一面往门外退。文教组长问刘老师叫啥名字，刘老师说出了自己的名字，屋里人“喔”了一声，原来他们早就听说过刘老师的名字。文教组长站了起来，格外热情，你坐你坐，你一进屋我就看你眼熟嘛。别人看领导都站起来了，也跟着站起来，纷纷给刘老师让座。刘老师红着脸，跟屋里人一一握手。文教组长说刘老师工作干得很出色的。别人也跟着附和，说刘老师在咱们全公社可是大名鼎鼎啊。还有人递上烟来。送刘老师出门时，文教组长大概是出于对下属的关怀，压低了声音，没有证据不能瞎说啊。劝刘老师还是不要折腾了，折腾了半天，到最后反倒把自己折腾坏了，以后会有机会的。拍拍刘老师的肩膀，好好干吧，面包会有的。

刘老师考虑再三，还是上了县里。不过刘老师留了个心眼儿，刘老师没说自己上县里查分数，刘老师请了病假，说自己这几天肝病犯了，肝有点疼。县教育科的领导经过一番研究之后，答应让刘老师查卷子，刘老师就很感激，翻卷子的手都有点发抖。刘老师一页一页地翻，一道题一道题地查，结果也没查出啥毛病，该得的得了，一分没少给，总分也没合错。刘老师大失所望，手冰凉僵硬，翻一页卷子要往手指上吐两次唾沫。不过刘老师马上又有了新的希望，自己的分数没差，不等于别人的也没差。其实从一开始他最想知道的，就是李爱民到底打了多少分。多没多给分，多给了多少分，只有天知道。教育科的人问还有事吗，刘老师吞吞吐吐地说出了自己的想法。教育科的人就警觉地看着刘老师，摇头说那不可能，别人的卷子你怎么能查呢？连刘老师的卷子也赶紧收回去，锁了起来。

九

刘老师开始念电大了。那时候恢复高考没多少年，大学很难考。但难考是难考，考不上真正的大学还可以上别的，可以通过别的途径照样能拿到大学文凭。比如，除了刘老师上的电大之外，还有函授，还有成人自考等等。那时候社会上一下子兴起了文凭热，人们特别看重文凭和学历，干什么都要看。

刘老师是“文革”初期的高中毕业生，活动多，上课少，学校也跟社会上一样，什么都乱糟糟的，不正常。再加上那时候学制缩短，从小学到高中，满打满算也只不过念了九年书。若是把当中参加生产劳动的时间扣除不算，比如一年四季给学校的校田地干活、农忙季节回生产队支农，大概连六年的时间也不到，也就相当于现在的小学毕业。高中毕业后回乡务农。刘老师属于那种勤奋好学的人，从小对书本有一种亲近感。劳动之余，依然坚持看书学习，每天点着油灯学到深夜，学校学的那点课程一直没扔，后来果然有机会考上了民办老师。高考恢复的时候，许多人都跃跃欲试，刘老师已经是一个快三十岁的人了，忍不住还是报名参加了高考，差不多是全公社年龄最大的一名考生。因为当年的底子就没打好，基础太差，连考了两年都落了榜。那一阵子，刘老师从希望到失望，几起几落。

如今四十多岁的刘老师跟一些年轻人一样报了电大，第一是为了得个大学文凭，第二呢也是为了圆他几十年的大学梦，所以不辞辛苦，周六周日以及寒暑假一趟一趟往县里跑。念电大当然算不上公出，学校不管，啥都不给报销，一切食宿费用均由自己承担。刘老师家里本来就不富裕，现在念电大又要花钱交学费，买课本，负担食宿，家里的经济常常是捉襟见肘。为了省点钱，刘老师每回上县里学习都是骑自行车，这样就节省了往返的路费。刘老师的家离县里有一百二十华里，骑自行车需要四五个小时。刘老师每回都不是头一天报到，那样要多住一宿，多花一宿宿费。学习结束时也是，无论多晚，贪黑也要回家。刘老师说想家了，别人都知道不是那么回事。刘老师有很多回都是上课的时候，匆匆忙忙地走进课堂，拎着兜子，放轻脚步，略微哈着腰，满头大汗的，背上湿透了。刘老师的兜子沉甸甸的，除了课本之外，还有从家里带的一罐头瓶子咸菜和一罐头瓶子辣椒酱。刘老师多数时候不买食堂的菜，只买几个馒头，或者一饭盒高粱米饭，回寝室就着咸菜辣椒酱，就把肚子糊弄饱了。学习期间，刘老师是众多电大学生当中最认真最刻苦的一个，坐在最前面，这样听得清看得真，认真做着笔记，不懂的问题下课拽着老师问。讲课的老师给予的评价是，刘老师最能坐得住板凳。别的学员听课，头两堂还可以，还能坐住，听着听着就溜号了，逛街，上工人俱乐部看电影，或者在宿舍里打扑克，一闹闹到半夜。打完扑克便喝酒，猜火柴杆，等十几天的学习结束的时候，宿舍里扔了一堆酒瓶子。刘老师则嫌宿舍闹得慌，自己一个人在教室里学到很晚，直到打更的老头儿来关灯。刘老师这样坚持了三年，终于拿到了大专证书。

可是令刘老师不解的是，一到转正的时候，那些没看见过念什么电大、函授的人，手里居然也都拿出了大学文凭。刘老师很是奇怪。其实，就在刘老师辛辛苦苦念电大的时候，人家很多人都走了捷径，只报了个名，每次学习只是象征性地去个一两天应付应付，给老师拿点土特产，请老师吃吃饭，考试的时候往老师兜里塞点钱，结果什么都顺顺当当地过去了，就等于花钱买了个文凭。还有的连名也没报，根本就没参加什么电大、成人自考之类的学习，就是花钱买了张假文凭。

后来刘老师赌气又报了省教育学院的本科函授。那时候本科文凭在乡下的老师当中还是十分稀少的。刘老师自嘲地说，生命不息，学习不止。头发花白的刘老师，每天上班下班，骑着多年以前运动会上得的那台“永久”自行车，车把上挂着个褪了色的黄帆布挎兜，里面不管冬夏，都装着函授学习用的课本。老师们背后管他叫“刘大学”。连屯里人见了都笑话他，刘大学，你这书还能不能念完了，多咱毕业呀？刘老师笑笑，也不介意，活到老学到老嘛。大伙儿看他辛苦，不会钻营，只知道下蛮力气，劝他活动活动心眼儿，干脆找找人，花点钱转正得了。刘老师摇头。劝的人都是平日跟他关系不错的，就瞪眼珠子，你这人咋这么犟，一条道儿跑到黑。这辈子你吃亏就吃亏在这上头。论能力，论水平，谁能比得上你？可这不是光凭能力和水平的时候。较个啥劲？跟谁较劲？再较劲，你一个小白人儿还能咋的？到最后把自个儿耽误了。眼瞅都奔五十的人了，再不抓紧转正，说不上哪一天再来个新政策，说把你刷掉就刷掉，你就得回家抱孩子去，这辈子不白干了吗？在家里，老婆也经常埋怨，这辈子跟你算是倒血霉啦！还不如找个臭农民呢，穷是一样穷，也不至于挨这份累。刘老师就对老婆笑，这就叫“嫁鸡随鸡，嫁狗随狗”，嫁个民办老师就受穷，怪你命苦。老婆白他一眼，你呀，说你啥好呢。老婆实在没法就抹眼泪。当初嫁了一个有工作的丈夫，每天按点上班按点下班，那份荣耀与自豪，是她在昔日的女伴面前炫耀的资本。如今那些资本都成了天上的云霞水中的月亮，早已烟消云散化为泡影。在老婆的心目中，丈夫那份曾经引以为荣的工作，变成了挂在她家门上的那块破布帘子，被人撩来撩去地不当回事。只要她一跟丈夫生气，就会使用“破民办”这个词来羞辱她那个不管你怎么说都照旧干得有滋有味的丈夫。她现在打心眼儿里讨厌丈夫的这个工作，甚至多次怂恿丈夫下来，说你没看多少人都下来干别的去了，谁还稀罕当个破民办老师？一个大老爷们儿，挣那么两个破子儿，一点意思都没有。可是刘老师犹豫再三，终是不舍。老婆就骂刘老师，土地佬喝烟灰——咋有那口神瘾！刘老师并不恼，反而乐呵呵的，说，真叫夫人你说对了，桃李满天下的快乐，这辈子你是没法体会啦！刘老师的意思是说老婆这辈子是当不上老师了，可惜呀。老婆嘴撇多长，就你这破民办，下辈子我都不稀罕当。还桃李满天下呢，说得多好听。桃李满天下你借着啥光了？咋没一个桃啊李的出来帮帮你？刘老师叹口气，这是两码事。刘老师反过来劝老婆，顺其自然吧。转上高兴，转不上还不活了？这辈子只要能有书教，我就知足啦。刘老师说的是真话。可是老婆以为刘老师是在故意气她，就呜呜地哭起来，眼睛通红，赌气把灶坑添得满满的，堵得灶坑里半天没动静。刘老师就趴灶坑门口用嘴吹，吹着吹着，突然“轰”的一声，灶坑“打枪”，火从灶坑喷出来，把刘老师的头发眉毛都燎了。老婆看着刘老师日渐稀疏的头顶，解气地骂，咋不把你那几根毛都燎光喽！烧焦的毛发散发出一股难闻的气味，看着刘老师的狼狈样，老婆擤了一把鼻涕，往裤子上一抹，瞅瞅你还能干啥，说你是个窝囊废你还抱屈。灶坑“打枪”不知道？拿手替刘老师划拉烧焦的眉毛和头发。刘老师看着老婆，在老婆的背上拍拍。老婆的背硌手，净骨头。老婆心脏不好，是终年劳累所致。严重时刘老师就骑车上街里买两盒柏子养心丸给老婆。老婆发火归发火，回过头气消了还得反过来安慰刘老师，转不上就转不上，你也别上火。谁像你，转不上还那么使劲干？要是我呀，混一天算一天，养个好身板比啥都强。刘老师半开玩笑说，你是啥境界，我是啥境界？像在课堂上给学生读课文那样朗诵道，我甘愿做一名辛勤的园丁，为人民培育桃李；我甘愿做一支蜡烛，燃烧自己，照亮别人……老婆呸一口。

刘老师早年教过的学生李春生，当兵转业到乡政府，如今已经当上了干部。李春生到刘老师所在的大队检查工作，听说刘老师在那个小学，特意拐到学校看看他曾经的小学老师，把刘老师上下打量了半天，说老师的白头发可比原来多多了。走时握了握刘老师的手说，以后有啥事吱声。刘老师回家跟老婆一说，老婆就当了真，他都这么说了，那你还有啥不好意思的，等转正的时候求求他，兴许就真能当事呢。五月节老婆攒了二百个鸡蛋让刘老师给李春生家送去，刘老师脸红脖子粗的，转不上拉倒，给他送什么礼！

五十多岁的刘老师越来越感觉身体有些吃不消了，经常感到肝区疼痛，兜里经常揣着镇痛片，一疼了就吃几片。脸色也一天天黄瘦下去，有一次上课险些晕倒在讲台上。到乡医院检查，大夫看着拍的片子，又仔细摸摸他的肝部，告诉他不要紧，营养不良，休息不好，你应该好好休养休养。背后给学校的领导打电话说，应该赶快叫你们那位刘老师到大地方再检查检查。学校的领导委婉地跟刘老师一说，说给你放几天假，上省里溜达溜达，顺便看看病，身体是革命的本钱。刘老师不去。刘老师不去，一个是心疼钱，一个是不愿耽误课程。学校的领导说没钱学校先替你垫上，课先让别人代。好说歹说，刘老师同意了。结果到省城一检查，情况不好，肝癌晚期。没敢告诉他。刘老师带病坚持工作的事迹在地区的报纸上一报道，在全县引起了强烈反响，上级号召向刘老师学习，学习刘老师忠诚党的教育事业，几十年如一日，呕心沥血的精神。县里的领导听说刘老师还是个民办教师，很快特批刘老师转为公办教师。学校的领导第一时间把这个好消息告诉了刘老师，并将批件举到他眼前让他看，贴在他的耳朵上说，你转正了，这是批件。已经时常陷入昏迷状态的刘老师此刻清醒着，清瘦惨白的脸上略微有点欣喜的反应，一双呆滞的眼睛在那张盖着红戳的白纸上盯了半天才转一下，嘴微张着，像是有话要说。领导忙俯下身，将批件递到他手里，有什么话你就说吧。刘老师头在枕上微微摇一摇。领导又说，有什么话你就说。刘老师疲倦地闭上眼睛，眼角有泪默默溢出。那张纸就像一只大大的白蝴蝶，轻轻飘落到了地上。

后　记

许多作家都表达过写短篇小说费心力、影响小、获利少这样的意思，所以有些原来短篇小说写得很出色的作家后来也不再写短篇了。而我则越来越喜欢短篇小说这种文学样式，喜欢短篇的纯粹，喜欢短篇的智慧，喜欢短篇的气质。短篇小说好比书法艺术中的篆刻，方寸之地，一笔不苟。短篇是语言的艺术，是结构的艺术，因其体量小，又须容量大，容不得有太多的水分。

编入《素面朝天》这本集子里的十六个短篇和两部中篇，是从近十多年来陆续发表在一些文学期刊上的几十篇作品当中挑选出来的。小说篇幅大多短小，表现小人物生活的困顿与灵魂的挣扎、人性光芒的辉耀与礼赞。

这里我想就篇幅稍长点的中篇小说《天天向上》说几句话。这部中篇首发于《当代小说》2010 年第 10 期，发表之后，立即被《小说选刊》2010 年第 11 期转载。《小说选刊》的“责编稿签”这样写道：“随着时代的变迁，民办教师这个词，已经被人们遗忘在历史的某个角落。然而，这一称谓背后所蕴含的种种，却是这一特殊群体共同的人生体验和不可磨灭的精神印迹。从某种意义上说，这个群体处于乡土中国社会结构的最底部，在各种社会势力的夹缝中饱受挤压而无能为力，他们是真正的底层，代表了真正的底层精神伦理和心灵指向。小说以朴素扎实的叙事，塑造了一个生动感人的民办教师形象。刘老师一生的经历，正是这一群体的生动写照。小说所传达出的底层关怀、体恤以及悲悯，强烈而深切，质朴动人。”诗人、评论家王立宪说：“《天天向上》是带着血与泪的底层叙事，平凡中闪烁着人性的光芒。”评论家任雅玲评论《天天向上》：“不是一篇把民办教师简单化、道德化和符号化的小说，它构筑了一个独特、饱满的艺术世界。”

我父亲是上世纪六十年代参加工作的民办教师，二十多年后才转为公办教师。我的小学老师和中学老师，大多也都是民办教师。我从小到大，对民办教师这一特殊群体十分熟悉，也十分同情。今天，我用这篇《天天向上》，向我已经过世的父亲，向所有的民办教师表达我的敬意。

借这次准备结集出版的机会，我对所选篇目逐篇进行了认真、细致的修改，个别篇什，删掉几百字甚至上千字的也有，力求以准确、简约、干净的语言呈现给喜欢《素面朝天》这本书的朋友们。在此我要特别感谢对我的写作长期给予热情关注和帮助的朋友王立宪先生，感谢他为此书出版付出的心血和努力，同时也感谢将来阅读此书的朋友们。

尹　群

2020 年 5 月

图书在版编目(CIP)数据

素面朝天 / 尹群著. — 北京 : 中国文史出版社,
2021.1

(跨度小说文库)

ISBN 978-7-5205-2113-0

Ⅰ. ①素… Ⅱ. ①尹… Ⅲ. ①中篇小说-小说集-中国-当代②短篇小说-小说集-中国-当代 Ⅳ. ①I247.7

中国版本图书馆 CIP 数据核字(2020)第 129312 号

责任编辑：牟国煜

出版发行：中国文史出版社
社　　址：北京市海淀区西八里庄路 69 号院　邮编：100142
电　　话：010-81136606　81136602　81136603（发行部）
传　　真：010-81136655
印　　装：北京新华印刷有限公司
经　　销：全国新华书店
开　　本：720×1020　1/16
印　　张：17.25　　字数：182 千字
版　　次：2021 年 1 月第 1 版
印　　次：2021 年 1 月第 1 次印刷
定　　价：58.00 元

文史版图书，版权所有，侵权必究。

文史版图书，印装错误可与发行部联系退换。